KB053578

Contents

곰 곰 곰 베어 5

저자 **쿠마나노**

일러스트 **029**

옮긴이 **김보라**

🐻 스킬

▶ 이세계 언어
이세계의 언어가 일본어로 들린다.
이야기를 하면 이세계의 언어로 상대방에게 전달된다.

▶ 이세계 문자
이세계의 문자를 읽을 수 있다.
글자를 쓰면 이세계 문자가 된다.

▶ 곰의 이차원 박스
흰 곰의 입은 무한으로 벌어지는 공간이다.
어떤 물건이라도 넣을(먹을) 수 있다.
단, 살아 있는 것을 넣는(먹는) 건 안 됨.
들어가 있는 동안에는 시간이 멈춘다.
이차원 박스에 넣은 물건은 언제든 꺼낼 수 있다.

▶ 곰 관찰경
흑백 곰 옷의 후드에 있는 곰의 눈을 통해 무기와 도구
의 효과를 볼 수 있다.
후드를 쓰지 않으면 효과는 발동되지 않는다.

▶ 곰 탐지
곰의 야생의 힘으로 마물이나 사람을 탐지할 수 있다.

▶ 곰 지도 ver.2.0
곰의 눈이 본 장소를 지도로 만들 수 있다.

▶ 곰 소환수
곰 장갑에서 곰이 소환된다.
검은 곰 장갑에서는 검은 곰이 소환된다.
흰 곰 장갑에서는 흰 곰이 소환된다.
소환수 꼬맹이화(化) : 소환된 곰을 아기 곰으로 변화시
킬 수 있다.

▶ 곰 이동 문
문을 설치하여 서로의 문을 왔다 갔다 할 수 있게 된다.
문을 3개 이상 설치한 경우에는 행선지를 상상하여 이동
할 곳을 정할 수 있다.
이 문은 곰 장갑을 사용하지 않으면 열리지 않는다.

▶ 곰 폰
먼 곳에 있는 사람과 대화할 수 있다.
곰 폰을 만든 후, 술자가 없앨 때까지 존재한다. 물리적
으로 망가뜨릴 수 있다.
곰 폰을 건넨 상대를 상상하면 연결된다.
곰의 울음소리로 착신을 알린다. 소지자가 마력을 주입
해 전원을 켤 수 있고 통화가 가능하다.

🐻 마법

▶ 곰 라이트
곰 장갑에 모은 마력으로 곰 형태의 빛을 생성한다.

▶ 곰 신체 강화
곰 장비에 마력을 통하게 함으로써 신체를 강화할 수
있다.

▶ 곰 불 속성 마법
곰 장갑에 모은 마력으로 불 속성의 마법을 사용할 수
있다.
위력은 마력, 상상에 비례한다.
곰을 상상하면 위력이 더욱 올라간다.

▶ 곰 물 속성 마법
곰 장갑에 모은 마력으로 물 속성의 마법을 사용할 수
있다.
위력은 마력, 상상에 비례한다.

곰을 상상하면 위력이 더욱 올라간다.

▶ 곰 바람 속성 마법
곰 장갑에 모은 마력으로 바람 속성의 마법을 사용
할 수 있다.
위력은 마력, 상상에 비례한다.
곰을 상상하면 위력이 더욱 올라간다.

▶ 곰 땅 속성 마법
곰 장갑에 모은 마력으로 땅 속성의 마법을 사용할
수 있다.
위력은 마력, 상상에 비례한다.
곰을 상상하면 위력이 더욱 올라간다.

▶ 곰 치유마법
곰의 상냥한 마음에 의해 치료가 가능해진다.

🐻 장비

▶ 검은 곰 장갑(양도불가)
공격 장갑. 사용자의 레벨에 따라 위력 UP.

▶ 흰 곰 장갑(양도불가)
방어 장갑. 사용자의 레벨에 따라 방어력 UP.

▶ 검은 곰 신발(양도불가)
▶ 흰 곰 신발(양도불가)
사용자의 레벨에 따라 속도 UP.
사용자의 레벨에 따라 장시간 걸어도 피로도가 오
르지 않는다.

▶ 흑백 곰 옷(양도불가)
겉모습은 인형 옷. 양면으로 입을 수 있음.

겉면: 검은 곰 옷
사용자의 레벨에 따라 물리, 마법 내성 UP.
내열, 내한 기능 있음.

안면: 흰 곰 옷
입으면 체력, 마력이 자동 회복된다.
회복량, 회복 속도는 사용자의 레벨에 따라 변한다.
내열, 내한 기능 있음.

▶ 곰 속옷(양도불가)
오랫동안 입어도 더러워지지 않는다.
땀, 냄새도 배지 않는 훌륭한 아이템.
장비자의 성장에 따라 크기도 변한다.

🎀 96 곰 씨, 터널을 만들다

다음 날. 크라켄 퇴치 기념 축제의 활기도 잦아들고, 미릴러 마을은 일상생활로 돌아갔다.

도적이 막고 있던 길은 지나다닐 수 있게 됐고, 바다에 있던 크라켄도 사라졌다.

조금만 지나면 원래의 마을로 돌아갈 것이라고 데거 씨가 말했다.

데거 씨는 술에 거나하게 취했던 일로 딸인 안즈에게 꾸중을 듣고 있었다. 하지만 두 사람의 얼굴에는 며칠 전까지의 어두운 기색이 사라졌고, 기쁜 듯 대화를 나누고 있었다.

"유나 씨, 아침 식사도 밥으로 괜찮으세요?"

"응, 부탁할게."

모처럼 쌀이 있으니 먹어야지. 식사는 생선 구이와 내가 가지고 온 꼬끼오알로 만든 프라이로 대접을 받았다.

아침 식사를 마치고 방으로 돌아와 어제 안즈가 했던 말을 떠올렸다.

가깝다면 크리모니아로 가도 좋다.

어떻게든 안즈를 크리모니아로 데려가고 싶었다. 하지만 곰돌이나 곰순이에 태워서 데려간다고 해도 해산물을 손에 넣을 수 없다면 의미가 없었다.

안즈를 데려간다면 해산물 유통 루트도 확보해야 했다.

하지만 현재 크리모니아로 가려면 해안선을 크게 돌아가거나 산맥을 넘어가는 두 개의 선택지밖에 없었다. 어느 쪽이든 시간이 오래 걸리고 안전하지도 않았다. 도저히 해산물을 옮길 루트는 되지 않았다.

안즈를 데려가고 해산물을 일상적으로 먹으려면 크리모니아와 미릴러의 통행이 쉬워야 했다. 그렇다면 떠오르는 방법은 한 가지밖에 없었다. 바로 두 마을 사이에 있는 산맥에 터널을 만드는 것이다.

터널이 있다면 크리모니아로 가는 시간이 줄고, 안즈도 크리모니아로 와줄 것이며, 해산물 유통도 가능해진다.

아마 곰 마법을 사용해서 땅을 판다면 분명 가능할 것이다.

하지만 터널을 만드는 것에는 문제점이 있다. 그저 앞을 향해 땅을 파 나아가는 것만으로는 터널이 만들어지지 않는다는 것이었다.

그것은 표고차[#1] 때문이다.

여기서부터 수평으로 파 간다고 해도 저 너머에서는 산 중턱이 나올 수 있고, 이쪽이 저쪽보다 지대가 낮다면 영원히 땅 속에만 있게 될 일도 일어날 수 있었다. 그렇게 표고차를 모르면 터널은

#1 표고차 한 측점과 다른 측점과의 높이의 차이.

8

만들 수 없었다. 나는 거리를 확인하기 위해 지도를 열었다.

"응?"

지도가 조금 변했나?

이제까지 2D 지도였던 게 3D 지도가 되어 있었다. 조작을 하자 표고차를 알 수 있었다.

혹시 크라켄을 쓰러뜨린 것으로 버전이 업(up) 된 건가?

이외에도 스킬이 늘어나 있지 않은지 확인했지만 늘어나지는 않은 모양이었다.

나는 다시 지도 스킬을 확인했다.

곰 지도 ver.2.0

곰의 눈이 본 장소를 지도로 만들 수 있다.

ver.2.0라니, 소프트웨어 버전 업도 아니면서……. 그래도 터널을 생각하면 편리한 기능이었다.

나는 다시 지도를 봤다. 산맥이 높다는 것을 잘 알 수 있었다. 유우라 씨는 이런 산을 잘도 오르려 했구나. 곰돌이와 곰순이가 없었다면 절대로 넘고 싶지 않은 산이다.

지도에서 크리모니아와 미릴러의 위치를 확인한 뒤, 터널 만들기에 적당한 장소를 찾았다.

마차로 짐을 옮길 것을 생각하면 큰길에 가까운 편이 좋다. 그리고 양쪽 마을의 거리가 짧고, 표고차가 적은 곳이라면 마차의 부담도 줄어들 것이다. 그것들을 살펴보며 터널의 장소를 고민했다.

그렇게 두 곳 정도 점찍어 두고 있는데 밖에서 문을 두드리는 소리가 들렸다.

"누구세요?"

"세이에요. 유나 씨, 잠깐 괜찮으세요?"

세이 씨? 모험가 길드의 사람이다. 무슨 일이지? 숙소까지 오다니 드문 일인데…….

문을 열어 이야기를 듣기로 했다.

"쉬고 계신데 죄송해요. 길드 마스터가 부르는데 모험가 길드까지 와주실 수 있으신가요?"

"무슨 일로요?"

더 이상 성가신 일은 거절하고 싶은데…….

"마을에 관한 상담이라고 들었습니다. 자세한 이야기는 길드 마스터에게 물어봐 주세요."

마을에 관해서?

자세한 얘기는 아트라 씨에게 물어보라는 말에 거절할 수는 없었기에 모험가 길드로 향했다. 모험가 길드에 도착하자 안쪽 방으로 안내를 받았고, 안으로 들어가니 아트라 씨와 쿠로 할아버지, 그리고 처음 보는 쿠로 할아버지와 비슷한 연배의 남자 두 명이 있었다.

누구지?

"유나, 기다렸어. 와줘서 고마워. 일단 적당히 앉아."

"저기, 무슨 일이에요?"

나는 그렇게 물으며 가장 가까운 의자에 앉았다.

"그게, 유나에게 부탁하고 싶은 게 있어서 말이야."

"부탁이요?"

나는 되물었다. 조금 안 좋은 예감이 들었다.

"유나가 크리모니아 마을의 영주님과 이 마을을 중개하는 역할을 해줬으면 싶어서."

"중개하는 역할이요?"

"이번에 여러 일들이 있었잖아? 촌장의 도망, 상업 길드의 불상사, 크라켄의 출현…… 이대로라면 여러 가지로 곤란한 일들이 생길 거야. 그래서 크리모니아 마을의 영주님과 이야기를 나눌 수 없을까 해서 말이야."

"무슨 말이에요?"

"단도직입적으로 말하자면 미릴러 마을은 크리모니아 마을에 속해지길 원하고 있어."

"그건, 나라에 속한다는 건가요?"

내 물음에 아트라 씨는 긍정했다.

"그런 중요한 일을 다른 주민들은 알고 있나요?"

"모르네. 하지만 앞으로의 일은 우리에게 일임되어 있어."

쿠로 할아버지가 대답했다.

"알고 있는 건 여기에 있는 사람들뿐이야. 이 마을의 유력자들이시지. 사실은 다섯 명인데 두 명은 도망쳐 버렸거든."

"그래서 논의를 한 결과 나라에 속하기로 했다네. 아이들의 미래를 생각하면 이대로는 안 된다고 생각해서 말이네."

"그런 이유로 어느 마을에 속할지 이야기를 나누다가, 유나가 사는 크리모니아 마을은 어떨까 하는 의견이 나왔거든."

"하지만 교역하고 있는 다른 마을도 있잖아요. 그쪽이 더 가깝지 않나요?"

"나라에 대해서는 잘 모르지만 그 마을의 영주는 안 돼. 자신의 이익만 생각하고 있어. 도적이 나타나기 전에 크라켄에 관해 그 마을에 부탁을 했더니 막대한 돈을 요구하지 뭔가?!"

침묵하고 있던 할아버지 한 분이 분한 듯 말하자 옆의 할아버지들도 고개를 끄덕였다.

"그런 탓도 있어서 말일세. 원래라면 상업 길드의 폭주는 우리가 멈추게 했어야 하는데, 크라켄을 토벌할 보수를 만들기 위해서라는 말에 아무것도 할 수 없었네. 그 영주가 막대한 금액을 요구하지만 않았다면 상업 길드의 잴러드도 이번 일을 일으키지 않았을 수도 있었어."

"우리도 같은 죄인일지도 모르지."

세 할아버지들은 고개를 숙였다.

그렇군, 그런 이유가 있었어.

쿠로 할아버지가 어째서 상업 길드의 지시를 따랐는지 의문이 었는데, 크라켄과 도적을 토벌하기 위한 보수라는 말을 들으면 따를 수밖에 없었을지도 모른다.

"그래서, 유나. 크리모니아의 영주님은 어떤 사람인지 알고 있니?"

"영주님이요?"

즉, 클리프를 말하는 거지?

"나쁜 사람은 아니에요. 돈으로 지저분한 이야기도 듣지 못했고요."

내가 모르는 것뿐일 수도 있지만 말이다.

"일단, 크리모니아 영주님과 교섭 자리를 마련해 줬으면 하네. 그에 따라 크리모니아에 속할지 정하고 싶어. 부탁할 수 있겠나?"

"말씀은 알겠는데, 어떻게 될지는 몰라요."

"그건 상관 않네. 부탁해도 되겠나?"

할아버지들이 고개를 숙였다.

"말이라도 해볼게요. 안 되면…… 죄송해요."

"아니, 그것만으로 충분하네. 이걸 크리모니아 영주님께 전해주게. 자세한 이야기가 적혀 있어."

할아버지에게 편지를 받았다.

"그럼, 내일 아침에 출발할게요."

출발하려면 빠른 편이 나았다.

"아, 땅에 대해 잊으시면 안 돼요."

크라켄을 쓰러뜨린 답례로 집을 지을 땅을 받기로 되어 있었다.

"유나가 돌아올 때까지는 준비해 둘게."

"좋은 곳으로 부탁할게요."

상상해 봤다. 약간 높은 곳에 세워질 펜션(곰 하우스). 괜찮을 지도 몰라.

숙소로 돌아와 데거 씨와 안즈에게 크리모니아로 돌아간다고 말했다.

"벌써 돌아가는 건가?"

"유나 씨, 조금 더 천천히 가셔도 되잖아요. 유나 씨 덕분에 크라켄도 없어졌는데…… 맛있는 요리를 더 대접하고 싶어요."

"생선을 잡을 수 있게 됐으니 맛있는 요리를 만들려고 했더니……."

안즈와 데거 씨가 아쉬운 표정을 지었지만 먹을 수 없는 나는 더 아쉬웠다.

"바로 돌아올 거니까 그때 먹을게요."

"바로 돌아오시는 거예요?"

"응, 아트라 씨에게 부탁을 좀 받아서 크리모니아 마을로 돌아가게 된 것뿐이니까 금방 돌아올 거야."

"그럼 쌀은 어떻게 하지? 맡아두고 있을까?"

"아뇨, 받아 갈게요."

내게는 곰 박스가 있으니까 문제는 없었다.

나는 식당의 창고로 안내를 받았다. 그곳에는 나무통에 담긴 쌀이 있었다.

"전부 받아도 돼요?"

꽤 많은 양의 쌀이 담겨 있었다. 바다가 해방됐다고는 해도 아직 식량난이 해결되지는 않았을 터였다.

"주민들 모두가 아가씨를 위해서라며 가지고 와준 거야. 전부 아가씨의 쌀이야. 신경 쓰지 말고 가지고 가."

나는 고마워하며 나무통째로 곰 박스에 담았다.

이것으로 당분간 혼자서 먹는 양에 곤란할 일은 없었다.

다음 날, 데거 씨에게 감사 인사를 하고 숙소를 나왔다.

마을 밖으로 나가는 동안 마주친 주민들이 인사를 건네 왔다. 나는 가볍게 곰 장갑을 흔들었다. 그리고 마을 밖까지 나온 후에 곰돌이를 소환했다. 곰돌이에 올라탄 나는 지도를 불러내 미리 점찍어 두었던 곳으로 향했다.

큰길을 달리다 중간부터 숲 속으로 들어갔다. 이 부근의 나무는 나중에 처리하기로 하고 터널을 팔 장소에 도착했다.

이 근처인가?

지도를 보면서 크리모니아 방향을 확인하고 터널을 팔 곳을 선정했다.

그래, 이쪽부터 터널을 파 나가면 괜찮을 것 같네.

이어서 흙 마법으로 그 자리에 즉석 탈의실을 만들어 흰 곰 옷으로 바꿔 입었다. 아무도 없다는 걸 알고 있지만, 나는 밖에서 옷을 갈아입을 용기를 가지고 있지 않았다.

흰 곰 옷으로 갈아입은 건 앞으로 마법을 많이 쓸 것이기 때문이다. 크라켄과 싸웠을 때처럼 마력을 너무 많이 써서 쓰러지는 일은 피하고 싶었다. 흰 곰 옷을 입으면 마력 회복이 빨라진다. 그래서 이번엔 잊지 않고 옷을 갈아입었다.

옷을 다 갈아입은 후에 터널 입구가 될 곳에 섰다.

일단 한번 파봤다. 터널의 크기는 일반적인 마차보다도 한 단계 더 큰 마차가 지나다닐 수 있을 정도로 했다.

마차의 크기를 생각하면 이 정도려나……. 먼저 어느 정도 터널의 크기를 정했다. 크기를 정하면 이후에는 파 나가는 것뿐이었다. 터널 안은 어두컴컴했기 때문에 곰 라이트를 만들어 주위를 비췄다.

앞으로 걸어 나가면서 구멍을 팠다. 벽은 무너지지 않도록 압축하여 다졌고, 바닥 부분은 울퉁불퉁 하지 않도록 고르게 만들었다. 의외로 성가신 작업이었다. 구멍을 파는 것뿐이라면 간단하지만 벽의 강화와 지면을 평평하게 다듬는 작업은 손이 많이 갔다.

하지만 흰 곰 옷 덕분에 마력의 소모가 적었다. 처음에는 작업이 힘들었지만, 같은 작업을 반복하자 점차 익숙해져 갔다.

단순한 작업을 반복하다 보니 잠이 올 것 같았지만, 땅을 파고 굳히고, 파고 굳히고, 가끔씩 방향과 표고차를 확인하며 앞으로 계속 나아갔다. 표고차가 틀리면 귀찮아진다. 길을 완만하게 뚫지 않으면 나중에 마차가 지나갈 때 고생할 것이다.

중간에 데거 씨가 만들어 준 주먹밥을 먹고 배를 채웠다. 배가 부르자 졸음이 와서 졸음 방지를 위해 콧노래를 불렀다. 그렇게 계속 파기를 몇 시간⋯⋯. 드디어 터널이 관통했다. 지도를 확인하자 산맥의 반대쪽으로 나와 있었다.

드디어 밖으로 나왔다!

응? 어둡네?

곰 라이트로 주위를 비춰봤지만 바깥은 새까맣게 어둡기만 했다. 위를 올려다보자 별이 나무들 사이로 반짝이고 있었다.

아침부터 묵묵히 땅을 팠더니 밤이 되었다. 그래서 그렇게 하품을 한 것이었다. 밤이라는 걸 안 순간 졸음이 몰려왔다.

나는 터널 앞에 여행용 곰 하우스를 꺼냈다. 집 안으로 들어가기 전에 옷이 더럽지 않은지 확인했는데, 산 안에서 터널을 만들었는데도 불구하고 흰 곰 옷은 깨끗했다. 역시 곰 옷!

곰 하우스로 들어가 졸음을 참고 목욕을 한 뒤 이불로 파고 들어갔다.

호위로 꼬맹이 상태의 곰돌이와 곰순이를 소환했다.

"곰돌이, 곰순이, 잘자."

나는 순식간에 꿈속으로 빠져들었다.

🎀 97 곰 씨, 클리프를 만나러 가다

목욕을 한 뒤 터널 만들기로 지친(정신적) 몸을 쉬게 하기 위해 빠르게 취침을 한 나는 살며시 들어오는 햇빛에 눈을 떴다.

몸의 피로는 남아 있지 않았다. 가볍게 아침 식사를 한 후 한 번 송환했던 곰순이를 소환하여 크리모니아를 향해 출발했다.

곰순이가 달린 지 얼마 지나지 않아 크리모니아에 도착했다. 문 지기에게 인사를 하고 안으로 들어갔다. 물론 곰순이는 송환했다.

피나와 티루미나 씨에게 돌아왔다는 보고를 하기 전에 부탁 받은 일을 정리하기로 했다.

영주의 관저에 도착해 전에 본 적 있는 문지기에게 클리프를 만나러 왔다는 것을 전했다. 그리고 곧바로 안으로 들어가게 되어 클리프와 만날 수가 있었다.

한가한가?

"노아가 아니라 나에게 용건이라니 웬일이야."

"부탁 받은 게 있어서요."

"부탁 받은 거?"

나는 미릴러에서 받은 편지를 클리프에게 건넸다. 클리프는 그 자리에서 편지를 읽었다. 그리고 편지를 다 읽은 후 한숨을 쉬었다.

"너는 무슨 짓을 하고 있는 거냐. 크라켄을 혼자서 쓰러뜨리다니, 말이 안 되잖아."

"제가 쓰러뜨렸다는 게 적혀 있어요?"

아트라 씨에겐 입막음을 시켰는데?

"그건 적혀 있지 않지만 한 모험자에 의해서 무찔러졌다고 적혀 있고, 너에 대해서 알고 있다면 누가 봐도 너라고 생각하지!"

클리프는 어처구니없다는 듯이 말했다.

하긴, 1만 마리의 마물을 쓰러뜨리고 블랙 바이퍼를 쓰러뜨린 것을 알고 있는 클리프라면 눈치 챌 수도 있었다.

그래도 그렇지, 쿠로 할아버지도 조금 더 숨겨서 적을 순 없었나?

"저도 좋아서 토벌한 게 아니에요. 제가 갈 길에 크라켄이 있었고, 그게 방해를 했단 말이에요."

갈 길 = 쌀을 손에 넣는다.

그 길에 크라켄이 막아서고 있었던 게 잘못이었다.

"내가 갈 길이라니, 네가 어디 패왕이야? 세계 정복이라도 하는 거야?"

"그런 귀찮은 거 안 해요."

"못한다고는 말 안 하네."

"못해요."

가능할 수도 있지만 할 생각도 없었다.

세계 정복을 했다고 해서 뭐가 재밌을까. 그런 귀찮은 짓을 하느니 낮잠이라도 자는 게 훨씬 낫다. 이세계로 전생하여 용자가 되거나 마왕이 되는 등 열심히 활동하는 이야기들이 있긴 하지만……. 모두 열심히 하네. 나라면 절대로 안 해.

"뭐, 지금은 유나에 대해서보다는 편지의 내용이 중요하지."

"편지에는 뭐라고 적혀 있었는데요?"

어느 정도는 알고 있지만 편지에 어떤 식으로 적혀 있는지는 듣지 못했다.

"요약하면 최근 한 달 동안에 생겼던 일과 세금을 낼 테니 크리모니아의 영지에 넣어주길 바란다는 것이야. 네 녀석이 이 마을에서 무엇을 했는지가 눈에 훤하네."

클리프가 시선을 먼 곳에 두면서 그렇게 말했다.

"그렇게 나에 대해서 적혀 있는 거예요?"

"한 모험가가 식재료를 기부해줘서 도움을 받았다던가, 한 모험가와 네 명의 모험가가 도적단을 쓰러뜨려서 잡혀있던 사람들을 구출했다던가, 한 모험가가 크라켄을 쓰러뜨려준 덕분에 식량난에서 벗어날 수 있었다던가……. 일단 너의 이름은 전혀 나와 있지 않으니까 괜찮아."

그거, 어디가 괜찮다는 거지?

나에 대해 모르는 사람이 편지를 읽으면 나라고는 생각 안 하려나? 그래도 클리프만큼 나에 대해 알고 있다면 눈치 챌 것 같은데……. 아트라 씨와 할아버지는 클리프와 내 관계를 알지 못하니 어쩔 수 없나?

"뭐, 네 얘기는 제쳐두고 문제는 어떻게 논의를 할 것인가인데……. 논의를 하려면 만나야 하잖아. 그런데 그 마을에는 촌장이 없어. 지금 마을을 관리하고 있는 건 노인 세 명과 보좌역에 모험가 길드의 길드 마스터야. 노인들을 여기까지 부르는 것도 너무한데……."

"클리프 씨, 시간 많잖아요. 클리프 씨가 미릴러까지 가 주면 되죠."

"너 말이야, 나는 이래봬도 영주라고. 일거리도 잔뜩 있어. 마을을 며칠이나 비울 수는 없다고."

"미릴러까지라면 하루 만에 갈 수 있어요."

"……의사를 불러야겠군."

내 말에 클리프는 진지한 얼굴로 말했다.

"열은 없는데요."

"갈 수 있을 리가 없잖아. 어떻게 하면 하루 만에 산맥 반대편에 있는 마을로 갈 수 있다는 거지? 하늘이라도 난다는 건가?"

클리프는 사람을 얕보는 듯 새가 날갯짓하는 흉내를 냈다. 어쩐지 열 받는데?

"하늘은 날지 않지만 터널을 만들었거든요."

"……뭐?"

클리프가 새 흉내를 멈추고 멍청한 표정을 지었다. 딸 노아에게

22

는 보여줄 수 없는 얼굴이구만.

"미안. 한 번 더 말해주겠어? 잘못 들은 것 같아."

"터널을 팠으니까 곰돌이라면 하루도 안 걸려서 갈 수 있다고요."

클리프가 관자놀이를 짚으며 입을 열었다.

"거짓말을 하는 건, 아니지? ……너라면 있을 수 있는 일인가? 그, 산맥에 터널을 만들었다니…… 게다가 이 며칠 동안에……"

정확히는 하루 동안이지만.

"정말 만든 거야?"

"만들었어요. 해산물의 유통 경로를 만들고 싶었거든요."

그리고 안즈가 크리모니아로 와주길 바랐으니까.

"네 녀석의 존재가 비상식적이라고는 생각했지만 이렇게까지 비상식적일 줄은 몰랐어."

"그러니까 곰돌이라면 마을까지 하루 만에 갈 수 있는데……. 할아버지들을 데려오는 거라면 마차를 써야 하니까 시간이 걸려요."

"아니, 그런 거라면 내가 가지."

결단이 빨랐다.

우물쭈물하며 고민하는 것보다는 좋지.

"게다가 네 녀석이 만든 터널도 확인을 해야 하니까 말이야."

확인이라니, 시험 채점을 받는 것 같아서 싫은데…….

"그럼, 언제 출발할 거예요?"

"내일 중으로 급한 일은 끝내놓지. 그리고 상업 길드에도 연락을 해야 하니까 말이야. 출발은 모레로 하겠어."

클리프는 조금 생각하더니 바로 결정했다.

"상업 길드요?"

"편지에 따르면 상업 길드의 길드 마스터가 범죄를 일으킨 모양이니 전해줘야지. 가능하면 우리 쪽 상업 길드 마스터도 데리고 가고 싶지만, 네 곰은 몇 명까지 탈 수 있지?"

"두 명까지라면 탈 수 있어요."

"그렇다면 부탁해도 될까?"

"상관은 없지만 곰돌이와 곰순이를 무서워하면 안 태울 거예요."

곰돌이와 곰순이를 무서워하는 인물은 태우고 싶지 않았다.

하지만 이번은 긴급 사태였다. 미릴러 마을의 상업 길드 마스터도 붙잡혔다. 언제까지고 저 상태로 둘 수는 없었고, 크리모니아의 길드 마스터가 가는 게 좋다고 생각했다.

"그 여자라면 괜찮을 거야. 만약 무서워할 것 같으면 두고 가면 돼."

클리프가 그것으로 괜찮다면 상관없지만, 괜찮은 건가?

"그럼 모레에 너희 집으로 갈 테니 기다리고 있으렴."

그렇게 클리프와 약속을 하고 복도로 나오자 노아가 뛰어오고 있었다.

"유나 님, 오셨으면 저를 부르셔야죠."

"오늘은 클리프 씨에게 용건이 있어서."

"그 용건은 끝났나요?"

"오늘은 끝났어."

"그럼 시간이 있다는 거네요."

노아가 사랑스러운 미소로 나를 꼬셨지만 그 뒤에 있는 사람이 미소를 지으며 이쪽을 보고 있었다. 그런데 어째선지 그 미소에서 공포를 느꼈다.

"괜찮겠어? 아까부터 웃는 얼굴로 이쪽을 보고 있는 라라 씨가 있는데."

노아는 뒤를 보고 얼굴이 새파래졌다.

역시, 노아도 라라 씨의 미소 뒤에 있는 또 다른 얼굴을 눈치챈 모양이었다.

"느와르 님, 아직 공부 중이셨잖아요."

"더는 지쳤어요. 휴식이 필요해요. 곰 성분을 보충하고 싶어요."

뭐야? 그 곰 성분이라는 거. 처음 듣는 성분이야. 만약 그런 성분이 있다면 지구의 학회에 발표하면 노벨상 감인걸.

떼를 쓰는 노아를 보고 라라 씨는 작게 한숨을 쉬었다.

"알았어요. 조금만이에요. 유나 님, 조금만 느와르 님의 상대를 부탁해도 될까요?"

"괜찮아요."

"그럼 부탁드릴게요. 저는 차를 준비해 오겠습니다."

라라 씨는 고개를 숙이고 물러났다.

"그럼, 유나 님. 제 방으로 가요."

노아는 내 곰 장갑을 잡아당겼다.

"그래서, 유나 님은 어디에 가셨던 거예요?"

"엘레젠트 산맥 너머에 있는 바다에."

"그 산을 넘은 거예요?"

"곰돌이랑 곰순이가 있으니까."

"곰돌이랑 곰순이, 대단해요. 바다라니…… 좋겠어요. 저도 가
보고 싶어요."

"그럼 따뜻해지면 갈까?"

"가고 싶은데 멀리 나가는 건 아버님이 허락해주지 않으세요."

"괜찮아. 가까워질 테니까."

"……?"

노아가 고개를 작게 갸웃거렸다.

터널에 대해서는 아직 말할 수 없으므로 말을 아꼈다.

"그때는 내가 설득해줄게."

"정말이요? 약속하셨어요! 그리고 유나 님, 부탁이 있는데요."

노아가 쑥스러워하며 눈을 위로 뜨면서 바라봐왔다. 여자인 내
가 봐도 귀여운 모습이었다. 만약 로리콤인 남자였다면 부탁을 들
어줬겠지.

뭐, 나도 거절할 수는 없지만 말이다.

"곰 님을 부탁해도 될까요?"

예상대로의 부탁이었다. 아까도 곰 성분이라는 둥의 말을 하기도 했으니.

모처럼이니 꼬맹이화한 곰돌이와 곰순이를 선보이기로 했다.

"뭐, 뭐, 뭐, 뭐예요! 이 곰 님은?!"

"곰돌이와 곰순이야. 이 크기라면 방에서도 괜찮지?"

노아가 곰돌이와 곰순이에게 천천히 다가갔다.

딱히 도망가지 않는데…….

그리고 곰돌이와 곰순이를 끌어안았다.

"유나 님, 이 아이들 주세요!"

"안 줘."

그 후, 휴식이 끝나도 곰돌이와 곰순이를 떼놓지 않는 노아가 라라 씨에게 혼나는 것은 말할 필요도 없었다.

다음 날, 피나와 티루미나 씨에게 돌아왔다는 것을 전하러 고아원으로 향했다.

고아원 주변에서는 활기차게 놀고 있는 아이들이 있었다. 내가 유아반이라고 부르고 있는 아이들로, 걷기 시작하거나 다섯 살 정도까지의 아이들이었다. 유아반은 꼬끼오를 돌보는 일과 힘을 쓰는 일은 할 수 없기 때문에 밖에서 활기차게 놀고 있었다.

나의 존재를 눈치채고 아이들이 기뻐하며 다가왔다.

"곰 언니!"

"모두들, 사이좋게 지내고 있었어?"

아이들을 둘러보니 다른 아이들보다 한 발 뒤에서 나를 보고 있는 아이가 한 명 있었다. 새로운 아이인가?

"응!"

"다 같이 사이좋게 지내고 있어."

주변을 봐도 따돌림을 당하는 아이는 없는 것 같았다.

"착하네."

"에헤헤~."

"다 사이좋게 놀아야 해."

"응!"

내가 칭찬해주자 아이들은 활짝 웃었다. 그리고 새로운 아이의 손을 잡고 뛰어갔다. 다른 아이들도 그 뒤를 따라갔다. 새로운 아이도 미소로 녹아들은 모양이었다.

역시 원장 선생님과 리즈 씨. 아이들은 잘 지내고 있었다.

아이들과 헤어진 나는 티루미나 씨가 있는 꼬끼오 창고 옆에 있는 작은 가옥으로 향했다. 이곳에서 티루미나 씨는 아이들이 모아온 꼬끼오 알을 센다. 꼬끼오를 돌보고 있는 건 여섯 살 이상의 아이들로 알을 모으거나 새장을 청소한다.

작은 가옥 안으로 들어서자 티루미나 씨가 마침 알을 세고 있는 중이었다. 피나와 슈리가 도와주고 있는 모습이 보였다.

"유나 언니!"

"다녀왔어."

피나와 슈리는 기쁜 듯 내게 안겨왔다.

"아무 일 없었니?"

나는 두 사람에게 물었다. 뭐, 무슨 일이 있었다면 곰 폰으로 연락이 있었을 테니까. 게다가 이 차분한 공기가 아무 일도 없었다는 것을 알리고 있었다.

"응, 아무 일도 없었어요. 어머니와 아버지도 사이좋으시고요."

그건 좋은 일이었다. 가까운 시일 내에 피나와 슈리에게 새로운 남동생이나 여동생이 생길 수도…….

"피나, 쓸데없는 말 안 해도 돼."

티루미나 씨는 딸이 가정 상황을 설명하자 조금 부끄러워했다.

"티루미나 씨, 다녀왔어요."

나는 피나와 슈리의 얼굴을 쓰다듬으면서 티루미나 씨 쪽으로 갔다.

"어서 와. 그래, 바다는 어땠어?"

"뭐, 여러 가지 일이 있었지만 재미있었어요."

크라켄과 도적은 있었지만.

"그래, 모험가 시절에 간 적 있었는데 한 번 더 가보고 싶네."

터널을 사용하면 간단하게 갈 수 있게 된다. 다음번에 티루미나 씨와 아이들을 데리고 바다로 가는 것도 괜찮을 것 같네. 아이들은 바다 같은 거 본 적이 없을 테니까.

티루미나 씨에게 인사를 마친 나는 원장 선생님이 있는 곳으로 향했다.

새롭게 지은 고아원의 입구에는 수호상처럼 곰 장식물이 놓여 있었다. 나는 곰 장식물을 가볍게 손으로 만지며 「아이들을 지켜 줘」라고 마음속으로 부탁했다.

고아원 안으로 들어서자 원장 선생님과 리즈 씨가 있었다.

두 사람에게 돌아왔다는 보고를 했다.

"원장 선생님, 이거 기념품이에요."

곰 박스에서 축제 때 대량으로 받은 해산물 요리를 꺼냈다.

그렇게 많은 음식을 줘봤자 혼자서 다 먹을 수 있을 리가 없었다. 주민들 모두가 잇따라 요리를 가져다 줘서 남아버렸다.

"생선인가요? 희귀한 걸 가져오셨네요. 조금 이르지만 아이들을 불러 점심 식사로 할까요?"

"그럼, 불러 올게요."

리즈 씨가 방에서 나갔다.

"원장 선생님은 생선을 잘 다루시나요?"

"민물고기라면 손질한 적이 있지만……."

뭐, 고아원에서는 생선을 못 먹었을 테니 어쩔 수 없나.

그렇게 생각하니 어떻게든 안즈가 크리모니아로 와줘야겠다고 생각됐다.

❧ 98 곰 씨, 터널로 향하다

 어제는 피나네 가족과 시간을 보냈고, 오늘은 클리프와 미릴러 마을로 향할 예정이다.

 분명 상업 길드의 길드 마스터도 같이 올 수도 있다고 했었다. 만약 곰돌이와 곰순이를 무서워할 것 같은 사람이라면 거절할 생각이다. 곰돌이와 곰순이를 무서워하는 사람을 억지로 태울 정도로 나는 사람을 좋아하지 않는다.

 곰 하우스에서 기다리고 있자 클리프와 밀레느 씨가 왔다.

 "많이 기다렸지?"

 "별로 기다리진 않았는데, 어째서 밀레느 씨가 온 거예요?"

 의외의 조합이었다. 뭐, 그렇게 생각하는 건 익숙하지 않아서일 수도 있겠지만.

 "어째서라니, 밀레느가 이 마을 상업 길드의 길드 마스터이기 때문이지. 분명 너와도 아는 사이었을 텐데?"

 클리프는 무언가를 떠올린 듯 물어왔다.

 밀레느 씨가 길드 마스터라니 처음 듣는데?

 "밀레느 씨가 길드 마스터였어요?"

 "어머나, 말 안 했었나?"

 밀레느 씨는 시치미 떼듯 말했다. 그 표정을 보니 확실히 일부러 말 안 한 거네.

나는 의심스럽게 밀레느 씨를 쳐다봤다.

"농담이야. 정말 말할 타이밍이 없었을 뿐이라고. 내가 길드 마스터이든 보통의 직원이든 우리의 관계는 변하지 않잖아?"

속이려고 하지만 분명 거짓말이었다. 조용히 즐기고 있었던 거다.

"설마 밀레느 씨, 보기보다 나이가 많으신가요?"

애당초 밀레느 씨는 겉보기엔 젊었다. 겉보기로는 길드 마스터라는 생각이 들지 않았다. 떠올릴 수 있는 건 엘레로라 씨처럼 겉모습 사기였다.

"실례될 말을~. 보다시피 20대야."

그거 폭이 넓지 않아?

스무 살과 스물아홉 살은 꽤나 다르다고 생각하는데. 뭐, 말하고 싶지 않다는 건 후반이라는 뜻이겠지. 그래도 그 나이로 길드 마스터라니, 대단하다고 생각했다.

하지만 밀레느 씨가 길드 마스터라고 생각하니 말이 되는 부분도 생겼다. 꼬끼오 알을 팔 때도, 가게를 낼 때도 밀레느 씨의 독단이 많았다. 일반 직원으로는 할 수 없을 법한 일이었다. 그 때마다 밀레느 씨는 「괜찮아」, 「맡겨줘」라며 여러 가지로 융통성을 발휘해줬다.

무엇보다도 일반 직원이 영주에게 꼬끼오 알을 판매하지 않도록 부탁을 하고 실행하는 힘이 있을 리 만무했다. 지금 생각해보면 이상한 점이 많이 있었다.

이것도 겉모습으로 봤을 땐 젊다는 선입관에 속은 것이다.

"네가 20대여도 30대여도 40대여도 상관 안 해. 됐으니까 출발하지. 언제까지고 여기에 있어도 소용없잖아."

클리프가 성가신 듯 말을 하곤 발길을 돌렸다.

"자, 잠깐만, 20대와 30대면 하늘과 땅 차이라고?! 게다가 40대라니 뭐야! 여자에게 그런 말하면 미움 받아."

"괜찮아. 너와는 달리 나는 이미 결혼했고, 아이도 있어."

하긴, 엘레로라 씨 같은 예쁜 부인에, 노아와 시아 같은 귀여운 딸이 있다면 성공한 셈이지. 바람 같은 걸 피우고 싶은 게 아니라면 다른 여자들에게 인기가 많을 필요는 없었다.

"클리프, 혹시, 시비 거는 거야?"

"사실을 말했을 뿐이야."

두 사람 사이에 위태로운 분위기가 흐르기 시작했다.

설마 개와 고양이? 누가 어느 쪽인지는 알 수 없지만.

그것보다도—.

"밀레느 씨, 미릴러 마을에 가주시는 거예요?"

"그야, 상업 길드의 불상사이기도 하고, 터널 이야기가 사실이라면 보고 싶기도 하고, 터널이 있다면 미릴러 마을과 교역이 시작될 테니까. 그럼 길드 마스터인 내가 가지 않으면 처리가 안 되는 안건이 많이 생길 거야. 무엇보다도 소문이 자자한 유나의 곰에 올라탈 수 있다면 일을 빼서라도 가야지."

항상 상업 길드의 접수를 맡고 있는 것처럼 보여도 길드 마스터로서 일은 하고 있다는 건가?

"너는 일을 해!"

"그러니까 일을 하러 미릴러 마을에 가는 거잖아."

"윽······."

클리프는 밀레느 씨에게 옳은 말을 듣곤 입을 다물었다.

"그럼, 유나. 소문의 곰 님을 만나러 가볼까?"

밀레느 씨가 내 어깨를 감싸고 걷기 시작했다. 그 뒤를 어이없는 얼굴로 클리프가 따라왔다. 뭐, 일을 하러 가는 거라면 상관없지만.

마을 밖으로 통하는 문에 도착하자 문지기가 이상한 조합에 놀란 표정을 지었다. 그야 영주님과 상업 길드의 길드 마스터가 같이 있으면 놀라겠지. 그 놀라고 있는 이유 중에 내가 들어 있지 않기를 빌었다.

마을 밖으로 나온 나는 곰 장갑을 앞으로 뻗어 곰돌이와 곰순이를 소환했다.

"이게 소문의 곰이구나."

밀레느 씨는 신기한 듯 곰돌이와 곰순이를 쳐다봤다.

"그럼, 클리프 씨는 곰돌이에 타고 밀레느 씨는 저와 같이 곰순이에 타요."

"곰돌이는 검은 쪽이었지."

클리프는 이름을 말하는 것만으로도 알아듣고 곰돌이 쪽으로 향했다.

"유나, 곰돌이와 곰순이라니?"

"검은 쪽이 곰돌이고, 하얀 쪽이 곰순이에요."

"후후, 유나다운 네이밍 센스네."

"그거 무슨 의미죠?"

"보이는 것처럼 귀여운 이름이라는 의미야."

밀레느 씨는 얼버무리듯 미소를 지었다.

곰돌이, 곰순이, 귀여운지 어쩐지는 모르지만 이미 애착이 있는 이름이 되어 있었다. 내게 네이밍 센스가 있었다면 더 좋은 이름을 지어줄 수 있었겠지만 지금은 곰돌이와 곰순이가 좋다고 생각하고 있다.

밀레느 씨는 곰순이에게 다가갔다.

"그럼, 곰순아, 부탁할게."

밀레느 씨가 곰순이의 목 부근을 만지자 곰순이는 기분 좋아했다.

"그래서 유나, 어떻게 타면 되는 거야?"

곰에는 보통 말과는 달리 안장 같은 게 달려있지 않았다.

하지만 밀레느 씨의 말에 곰순이는 타기 쉽게 몸을 숙여줬다.

먼저 내가 탔고, 그 뒤에 밀레느 씨가 탔다.

"안장도 없는데 앉기 편하네."

"장시간 타고 있어도 끄떡없어요."

곰돌이와 곰순이의 승차감은 최고다. 타고 있으면 졸음이 몰려올 정도였다.

우리를 태운 곰돌이와 곰순이는 터널이 있는 엘레젠트 산맥으로 향했다.

처음엔 가볍게 달리는 정도의 속도로 이동했다.

"거침없이 달리네."

곰돌이와 곰순이는 나란히 달렸다.

"빨라서 좋네. 마차는 느린데."

그야, 마차와 비교하면 빠르다.

그 후 곰돌이와 곰순이는 서서히 속도를 올려 몇 시간 지나지 않아 엘레젠트 산맥의 기슭에 도착했다.

"이 부근인 것 같은데……."

터널을 만든 근처에 왔다.

지도를 보면 분명 이 근처인데…….

"길을 잃은 거야?"

클리프가 물어왔다.

내가 근처를 둘러보자 곰순이가 멋대로 걷기 시작했다.

"곰순이?"

곰순이와 곰돌이는 자신들에게 맡기라고 말하는 듯 우리를 태우고 걸었다.

몇 분 후, 주변이 나무들로 뒤덮인 터널이 발견됐다.

"너보다 곰 쪽이 똑똑하군."

이번만큼은 되받아 칠 수가 없었다.

터널에 들어서기 전에 휴식을 취하기로 했다.

"그렇다 해도 곰들 덕분에 빨리 도착했네."

"상인이 본다면 갖고 싶어 할 거야."

"모험가도 갖고 싶어 하겠지."

클리프와 밀레느 씨는 오렌의 과즙을 마시면서 곰돌이와 곰순이에 대한 감상을 나눴다.

아무리 많은 돈을 지불한다 해도 곰돌이와 곰순이를 내어줄 마음은 없었다. 만약 강제로 빼앗으려는 자가 있다면 그게 클리프라 해도 용서하지 않을 것이다.

"그런 얼굴로 째려보지 마. 아무도 네 녀석의 곰을 빼앗을 생각 안 해. 그런 짓을 하면 내 목숨이 몇 개가 있어도 부족할 거야."

클리프는 내 머리를 쓰다듬었다.

클리프와 밀레느 씨는 터널 앞으로 이동했다.

"이게 유나가 만든 터널이구나."

클리프는 터널을 보더니 일하는 사람의 얼굴이 되었다. 그리고 진지한 얼굴로 밀레느 씨와 검토를 하기 시작했다.

"크기는 마차 두 대가 서로 지나갈 수 있을 정도는 되려나?"

"그러네. 그 정도는 되겠어."

"생각했던 것보다 큰데?"

"그래도 대형 마차가 지나다니면 양 방향으로 지나다닐 수는 없겠어."

"마차의 크기를 규제할까?"

"으음, 그럼 마차의 규제를 모르는 사람이 오면 성가신 일이 생길 거야."

"그럼 홀수와 짝수 일로 나눌까? 그렇게 하면 하루 대기하는 것만으로 끝나잖아."

"으음, 그 부분은 상황을 보고 정해야 하나?"

"뭐, 바로 결론을 내릴 수는 없어. 일단은 터널의 거리를 조사해서 앞으로의 상황에 따라 정하면 되겠지."

조금 더 크게 만들 걸 그랬나?

"그리고 이 부근에 길을 내고 주둔소를 만들어서 터널 관리도 필요해."

밀레느 씨는 나무들이 우거진 주변을 살펴봤다.

"그리고 터널 사용료도 정해야겠네."

"어느 정도가 적절할까?"

"원래라면 터널을 만드는 데 사용한 자금에 따라 정하지만—."

두 사람은 나를 슬쩍 봤다.

"돈 받을 거예요?"

"당연하지. 어느 바보가 무료로 제공을 하나? 유지비도 들고 이곳에 주둔시킬 병사나 모험가도 고용해야 하는데."

"터널 안에 도적이나 마물이 들어서면 큰일이 될 테니까 말이야."

확실히 터널을 방치해두면 마물이 쳐들어 올 가능성도 있었다. 그러니 그렇게 만들지 않기 위해서라도 병사나 모험자의 주둔은 필요했다. 그것도 양쪽 출입구 모두 말이다. 그렇게 생각하니 관리하기 위해서는 터널의 사용료가 필요해졌다.

"게다가 이 어두운 것도 마석으로 밝게 만들어야 하잖아."

"빛의 마석 설치와 마력선. 이것만으로도 꽤 돈이 들어가."

마력선이란 말 그대로 마력을 보내는 선으로, 지구에서 말하자면 전기를 보내는 전선이 된다. 마력선은 곰 하우스에도 사용되고 있다. 천장에 설치된 빛의 마석을 빛나게 하기 위해서는 손이 닿는 벽에 있는 마석을 건드려 마력선을 통해 마력을 전달해야 한다.

"그리고 바람의 마석 설치도 필요할 거야."

"터널이 이렇게 길면 필요하려나……. 그 전에 반대쪽까지 거리가 어느 정도 되지? 길이에 따라 휴게소도 필요할지도 몰라."

나를 빼놓고 앞으로의 터널 사용 방법에 대해 두 사람은 의견을 나눴다.

나로서는 해산물이 크리모니아 마을까지 옮겨진다면 문제는 없지만, 그렇게 간단하지는 않았다. 구체적인 것은 전문가에게 맡기기로 했다.

그 후, 휴식도 어느 정도 마치고 출발하기로 했다.

나는 곰 라이트를 만들어 전방에 고정시켰다. 내가 움직이면 라이트도 내게 맞춰 움직였다.

"유나, 미안하지만 천천히 가줬으면 좋겠어. 터널의 상태와 길이를 알고 싶거든."

곰돌이와 곰순이는 천천히 터널 안을 걸어갔다.

"물은 떨어지지 않는 것 같군."

클리프가 천장을 올려다봤다.

"마법으로 물의 흐름을 밖으로 유도해 놔서 떨어지지 않을 거예요."

종유동 같이 되는 건 싫으니까.

"관리가 수월해지겠는데?"

"이제는 강도의 문제네. 붕괴라도 된다면 큰일이야."

"그건 흙의 마석으로 보강하면 괜찮을 거야."

흙벽에 흙의 마석을 넣으면 강도가 올라간다고 한다. 마을과 왕도 등을 감싸는 방벽에도 흙의 마석이 묻혀 있다고 한다.

"빛의 마석, 바람의 마석에 더해서 흙의 마석이라……. 돈이 조금 들 것 같은데……."

빛의 마석은 터널을 밝히기 위해, 바람의 마석은 공기를 순환시키기 위해, 흙의 마석은 터널의 강도를 높이기 위해 필요했다.

"그걸 위한 통행료인 거잖아."

"그래도 처음에 드는 지출은 어떻게 할 거야? 상업 길드로서는 후불은 곤란한데……."

"그 정도의 돈은 있으니까 안심해."

"그렇다면 문제는 마석의 확보라는 거네."

"상업 길드 쪽에서 모을 수 있겠어?"

"으음, 안 될 건 없지만……. 시세가 붕괴되는 건 걱정인데. 게다가 물건이 부족해지는 것도 피하고 싶기도 하고……."

"그렇게 되면 왕도에서 납입 받는 게 좋으려나?"

"그러는 편이 나을 것 같네. 근처 마을에서 받아도 비슷한 현상이 일어날 테니까. 왕도라면 그런 걱정은 없겠어."

"돈은 준비할 테니 부탁해도 될까?"

"그래, 괜찮아."

터널을 사용하는 건 힘든 일이었구나. 구멍만 판다고 완성이 되는 게 아니었어. 빛이 필요하고 공기 순환도 해야 하고…….

가게도 그랬지만 초보인 내가 생각하면 허점투성이군.

두 사람이 이야기를 나누는 동안에도 계속 나아가고 있었지만 출구가 보이지 않았다. 뭐, 클리프의 부탁으로 천천히 걷는 탓도 있지만 말이다.

"이 안에서 빛이 없어지면 무섭겠는걸."

"유나, 이 이상한 빛은 괜찮은 거야?"

이상한 빛이라니, 무례하군. 곰 모습을 띤 빛이거늘. 하긴, 처음엔 나도 이상하다고 생각하긴 했지.

"괜찮아요."

꺼지면 다시 만들면 되니까.

"아무래도 천장에 빛의 마석을 설치하는 건 힘들 테니까 좌우 벽에 설치할 수밖에 없겠어."

천장은 마차가 지날 수 있을 정도로 높기 때문에 손이 닿지 않았다. 천장에 설치하려면 매번 단상을 준비해야 했다.

"그러는 편이 좋겠어. 한쪽이 꺼져도 다른 한쪽에 빛이 있다면 안심이니까 말이야."

"비용이 두 배가 되겠지만 어쩔 수 없지."

이야기가 꽤 진전됐지만 터널은 아직도 끝이 보이지 않았다.

"터널이 기네……."

"그야 산맥을 올곧게 파긴 했어도 길이는 꽤 되니까요."

"이건 휴게소가 필요하겠는걸."

"만들려면 터널 중간에 만드는 게 좋을 것 같은데……."

두 사람의 시선을 느꼈다.

"설마, 제가 만드는 거예요?"

"이렇게까지 만들었으니 휴게소 정도야 만들어도 되지 않겠어? 밀레느가 말한 대로 중간 부근을 알면 가장 좋겠지만 말이야. 한번 정확한 거리를 재야겠는데."

"거리는 몰라도 중간이라면 알아요."

곰 지도를 보면 중간의 위치는 대략이나마 알 수 있었다.

"정말이야?"

"이제 금방이에요."

지도를 보면서 곰돌이를 달리게 했다. 참고로 지도를 열고 있어도 이 세계의 사람들에게는 지도가 보이지 않는 모양이었다. 이건 피나로 검증이 됐다.

"대충 이 부근이 중간이네요."

"너는 그런 것까지 아는 거냐."

"뭐, 대충이니까 별로 믿지는 마세요."

"약간의 차이라면 상관없어. 이곳에 조그마한 공간을 만들면 되는 건가."

나는 클리프의 지시대로 흙 마법으로 벽을 밀어 공간을 만들었다.

"대단해. 이렇게 쉽게 구멍이 파이다니."

계속해서 마차를 여러 대 세울 수 있는 공간을 완성했다.

"여기가 중간이라면 천천히 갈 필요가 없겠어. 유나, 미안하지만 속도를 내줄 수 있겠어?"

나는 곰돌이와 곰순이의 속도를 높여 터널의 남은 절반 거리를
빠져나왔다.

🎀 99 곰 씨, 미릴러 마을로 돌아오다

터널을 빠져 나왔을 무렵에는 이미 해가 저물고 있었다.

바닷바람이 불어와 신선한 공기를 전했다. 터널 안에서 긴 시간 있었던 탓인지 더욱 그렇게 느껴졌다. 클리프와 밀레느 씨도 마찬가지인지 바다를 바라보고 있었다.

"예쁘다."

"그렇네."

"터널 덕분에 크리모니아와 가까워졌으니 휴가는 이쪽 마을에서 보내는 것도 좋겠네."

"나도 다음번엔 딸을 데려올까……?"

그건 노아도 기뻐하겠네.

"그런데 정말 하루 만에 엘레젠트 산맥 반대편까지 올 수 있을 줄은 생각도 못했어."

"산맥을 돌아서 가면 며칠이 걸릴지 모르니까."

그런 얘기를 나누면서 수평선 너머로 저무는 해를 보며 마을로 향했다. 마을에 도착하자 처음 이 마을에 도착했을 때 인사를 나눴던 남자가 있었다. 나는 곰돌이와 곰순이를 송환하고 마을 입구로 향했다.

"곰 아가씨! 돌아온 거야?"

문지기 남자가 기뻐하며 달려왔다.

"내가 없을 때 나갔다는 말을 듣고 고맙단 말도 못해서 마음에 남아 있었다고."

그러고 보니 마을을 나갈 때는 다른 사람이 있었다.

"다시 한 번 고맙단 인사를 하지. 마을을 구해줘서 고마워."

정면에서 들으니 어쩐지 쑥스러워졌다.

"감사 인사는 많은 사람들에게 받았으니까 됐어요. 게다가 쌀도 받기도 했고."

쌀 답례품이 제일 기뻤다.

감사의 말보다 물욕이라니 내가 생각해도 좀 그렇지만 말이다.

"그래. 나도 집에 있던 쌀을 가지고 갔어. 제일 적었지만 말이야."

"그래요? 고마워요. 감사히 먹을게요."

내가 고맙다는 말을 하자 남자는 기뻐했다.

"얘기 나누는 중에 미안한데, 슬슬 안으로 들여보내 주겠나?"

그때 클리프가 우리의 대화에 끼어들었다.

"미안하네. 두 사람 모두 이 아가씨랑 아는 사이인가?"

"그래, 맞아."

"일단 확인을 해야 하니 카드를 보여주게."

남자는 직무로 돌아가 두 사람에게 카드 제출을 요구했다.

클리프와 밀레느 씨는 순순히 카드를 건넸다.

남자는 그 카드들을 보더니 표정이 서서히 변했다.

"……백작님과 길드 마스터."

남자는 천천히 두 사람에게 카드를 돌려주고 머리를 숙였다.

"죄송했습니다. 안으로 들어가시죠."

"신경 쓰지 않아도 되네. 그렇게 어려워하지 말아줘."

"맞아. 이런 남자에게 고개 숙일 필요는 없어."

밀레느 씨는 자신은 관계없다는 듯 말을 했지만, 남자는 길드 마스터에도 놀랐었는데…….

우리는 마을 안으로 들어섰지만 이미 해가 저물어 어두워졌다. 역시 오늘 논의하는 건 무리겠지.

"시간이 늦었는데 어떻게 할까요? 숙소로 갈 거라면 안내할게요."

"아니, 먼저 모험가 길드의 길드 마스터를 만나고 싶어."

"그래. 촌장이 없다면 마을을 관리하고 있는 세 할아버지들에 게 인사를 해야 하는데, 이미 시간이 늦었으니 말이야. 먼저 사정을 알고 있는 길드 마스터에게 이야기를 들어두는 편이 낫겠어."

두 사람의 생각이 일치했기 때문에 이대로 모험가 길드로 향했다.

길드로 향하면서 나를 알아본 주민들은 인사를 해주었다.

대부분의 사람들은 감사의 말을 건넸다. 하지만 그중에는 말없이 떠났던 것에 화내는 사람도 있었다.

"유나, 인기 많네."

"그야 크라켄을 무찔렀으니 그렇겠지."

"그래도 그것만이 아니잖아? 아마 유나의 귀여운 모습도 인기의 이유 중 하나일 거야."

내 모습이라니, 곰 말이야?

곰 인형 옷으로 인기가 있어도 기쁘지 않은데…….

머지않아 리본이 인기의 포인트라던가 안경이 포인트인 것처럼 곰 인형 옷이 인기의 요소라는 말을 듣진 않을지 걱정이다.

나중에 곰 인형 옷을 입지 않고 마을을 걸었을 때, 주민들 전원에게 무시를 당한다면 틀림없이 풀이 죽을 내가 상상됐다.

그런 생각을 하고 있는 내 모습에 쓴웃음이 지어졌다.

말을 건네 오면 귀찮다고 생각하고, 말을 건네 오지 않으면 쓸쓸해지다니. 외톨이었던 시절의 후유증인가.

일단 나=곰 인형 옷이 아니라는 것을 빌어보자. 분명 아닐 테니까.

모험가 길드에 도착하자 뒷정리를 하고 있는 직원들이 보였다. 모험가는 보이지 않았다. 모험가들은 상업 길드에 가담하여 감옥에 들어가 있든지, 또는 뭔가 켕기는 게 있는지 마을을 떠난 사람도 많이 있다고 들었다.

한 직원이 길드 안으로 들어선 나를 알아차렸다.

"유나 님."

그 말에 그곳에 있던 전원이 반응했다.

"아트라 씨 계세요?"

"네, 계세요. 바로 불러 드릴게요."

직원은 종종걸음으로 안쪽 방으로 향했다.

안쪽 방에서 큰 소리가 들린다고 생각한 순간 아트라 씨가 나왔다.

여전히 가슴을 강조한 옷을 입고 있었다.

"유나! 벌써 돌아온 거야?"

"아트라 씨, 다녀왔어요."

"그래서, 어떻게 됐어? 크리모니아의 영주님은 뭐라고 하셨어?"

클리프와 밀레느 씨를 눈치채지 못한 건지 아트라 씨는 내게 이 것저것 물었다.

"아트라 씨, 진정하세요. 설명할 테니까요."

"그래, 미안해. 근데, 저 두 사람은……?"

이제야 클리프와 밀레느 씨의 존재를 알아차린 모양이었다.

"이쪽 남자가 크리모니아의 영주인 클리프 포…… 포…… 어쩌고 이름의 귀족이에요."

내가 그렇게 소개를 하자 클리프가 고개를 가볍게 저었다.

"너 말이야, 사람의 이름도 기억하지 못하는 거냐. 다른 귀족을 소개할 때 그렇게 한다면 그냥 끝나지 않아. 나니까 괜찮은 거지."

"뭐, 문제없으면 된 거잖아요."

게다가 클리프의 이름이 긴 걸. 풀 네임으로 기억할 수 없었다.

더구나 한 번도 불러본 적 없고.

"네 녀석은……."

클리프는 어처구니없다는 표정을 하곤 한숨을 내쉬었다. 그리고 아트라 씨 쪽을 바라봤다.

"크리모니아 마을에서 영주를 맡고 있는 클리프 포슈로제라고 하네. 조금 전에 도착해서 늦은 시간인 건 알지만 인사만이라도 할까 해서 들렀다네."

클리프는 예의 바르게 자기소개를 했다.

"크리모니아의 영주님……."

아트라 씨는 멍하니 클리프를 바라봤다.

클리프에게는 엘레로라 씨라는 미인인 부인이 떡 하니 있으니까 안 돼요.

"그리고, 이쪽의 여자 분이 크리모니아 마을에서 상업 길드의 길드 마스터를 맡고 있는 밀레느 씨에요."

"상업 길드의 길드 마스터……."

다음으로 밀레느 씨를 소개하자 아트라 씨는 밀레느 씨를 놀란 표정으로 바라봤다.

"저는 크리모니아 마을의 상업 길드에서 길드 마스터를 맡고 있는 밀레느라고 해요. 이번에 우리 관계자가 폐를 끼친 모양이던데 미안해요."

밀레느 씨가 인사를 하자 아트라 씨가 정신을 차렸다.

"저, 저는, 이 마을 모험가 길드의 길드 마스터를 맡고 있는 아트라라고 합니다. 먼 곳까지 와주셔서 고맙습니다."

"먼가?"

"먼 곳에서?"

두 사람은 무언가 말하고 싶어 했다. 그런 두 사람을 보고 아트라 씨는 고개를 갸웃거렸다.

"설마, 영주님과 상업 길드의 길드 마스터가 와주실 줄은 생각도 못했습니다."

"그야, 편지 내용이 내용이었지 않은가. 다른 사람에게는 맡길수 없었네. 예고도 없이 갑자기 방문한 건 사과하지."

"아뇨, 와주셔서 감사할지언정 폐라고는 생각하지 않습니다."

"그렇게 말해주다니 고맙네."

"아, 그리고 클리프 님이 말씀하신 대로 지금부터 관계자 분들에게 모여 달라 해도 늦을 것 같으니 자세한 이야기는 내일 하고싶은데 괜찮으신가요?"

아트라 씨가 죄송하다는 듯 말했지만 클리프도 알고 있었기 때문에 신경 쓰는 것 같지는 않았다.

"그래, 물론이지."

"그리고, 오늘 머무실 곳 말입니다만……."

아트라 씨는 말하기 곤란한 듯했다.

"원래대로라면 이 마을 촌장의 저택에 머무시도록 해야 하지만, 지금 촌장이 없어서…… 접대가 가능한 상태가 아니라……."

아트라 씨의 목소리가 점점 작아졌다.

"그런 건 신경 쓰지 않아도 되네. 우리가 연락 없이 와서 그런 거니. 숙박으로 충분해."

아트라 씨는 다시 머리를 숙였다.

"고맙습니다. 내일 직원을 숙소로 마중 보내겠으니 오늘은 편히 쉬세요. 물론 숙박비는 저희가 부담하겠습니다."

"그래, 감사히 쉬도록 하지."

"그럼 유나, 숙소는 데거 씨네로 갈 거지?"

"네, 돌아왔다는 것도 보고하고 싶기도 하고요."

안즈에 관한 건도 있었다. 게다가 다른 숙소를 알지 못했다.

"그나저나 아트라 씨, 말투가 좀 이상하지 않아요?"

"유나! 이 분을 누구라고 생각하는 거니?"

아트라 씨가 슬쩍 클리프에게로 시선을 옮겼다.

"클리프 씨? ……크리모니아의 영주?"

그 외엔 떠오르지 않았다.

"그것만 알고 있으면 충분할 텐데. 게다가 클리프 님을 막 불러서 되겠어?"

그러고 보니 어느샌가 나는 클리프를 속으로 막 부르고 있었다. 으음, 언제쯤부터였더라?

처음 만났을 때부터 그랬던 것 같은데, 결정적이게 된 건 고아원 이야기를 들었을 때였을지도 모른다.

"저기요, 클리프 님?"

"그만 둬! 기분 나빠."

"너무하네요."

"그래도 미리 말해두지만, 이게 귀족을 대하는 일반적인 태도야. 네가 이상한 거라고. 뭐, 나도 그렇게 격식을 차려줘도 곤란하지만. 그렇다고 해서 모두가 유나처럼 그러면 곤란하긴 해도 평범하게 대해주면 고맙지."

"네, 시정하겠습니다. 그런데 일행 분은 몇 분 계신가요?"

"없다."

"……"

아트라 씨의 눈이 점이 됐다.

늦은 감이 있지만 보통 귀족이라면 호위를 붙이지.

"유나가 있으니까 호위는 데려오지 않았네."

설마, 신용 받고 있는 거야?

"정말인가요?"

"그래, 여기까지 유나의 곰들로 오기도 했고. 편지를 읽고 서두르는 편이 낫다고 생각해서 최대한 빨리 오려고 했네."

"아, 고맙습니다."

클리프의 말에 아트라 씨가 감동했다. 이런 캐릭터였던가?

아까부터 아트라 씨답지 않은 말투 때문인지 등이 근질거리는데……

"그럼 일단 길드 직원에게 호위를—."

"아트라 씨, 괜찮아요. 곰이 있으니까."

"……하지만."

"그럼 호위는 제가 옆에 없을 때 부탁해도 될까요?"

"……알았어. 그럼 오늘 밤은 부탁할게."

"숙소에 있을 때 안전은 곰이 보증하니까요."

잠이 푹 들어도 곰돌이와 곰순이가 있으니까 안전했다.

이미 늦은 시간이기 때문에 이야기는 그만하기로 하고, 우리는 모험가 길드에서 나와 데거 씨의 숙소로 향했다.

"아가씨! 돌아 온 거야?"

숙소로 들어서자 데거 씨가 커다란 몸을 흔들며 다가왔다.

"다녀왔어요. 오늘부터 또 당분간 신세 질 것 같네요."

"그래, 며칠이든 더 머물다 가렴. 그래서, 거기 두 사람은 누구지?"

데거 씨는 내 뒤에 있는 클리프와 밀레느 씨에게로 시선을 옮 겼다.

"유나의 친구인 클리프라고 하오. 당분간 신세 지겠소."

"밀레느라고 해요."

"아가씨와 아는 사이라면 대환영이네. 방이라면 많이 있어. 마음껏 머물다 가게. 물론 숙박비는 필요 없어."

어느 쪽이든 숙박비는 아트라 씨가 내주기로 했으니까 무료인 건 변함없었다.

"어머나, 그런 말 해도 돼요? 나쁜 사람이라면 언제까지고 들어 앉아 있을 거예요."

밀레느 씨가 데거 씨의 말에 놀리듯 말했다.

"아가씨의 지인이 그런 짓을 할 리가 없잖아. 만약 있다면 그건 아가씨의 이름을 사칭한 가짜야."

"유나, 신용 받고 있네."

"외부인은 금방 신용하지 않지만 아가씨만은 다르지. 그건 이 마을 주민들 모두 같은 생각이야."

뭐야? 이 신뢰 받는 방식. 무서운데? 나, 그렇게 굉장한 짓을 했나?

잠시 생각했다. 응, 했네.

식재료 배부, 도적 토벌, 포로 해방, 간접적으로 상업 길드 숙청, 크라켄 토벌, 게다가 크라켄 소재 제공. 그렇게 생각하니 신용 받는 건 당연한 건가?

"그러니까 아가씨의 입으로 친구라는 말을 들은 거면, 그건 신용할 가치가 있어."

뭐야, 종교의 교주 같잖아. 난 그런 인물이 될 생각은 없는데…….

"제가 좋아서 한 거니까 너무 신경 쓰지 않아도 돼요. 정말 부탁이니까 신경 쓰지 마세요."

나는 힘주어 말했다.

이 부분은 어떻게든 막아둬야 했다.

"그렇지만……."

"감사 인사라면 다음에 제 사소한 부탁을 들어주시면 돼요."

"뭐지? 그 사소한 부탁이라는 게?"

"아직, 비밀이려나?"

"뭐, 내가 할 수 있는 거라면 들어주지."

괜찮나? 그렇게 쉽게 말해도.

따님, 넘겨받을 겁니다.

본인의 허가도 절반은 받았으니 이제는 보호자인 데거 씨의 설득뿐이었다.

"그럼 아가씨의 친구들. 식사를 준비할 테니 많이들 먹어주게."

데거 씨의 해산물 요리가 테이블 위에 차려졌고, 두 사람은 만족하며 먹었다.

방은 각각 빌려서 내일을 대비해 오늘의 피로를 풀었다. 호위로 곰돌이와 곰순이를 소환하는 걸 잊지 않았다.

"클리프와 밀레느 씨의 방에도 수상한 사람이 접근하면 알려줘."

곰돌이와 곰순이의 머리를 쓰다듬으며 부탁하자 곰들이 작게 「크응~」 하고 울부짖으며 대답했다.

🎀 100 곰 씨, 필요 없는 아이? 1

다음 날 아침, 곰돌이와 곰순이에 의해 눈이 떠졌다. 일어났을 때는 곰돌이를 껴안고 있었다. 나도 모르게 곰돌이를 안고 잔 모양이었다. 그 덕분에 기분 좋게 잘 수 있었던 것 같았다.

하지만 곰돌이를 안고 잤기 때문에 곰순이가 약간 토라진 것 같았다. 아무리 그래도 자고 있던 중의 일이었기 때문에 토라져도 곤란했다.

하지만 이대로라면 불쌍하니까 오늘 밤엔 곰순이와 같이 자기로 약속을 하고 곰돌이와 곰순이를 송환했다.

아침 식사를 하러 식당으로 내려가니 클리프와 밀레느 씨가 이미 식사를 하고 있었다.

"두 사람 모두 빠르네요."

"시간은 한정적이고, 할 일은 많아."

"나도 사실은 더 자고 싶었는데 생각할 거리가 많아서 말이야."

밀레느 씨는 그렇게 말하며 작게 하품을 했다.

"졸려 보이네요."

"늦게까지 여러 가지로 생각했거든."

"두 사람 모두 힘드시겠어요."

"……유나."

"유나……."

"누구 때문에 이런 상황이 됐는지 잊었나."

"나 때문이라고요?"

내 탓이 아닌걸.

"네 녀석 때문이라고는 말 않겠지만 조금은 자신이 했던 일을 돌이켜 봐."

납득은 되지 않지만 클리프가 말하고 싶은 것도 알기 때문에 반론은 할 수 없었다.

나도 데거 씨에게 식사를 부탁하고 자리에 앉았다.

"그런데 좋은 마을인 것 같아. 아침 식사 전에 가볍게 주변을 산책했거든."

"도저히 도적과 크라켄이 있었다고는 생각할 수 없어."

"그건 모두 유나 씨 덕분이에요."

그때 안즈가 요리를 가져와 주며 입을 열었다.

"유나 씨가 이 마을에 평화를 주었어요."

"과장이에요."

"마을 사람 모두들 저와 같은 생각을 하고 있어요."

"후후, 유나는 이 마을의 영웅이구나."

그런 건 되고 싶지 않아요.

식사를 마치고 잠시 쉬고 있자 모험가 길드의 직원인 세이 씨가 찾아왔다.

"여러분, 좋은 아침입니다. 푹 쉬셨습니까?"

"네, 잘 쉬었어요."

조금 전까지 졸려 했으면서 밀레느 씨는 어른스럽게 대응했다.

"그거 다행이네요. 그럼 죄송하지만 모험가 길드로 와주셨으면 하는데 괜찮으신가요?"

식사를 마친 두 사람은 문제가 없었기 때문에 세이 씨의 말을 받아들였다.

그럼, 두 사람이 이야기를 하는 동안 나는 무엇을 하고 있을까?

날씨도 좋으니 바다에 갈까? 광장으로 가면 뭐 팔고 있으려나?

그게 아니면 아트라 씨에게 물어서 곰 하우스 설치 장소라도 보러 갈까?

내가 의자에서 일어나지 않는 것을 보고 클리프가 말을 건넸다.

"유나, 뭐하고 있는 거야? 지금 갈 거야."

"저도 가는 거예요?"

"무슨 당연한 소리를 하는 거야?"

클리프가 황당한 표정으로 물었다. 그런 얼굴로 당연하다고 해도 곤란한데.

"앞으로 할 얘기는 마을과 마을의 이야기잖아요."

"그래, 맞아."

"그럼 저는 필요 없잖아요?"

내가 마을 운영에 도움이 되고 있는 건 아니었다.

"무슨 말을 하는 거야? 네가 이야기의 중심인물이잖아. 그런 네가 없으면 어떡해."

어라? 언제부터 내가 중심인물이 된 거야?

"밀레느 씨?"

도움을 청하듯 밀레느 씨를 봤다.

"이 중에서 이 마을에 대해 알고 있는 건 유나밖에 없으니까 필요해. 상대가 거짓말을 할 거라고는 생각하지 않지만. 유나의 지식이 필요하니 와줘야 해."

"교섭이란 건 좋은 점은 말하지만 불이익이 되는 부분은 말하지 않는 거야. 하지만 네가 있는 앞에서는 상대도 그런 짓은 하기 어렵겠지."

그런가?

그런 짓을 할 사람들로는 보이지 않는데……. 뭐, 클리프와 밀레느 씨는 이 마을 사람들의 성격을 모르니까 어쩔 수 없나…….

내가 필요한 이유도 알았으니 하는 수 없이 따라가기로 했다.

모험가 길드에 도착하자 지난번과 같이 방으로 안내 받았다. 방에 들어서자 아트라 씨와 세 할아버지들이 자리에 앉아 있었다. 그리고 한 명 더, 얼굴을 본 적 있는 남자가 있었다. 이전에 설산에서 도와줬던 다몬 씨에게 『상업 길드 인물 중에서 괜찮은 쪽』이라고 소개 받았던 젤레모 씨였다.

방에 들어선 우리에게 아트라 씨는 자리에 앉으라고 권해줬다.

"이렇게 미릴러 마을까지 와주셔서 감사합니다."

아트라 씨가 자리에서 일어나 클리프와 밀레느 씨에게 감사 인사를 건넸다.

"설마 크리모니아의 영주님이 친히 와주실 줄은 생각도 못했어요."

"이 녀석의 부탁이니까."

클리프는 그렇게 말했지만 딱히 부탁한 기억은 없었다. 편지를 건네주고 설명을 했을 뿐이었다.

뭐, 한가하면 가는 게 어떻겠냐고 말하긴 했지만.

"게다가 이 녀석이 바보 같은 짓을 해서, 게다가 비상식적인 것을 만들어서 앞으로의 일을 생각해보니 부하에게는 맡길 수가 없었네."

"그것에 관해서는 클리프의 의견에 동의해."

실례되는군. 나는 크라켄을 쓰러뜨리고 터널을 만들었을 뿐이야.

"그럼 이야기를 시작하기 전에 자기소개를 하겠습니다. 저는 모험가 길드의 길드 마스터를 맡고 있는 아트라입니다. 지금은 마을 운영의 보좌 일을 하고 있습니다."

"이미 알고 있겠지만 나는 크리모니아 마을의 영주인 클리프 포슈로제라고 하네. 그렇다고 해서 말투 같은 건 신경 쓰지 않아도 되네. 나는 그런 건 신경 쓰지 않게 됐으니까."

그러니까 왜 거기서 나를 쳐다보는 거냐고?

다음으로 밀레느 씨가 일어나 자기소개를 시작했다.

"저는 크리모니아에서 상업 길드의 길드 마스터를 맡고 있는 밀레느예요. 이 마을의 상업 길드가 불상사를 일으키게 되어 사과를 드립니다."

그에 똑같이 할아버지 세 분이 자기소개를 했다.

그리고 마지막으로 상업 길드의 젤레모 씨가 인사를 했다.

"저는…… 저는 상업 길드에서 일하고 있는 젤레모입니다. 어째서 제가 여기에 불려온 건지 이유는 모르겠습니다만……."

"네게는 상업 길드의 대표로서 오라고 한 거였다."

"대표 말인가요?"

"그래. 앞으로는 이쪽에 계신 크리모니아 상업 길드의 길드 마스터인 밀레느 씨의 지시에 따라 일을 하도록 하게."

한 할아버지가 말했다.

"어째서 저인 거죠?"

"자네는 상업 길드의 눈을 피해 식량으로 곤란해 하고 있는 가정에 생선을 돌렸지."

"알고 계셨어요?"

"당연하지. 생선 같은 건 살 수 없을 만큼 어려운 가정에서 생선을 굽는 냄새가 나면 알게 되지."

"그렇다고 해서 저라고는 단정 지을 수 없잖아요."

"우리의 정보망을 우습게 보지 말게. 그 정도 알아보는 건 가능해."

"그렇다면 저를 눈감아 주고 계셨던 건가요?"

"우리들도 식재료가 부자들에게만 건네지는 것은 괴로웠단다."

다몬 씨가 말했던 『상업 길드 인물 중에서 괜찮은 쪽』이라는 의미를 알 것 같았다. 뒤에서 그런 일을 하고 있었구나.

"그래서 우리는 마을 주민들을 소중히 생각하는 자네를 상업 길드의 대표로 불렀네."

"믿을 수 있는 누군가가 상업 길드를 맡아줘야 하니까 말일세."

젤레모 씨가 마지못해 납득을 했다.

"그럼 이것으로 자기소개는 된 건가. 시간이 없으니 이야기를 진행하도록 하지."

클리프가 자기소개를 끝내고 이야기를 진행시키려고 했다.

어라? 내 자기소개는?

설마, 나는 필요 없는 아이야?

곰이라서 필요 없는 거야?

뭐, 나에 대해서는 모두 알고 있으니까 자기소개는 필요가 없을 수도 있지만, 모두 자기소개를 하고 나만 안 한다는 게 왕따 당하는 것 같잖아.

마치 반에서 순서대로 자기소개를 하다가 마지막에 내 순서라고 생각했더니 「모두 자기소개 끝났지?」라는 말을 들은 것 같은 기분이 들었다. 하지만 그런 내 마음과는 상관없이 이야기는 진행됐다.

"편지에도 적혀 있었지만, 내 영지의 일부가 되어도 괜찮겠나?"

"네, 그 대신 비호 아래로 들어가고 싶습니다. 이 마을에서 무슨 일이 생겼을 때 도와주셨으면 좋겠어요."

"크라켄 말이군."

"네."

"미리 말해두지만 크라켄 같은 건 손쉽게 쓰러뜨릴 수 있는 마물이 아니네. 이 곰이 비상식적인 것뿐이야."

클리프가 나를 손가락으로 가리켰다.

사람을 손가락질해서는 안 된다고 안 배웠나…….

"네, 알고 있습니다. 다시는 안 나타날 거라고 생각하고 있지만…… 만약 그와 같은 마물이 나타났을 경우, 식재료 등의 지원을 확실히 약속 받고 싶습니다."

"식재료라……. 자네들은 크리모니아와 이 마을의 거리를 알고 말하는 건가?"

"그건……."

"……"

미릴러 마을의 주민들 쪽은 모두 입을 다물었다. 미릴러와 크리모니아까지의 거리를 생각한 것이다.

결론부터 말하자면 식재료를 운반하기에는 손과 시간이 많이 들었다. 산을 넘거나 크게 돌아가는 것밖에 할 수 없을 경우엔 말이다.

"농담이네."

클리프가 웃기 시작했다. 밀레느 씨도 같이 웃었다.

그 웃음에 아트라 씨와 할아버지들, 그리고 젤레모 씨는 당황했다.

"클리프 님?"

아트라 씨 일행은 클리프의 웃음의 의미를 몰라 곤란한 표정을 지었다.

"식재료 건은 알았네. 만약 이 마을이 식량난에 빠지거든 지원하지. 단, 우리 마을에서도 똑같이 식량난이 일어났을 경우엔 약속 못하지만, 그래도 되겠나?"

"네, 물론입니다. 이 마을에서 식량난에 빠지게 되는 경우는 바다에 나갈 수 없을 때입니다. 크리모니아 마을과 같은 시기가 되지는 않을 거라고 생각합니다."

"그렇지. 나도 그렇게 생각하네. 그러니 크리모니아에서 식량난이 일어났을 경우엔 지원을 받겠어."

"네."

클리프가 지원 이야기를 받아들이자 아트라 씨 일행들은 안도의 표정을 지었다.

"그런데 식재료를 어떻게 운반하죠?"

뭐, 보통은 그 부분이 문제이지.

"그건 걱정 말게. 이 곰 덕분에 말일세."

클리프가 옆에 앉아 있던 내 머리에 손을 얹었다.

그 말에 밀레느 씨와 나를 제외한 전원이 머리 위에 물음표를 띄웠다.

"이 곰이 이 마을을 위해 크리모니아로 향하는 터널을 만들어 주었네."

"잠깐……."

내가 입을 열기도 전에 다른 사람의 입이 먼저 열렸다.

"터널이요?"

"클리프 님……."

"……."

아트라 씨 일행은 클리프의 말에 믿을 수 없다는 표정을 지었다.

뭐, 내가 크리모니아로 이어지는 터널을 팠다고 말해도 믿을 수 없겠지.

"유나, 진짜니?"

"……뭐, 일단은요."

사실은 안즈가 크리모니아로 와주길 바라서 판 거지만. 나중에 해산물 유통에도 필요하기도 했었고.

"맞아요. 우리는 그 터널을 지나왔어요."

"그……, 농담이 아니라는 거네요."

"농담으로밖에 들리지 않겠지만 사실이야. 빠른 말을 이용하면 하루 정도면 크리모니아에 도착할 거야. 마차로는 얼마나 걸리는 지는 모르겠지만 그다지 시간은 걸리지 않을 거야."

"그래서 식재료 걱정은 하지 않아도 돼요."

"터널에 대해서는 처음부터 존재했던 것으로 소문을 퍼트릴 테니 유나가 만들었다는 사실은 여기에 있는 사람들만의 비밀로 해주게."

"왜 그러시죠?"

"그야 소란을 일으키지 않기 위함이지. 유나가 만든 것이 알려지면 다른 곳에도 파주길 바라는 자들이 나타날 수 있어. 그렇게 되면 유나에게 폐를 끼치게 돼. 자네들도 그건 바라지 않잖아."

클리프는 여러 가지로 나를 생각해주고 있는 모양이었다.

"그건……."

"물론이죠."

"그러니 여기에서만의 이야기로 해주게."

"알겠습니다."

아트라 씨 일행은 클리프의 제안에 수긍했다.

🎀 101 곰 씨, 필요 없는 아이? 2

앞으로의 터널 사용에 대해서 의논이 시작됐다.

"빨리 이 터널을 사용할 수 있게 해야 해."

"사용할 수 있게, 라뇨? 지나오신 거 아닌가요?"

"저 상태로는 터널로써 사용할 수 없어. 그저 지날 수 있을 뿐인 구멍이지."

너무해. 모처럼 만들었더니……. 그래도 사실이니까 뭐라 말을 되받아 칠 수 없었다.

"터널 안은 깜깜해서 빛의 마석을 설치해야 하고, 터널이 있는 곳이 나무들로 막혀 있어. 주변 정리를 하지 않으면 마차도 지나갈 수 없을 거야."

확실히 저 상태대로라면 마차는 지날 수 없겠지. 겨우 말이 지날 수 있을 정도였다.

"뭐, 그 덕분에 이제껏 터널이 발견되지 않았던 거라고 하면 되지. 그 정리를 할 노동력은 이 마을에서 내주었으면 하네. 양쪽 입구를 정리해야 되니 말이네. 물론 비용은 지불할 테니 안심하게. 그 관리는 자네가 하고."

클리프는 젤레모 씨를 바라봤다.

"제가 말인가요?"

"당연하지. 자네가 상업 길드의 일로써 주선할 거니까."

"아, 알겠습니다."

젤레모 씨, 힘내세요.

"그럼, 빛의 마석은……."

"마석에 대해서는 이쪽에서 준비할 테니 안심하게. 바람의 마석에 흙의 마석도 필요할 테니까 말이야."

그 말에 아트라 씨 일행은 안도했다.

뭐, 마석의 대금을 내라는 말을 들어도 곤란하겠지.

"터널에 대한 이야기는 여기까지다. 나머진 한번 터널을 보는 편이 얘기가 빠를 거라고 생각하네. 가능하다면 오늘 중으로 확인하러 가고 싶은데."

"그럼 마차를 준비시키겠습니다."

아트라 씨는 방에서 나가더니 세이 씨를 불러 마차를 수배시켰다.

"기다리시게 해서 죄송합니다."

아트라 씨가 돌아와 이야기가 재개됐다.

"다음으로 이 마을의 대표자를 선출해주게. 앞으로는 그와 이야기를 하고 싶군. 물론 여기에 있는 인물이어도 상관없네."

"그렇다는 건 촌장이라는 말씀이신가요?"

"그렇지. 우두머리가 없으면 정리될 이야기도 정리가 안 돼."

"알겠습니다. 며칠 안에 촌장을 정하겠습니다."

"그렇다면 내가 할 일은 이 정도 같군."

클리프는 말하고 싶은 것을 다 말한 후 밀레느 씨와 교대했다.

"그럼 다음으로 상업 길드에 관한 건이네요. 다시 한 번 저희 관계자가 민폐를 끼친 일에 대해 사과드립니다. 우선 아트라 씨의 편지를 읽었습니다. 이런 끔찍한 일은 다시 있어서는 안 됩니다. 이 건은 상업 길드에서 옹호할 생각은 없습니다. 크리모니아 마을 과 똑같이 처벌하겠습니다."

"저기, 구체적으로는……."

젤레모 씨가 작은 목소리로 물었다.

"그야 사형이 당연하잖나. 이 마을은 내 영지의 일부가 될 걸세. 그 처벌이 정해져 있지 않다면 크리모니아와 같은 벌을 내리는 건 당연하네. 내 마을에서 사람을 죽이고 재산을 빼앗았다. 그런 녀석들은 사형에 처한다. 무엇보다 살려 둬도 쓸모가 없어. 사형으로는 구원할 수 있는 마음이 많이 있다. 그렇다면 죽어주는 게 나아."

클리프가 말하는 구원할 수 있는 마음이란 살해당한 사람들의 육친들을 말하는 것이겠지.

아빠, 엄마, 아들, 딸, 할아버지, 할머니, 친척, 친구……. 도적에게 일가를 살해당한 지금도 원망하고 있을 것이다.

"훗날 이 마을의 광장에서 사형을 치르지. 보고 싶은 자는 보러 와도 좋다. 그것으로 이 사건의 일은 잊게 하도록 하지."

"그렇다면 도적은······."

"동일하다. 상업 길드의 지시로 그런 일을 저질렀다고는 하나 살인을 저지른 자, 여자를 폭행한 자는 똑같이 사형이다. 나머지는 광산에서 일을 시킬 것이다."

사건의 우두머리와 관계자들의 처벌은 클리프의 한마디로 정해졌다.

나라면 아무리 죄인이라도 무저항 상태인 인간을 죽이라고 한들 바로 수긍할 수는 없을 것이다.

그 결단이 가능한 클리프는 역시 위에 설 자격이 있으며 능력이 있다고 생각한다. 그렇게 클리프는 대단하다고 생각한다.

"만일 처형되는 녀석의 일가가 불만을 말하면 내게 이름을 대게!"

"알겠습니다. 그, 클리프 님. 고맙습니다."

"감사 인사는 필요 없네. 나의 일이니 하는 거야."

"그렇다면 다음은 상업 길드의 앞으로에 대해서네요."

그 말에 젤레모 씨가 긴장감에 휩싸였다.

"모두에게 물어보고 싶은데, 여기 있는 젤레모 씨는 신용할 수 있는 인물인가요?"

그 질문에 한순간 고개를 갸웃거리는 할아버지들이었지만 바로 대답을 했다.

"젤레모는 다소 경솔한 면이 있지만 할 일은 하는 남자네."

"게으름 피우는 모습을 볼 때가 있지만 주민들은 좋아하고 있지."

"이번에도 뒤에서 생선을 훔쳐서 가난한 가정에 생선을 나눠 줬어."

"맞아요. 불만을 말하면서도 일은 제대로 하는 남자죠."

밀레느 씨는 젤레모 씨의 인성을 얼추 듣고는 이렇게 말했다.

"그렇다면 젤레모 씨에게 이 마을의 길드 마스터를 맡길게요."

"저, ……제가 길드 마스터를요?!"

"그래요. 이번처럼 길드가 불안정할 때는 마을의 신뢰가 두터운 사람이 되어야 해요. 그렇게 하는 것으로 주민들이 힘을 빌려주죠. 저 같은 외부인이 길드 마스터가 되어도 좋게 봐주지 않을 거예요."

"하지만 제가 길드 마스터라니……."

"괜찮아요. 당신을 보좌할 인물을 파견시킬게요. 당신은 천천히 길드 마스터로서의 공부를 하면 돼요."

"젤레모, 우리들도 부탁하마. 너의 행동이 얼마나 우리의 마음을 구했는지 몰라."

"농땡이 부리고 싶으면 부하에게 일을 넘기면 되잖나."

"젤레모, 부탁하네."

할아버지들은 머리를 숙였다.

일은 농땡이 치면 안 되죠. 그렇지만 크리모니아 상업 길드의 길드 마스터도 농땡이 부리니까 괜찮나?

나는 슬쩍 밀레느 씨를 봤다.

"유나, 왜 그래?"

"아무것도 아니에요."

내 시선을 느낀 밀레느 씨가 이상한 듯 나를 봤다. 나는 곧 후
드를 깊게 눌러 쓰고 밀레느 씨의 시선을 피했다.

"알겠습니다. 고개를 들어주세요. 저라도 괜찮다면 받아들이겠
습니다."

할아버지들에게 설득 당한 젤레모 씨는 길드 마스터의 직위를
받아들이기로 했다.

그 말에 밀레느 씨는 미소 지었다. 그녀의 미소에 젤레모 씨의
얼굴이 붉어진 것은 기분 탓이 아님이 틀림없었다.

"그럼, 당분간 상업 길드의 업무 지시는 제가 하겠으니 따라주
세요. 직원과 주민들의 대응은 젤레모 씨에게 맡길게요."

그 후 밀레느 씨가 앞으로의 상업 길드 업무에 대해 이야기했
다. 젤레모 씨는 성실히 이야기를 들었다.

"일단은 이 정도인가…… 나머지는 상업 길드에 가서 하죠."

"어떡할래? 먼저 상업 길드로 갈까?"

"터널에 먼저 가도 돼. 직원들이 믿게끔 하기 위해서는 우리들
의 말보다도 젤레모 씨와 이 분들이 말하는 게 나을 거야. 그러려
면 마을을 대표하는 다섯 명이 한 번은 터널을 봐야지."

"그건 그렇군. 그럼 시간도 없으니 얼른 가보지."

클리프의 제안에 이의를 제기하는 사람은 없었으므로 터널로

향하게 됐다.

"밖에 마차를 준비했으니 가시죠."

모험가 길드를 나오자 지붕이 달린 마차 두 대가 세워져 있었다. 마차 앞에는 세이 씨가 서 있었다.

"클리프 님, 그리고 밀레느 씨. 마차를 준비해 두었습니다. 마차가 작아 죄송합니다."

확실히 왕도에서 봤던 귀족인 그란 할아버지의 마차와 비교하면 작았다. 하지만 클리프는 화가 난 것 같지는 않았다.

"상관없네. 신경 쓰지 말게."

뭐, 귀족이 없는 이 마을에 대형 마차 따윈 없었겠지.

세이 씨의 안내로 모두들 마차에 올라탔다. 마차 안은 마주보고 앉는 식으로 세 명씩 앉을 수 있게 되어 있었다.

첫 번째 마차에는 클리프, 밀레느 씨, 아트라 씨, 그리고 내가 탔고, 두 번째 마차에는 할아버지 세 분과 젤레모 씨가 탔다.

아트라 씨가 마부석 쪽으로 지시를 내리자 마차는 움직이기 시작했다.

"유나, 크리모니아의 영주님을 모시고 와줘서 고마워. 정말 유나에게는 감사의 말밖에 나오지 않네."

옆에 앉은 아트라 씨가 내게 감사 인사를 했다.

"약속했잖아요."

"으응, 게다가 우리를 위해서 터널까지 만들어줬잖니."

그건……. 아무래도 안즈를 크리모니아로 데려가기 위해서 만들었다고는 말할 수 없었다.

"유나, 그 얼굴은 뭐지?"

클리프가 눈치 빠르게 내 표정을 읽었다. 나는 즉시 곰 후드를 푹 뒤집어썼다.

"어이!"

클리프가 말을 걸었다.

"아무래도 마을을 위해서 터널을 만든 게 아닌 모양이군."

"그런 거야?"

"그렇지 않아요."

"거짓말이네."

"거짓말이야."

클리프와 밀레느 씨가 파고들었다.

"사실대로 말해."

"……."

"유나……."

아트라 씨까지 의심의 눈초리로 나를 바라보고 있었다.

나는 어쩔 수 없이 사실대로 얘기했다. 크리모니아로 해산물 유통 경로를 확보하기 위해, 그리고 안즈를 크리모니아로 부르기 위해 터널을 만들었다는 것을 말이다.

"……."

"……."

"……."

"믿기지가 않네."

"달랑 요리사 한 명을 부르기 위해서……."

"그것만이 아니요. 크리모니아로 해산물이 유통되면 좋겠다
고 생각했기 때문이에요. 그리고 아트라 씨와 쿠로 할아버지가 크
리모니아와 교류를 원하기도 해서 터널이 있는 편이 낫겠다고 생
각한 건 사실이에요."

나는 열심히 설명했지만 어처구니없다는 시선을 계속 받았다.

"이 얘기는 쿠로 할아버지와 일행들에게는 말하지 않는 편이 좋
겠어."

"맞아."

"환상을 깨뜨리지 않는 편이 나아."

세 명의 의견이 일치했다.

이상하다. 내가 터널을 만든 건 사실인데, 감사도가 떨어진 것
같은 느낌이 들었다.

🎀 102 곰 씨, 터널을 보러 가다

마차는 덜컹덜컹 흔들리면서 천천히 나아가 목적지인 터널 근처까지 갔다.

클리프가 마차를 멈추도록 지시했고, 전원이 내렸다.

클리프는 나와 달리 길을 확실히 외우고 있는 모양이었다. 그렇다고 해서 내가 방향치인 건 아니다. 정말이다.

"여기서부터는 걸어가지."

마차에서 내린 클리프는 터널을 향해 앞장서서 걸어갔다.

터널의 위치를 알고 있는 건 우리 세 명뿐이라고는 하나 귀족인 클리프가 숲 속을 선두로 걸으면 안 되지.

그 점을 알아차린 아트라 씨가 선두로 나서려고 했지만 클리프에게 저지당했다.

"유나가 있으니 괜찮아."

신용해주는 건 기쁘지만 다른 한마디가 필요했다.

"유나를 믿고 계신 거네요."

"겉모습만 빼면 저 아이만큼 신용할 수 있는 자는 없으니까 말이야."

칭찬하고 있는 건지 폄하하고 있는 건지 알 수 없는 발언에 반론하기 어려우니 그만 뒀으면 좋겠는데.

그래도 이 기대를 배신할 수는 없었기 때문에 탐지 스킬을 사용하여 주변을 확인했다.

응, 괜찮네.

마물이나 사람의 반응이 없었으므로 이대로 클리프를 선두에 두었다.

아무 일도 없이 터널에 도착했다. 아트라 씨는 터널을 보더니 숨을 크게 들이켰다. 마치 믿기지 않는 것을 보는 듯한 눈으로 보고 있었다.

"정말 이 터널이 크리모니아 마을까지 연결되어 있는 건가요?"

아트라 씨는 터널을 쳐다보며 물었다.

"정확하게는 크리모니아 마을로 향하는 길이지."

"그런데 어둡네요."

"아까도 말했지만 빛의 마석을 설치할 예정이야."

"그리고 광산처럼 바람이 통하도록 바람의 마석과, 터널의 강도를 높이기 위한 흙의 마석이 필요해요."

밀레느 씨의 말에 미릴러 마을의 대표자 다섯 명의 얼굴이 어두워졌다. 그것을 클리프가 눈치채고 입을 열었다.

"아까도 말했지만 마석은 우리 쪽에서 준비할 테니 안심들 하게. 이 마을의 부담이 되지는 않을 거야."

"괜찮은가요? 그렇다고 해서 저희에게 비용을 내라고 해도 지금 마을에 그만한 돈은 없지만요."

"우리 마을이 전부 부담하지는 않을 거야. 돈은 터널의 통행료로 회수할 테니 걱정 말게."

"통행료 말인가요?"

"이 터널이 있다면 마을 간의 유통이 시작될 거야."

클리프는 흘긋 내 쪽을 봤다.

"딱히 누구의 이야기는 아니지만, 이 터널이 있다면 크리모니아로 해산물을 팔러 갈 수도 있고 크리모니아에서 사러 오는 사람도 있겠지. 게다가 이 마을에 있는 바다를 보러 오는 사람도 있을 테고. 통행량이 늘어나면 수입도 늘 거야."

"바다를 보러 온다고요?"

미릴러의 주민으로서는 바다를 보러 간다는 감각을 잘 모르는 것 같았다.

뭐, 마을 사람들에게는 당연한 거니까 멀리서 보러 오는 마음은 모르겠지.

"이 마을에서 태어나 오랜 시간 살아온 사람들은 모를 수도 있겠지만, 바다를 본 적이 없는 사람에게는 볼 수 있는 것만으로도 가치가 있지."

"그렇습니까……."

할아버지들은 납득이 가지 않는 듯 고개를 갸웃거렸다.

"자네들은 크리모니아 마을을 보고 싶지 않은가?"

"그건…… 확실히……."

"보고 싶네요."

"그것과 같다네. 그러니 많은 사람들이 이 마을로 올 거라고 생각하는 편이 좋을 거야. 하지만 동시에 조용했던 마을이 소란스러워질 수도 있지. 난폭한 자가 올 수도 있어. 자네들은 여러 가지의 것들을 손에 넣는 대신 잃는 것도 있다는 것을 염두에 두는 편이 좋을 걸세. 하지만 자네들이 나를 선택한 것을 후회하게 만들 생각은 없네. 그러니 자네들은 마을을 위해 애써 주게."

"클리프 님……."

"이 터널이 완성되면 사람들이 올 거야. 그때까지 경비병을 늘리거나 모험가들을 고용해서 치안을 강화하게. 물론 우리 쪽에서도 사람과 돈을 빌려주지. 그걸 공급하는 돈이 통행료라고 생각해 주면 되네."

"정말 그렇게 많은 사람이 오나요?"

"온다! 그리고 사람들이 오고가지 않으면 내가 곤란해."

할아버지들은 믿을 수 없다는 얼굴을 하고 있었지만 나도 클리프의 생각에 동의한다.

아무런 생각 없이 나를 위해 만든 터널이었지만 클리프의 설명으로 마을에 민폐를 끼칠 가능성도 있다는 것을 이제야 깨달았다.

터널을 만들고 그 편리함이 널리 퍼지면 많은 사람들이 사용하게 될 것이었다. 미릴러 마을도 터널을 사용하면 크리모니아가 가장 가까운 마을이 되고 서로의 마을로 사람들의 통행이 늘어날 것이다. 그렇게 되면 확실히 문제가 생길 것이다.

역시 마을을 관리하는 영주다. 나와는 달리 한 발 앞을 보고 있었다. 아니, 생각하고 있다고 하는 편이 나을지도 모르겠다.

"일단, 나와 밀레느가 생각한 안을 말하겠네. 가능할지 어떨지는 나중에 논의할 때 정해가도록 하지."

"네."

아트라 씨와 할아버지 일행은 수긍했다.

괜찮은가?

할아버지 일행을 보고 있으니 불안해지는데…….

"일단, 마을을 이 터널의 위치까지 넓히는 거야."

"마을을 넓힌다고요?"

"마을의 입구에서 여기까지 그다지 먼 거리가 아니니까, 나무들을 벌목해서 이 부근에 주둔소를 만드는 거지. 그렇게 하면 터널과 해안가의 길에서부터 오는 사람 모두를 동시에 경비할 수 있어. 가까운 거리에 경비를 두 군데나 배치하는 건 돈과 인원 낭비니까."

"그러고 보니 터널 앞에도 경비가 필요하겠네요."

"마물과 도적이 눌러 앉아도 곤란하니까 말이야."

"그리고 숙소와 마차를 세울 정박소도 필요할 테니 일석이조가 되겠군."

"숙소 말인가요?"

"아까도 말했지만 사람들이 올 거야. 그렇게 되면 숙소와 마차를 세울 장소가 필요해지지. 그 외에도 마을에서 장사를 시작할 사람, 살게 될 사람도 늘어나기 시작할 거야. 그럼 땅이 있어도 곤란할 건 없지. 어쩌면 이걸로도 부족해질 수도 있어."

"정말 그렇게나 많은 사람이 오나요?"

할아버지, 그 대사 몇 번째예요?

클리프의 말이 믿겨지지 않는 모양이었다.

"온다니까! 조용한 마을이 사라지는 건 틀림없어. 억울하면 이 터널을 만든 이 곰을 원망해."

클리프가 무관심으로 무장하고 있던 내게 떠넘겼다.

나는 잘못 없어.

"하지만 나는 마을의 미래를 생각하면 나쁜 일은 아니라고 생각해."

클리프의 머릿속에는 크리모니아와 미릴러 마을의 미래도가 만들어져 있는 모양이었다. 좋은 방향으로 진행된 미래도가 그려져 있을 거라고 생각한다. 나도 그러면 좋겠다고 생각했다.

"사람은 앞으로 나아간다. 좋은 일이 있다면 나쁜 일도 있는 거야. 그렇지만 멈춰서면 그걸로 끝이다. 그렇다면 앞으로 나아가 좋은 길을 골라."

클리프의 말에 할아버지 일행이 수긍했다.

"그렇죠. 사람은 앞으로 나아가지 않으면 안 되죠. 노인의 오래된 사고방식으로는 안 되는 거죠."

"어느 쪽이든 좋은 점도 나쁜 점도 있네. 그것을 정하는 게 가능하니까 좋은 방향으로 나아가도록 하면 되는 거야."

역시 영주다, 멋있는 말을 하네.

"다음으로 터널 통행에 관해서인데, 마차는 두 대가 지나다닐 수 있는 넓이이지만 기본적으로는 일방통행을 번갈아 가며 하기로 하겠네. 홀수 날과 짝수 날로 나눌까 생각 중이야. 큰 마차가 지나가면 터널을 막는 일이 생길 테니 말이네. 그 부분에 대한 관리도 부탁하지."

"네."

"그리고 터널을 이용하는 시간 관리도 부탁하네. 우리는 곰을 타고 지나와서 시간이 어느 정도 걸리는지 모르지만 시간을 알아봐서 밤에는 터널을 사용하지 못하도록 하겠어."

"터널 안에서 마차가 트러블 같은 일로 멈춰버리면 어쩌죠?"

"그거야 출입구를 막은 후 터널을 통해 최종 확인하면 되겠지. 말을 사용하면 시간이 오래 걸리지 않을 거야. 만약 바퀴가 빠지거나 무언가 트러블이 일어났다는 걸 알게 되면 보고를 하면 돼. 그러기 위해 주둔소를 설치하는 거고."

"확실히 그렇게 하면 되겠네요."

"하지만 당분간은 나중 얘기야. 일단은 터널에 마석을 설치하지 않고는 지나다닐 수 없으니까 말이야. 어디까지나 내가 한 얘기는 임시라는 걸 알아줘. 해보면 맞지 않는 부분이 나올 거야. 그러니 내가 한 말은 절대적인 게 아니야. 어딘가 무리한 부분이나 자연스럽지 않은 부분, 모순점이 있다면 말해주게. 나도 모르는 것이 있을 테고, 틀린 부분도 있을 거야."

모르는 것과 틀린 부분이라니, 스스로에게 말을 하고 있는 것 같다. 설마 고아원 일을 생각하고 있는 건가?

그 때는 클리프가 우리 집까지 사죄를 하러 왔을 정도였다.

하지만 틀린 것을 틀렸다고 인정할 수 있는 귀족은 대단하다고 생각한다. 내가 알고 있는 소설이나 만화에 나오는 귀족들은 건방지고 주민들을 깔보는 자가 많았다. 소설과 만화는 픽션이니까 그렇게 재미있게 적혀 있는 것뿐일지도 모르지만 말이다.

뭐, 나로서는 클리프 같은 귀족 쪽이 호감이지만.

"뭔가 말하고 싶은 모양이군."

내가 쳐다보고 있던 걸 눈치챈 클리프가 살며시 눈을 치켜뜨면서 내게 물었다.

"영주 같다는 생각이 들어서요."

"내가 영주다!"

클리프가 내 머리를 살짝 쳤다.

딱히 무시한 건 아닌데. 칭찬한 건데 이상하네.

그 후 클리프는 차례차례로 자신의 생각을 설명했다. 그리고 가끔 서로 의견을 내며 논의했다.

모두가 이야기를 나누는 동안에 나는 조용히 주변의 안전 확인을 했다. 할아버지 일행도 있으니 갑자기 마물이 덮쳐오기라도 한다면 큰일이기 때문이었다.

"나머지 자세한 얘기는 돌아가서 할 테지만 기본적으론 이런 느낌으로 할 거네."

드디어 클리프의 이야기가 끝이 났다.

그리고 쿠로 할아버지 일행이 내게 다가왔다.

"아가씨, 하나부터 열까지 고맙소. 도적에 크라켄 토벌, 그리고 클리프 님도 모시고 와줬구려."

"게다가 크리모니아와의 교류를 위해 이런 터널을 만들어 주다니 고마워. 아가씨에겐 아무리 고맙다 얘기해도 충분치 않아."

"정말 고마워."

다른 할아버지들에게도 감사 인사를 받았다.

하지만 바로 앞에서 들으니 조금 찔리는 게 있었다.

"그, 대충 만든 터널이라서 그렇게 마음 쓰지 않으셔도 돼요."

"저게 대충이라니, 터널을 만드는 사람이 듣는다면 화낼 거야."

우리의 이야기를 듣고 있던 클리프가 끼어들었다.

대충이라는 건 할아버지들에게 괜한 감사를 받고 싶지 않아서 말했을 뿐이었다. 일단 정성 들여 만들려고 했다. 마차가 지나다닐 수 있도록 크기도 신경을 썼고, 표고차도 신경을 썼고, 평평한 길로 만들었다. 이제 대형 마차에 대해서 생각하기만 하면 완벽했는데.

하지만 중간부터 단조로운 작업에 콧노래를 부르면서 만들었다는 사실도 있었다.

"그런 김에 아가씨에게 부탁이 있단다. 터널 입구에 곰 석상을 만들어주지 않겠나?"

"곰 석상이요?"

갑자기 곰 석상을 만들어 달라니 의미를 모르겠는데?

"크라켄을 쓰러뜨린 곳에 있는 곰의 모양과 같은 거면 되네. 이 터널을 만든 자에게 감사의 마음을 잊지 말도록 하기 위함일세. 우리들도 언제까지고 살 수 있는 게 아니니, 앞으로 이번 일을 마을 주민들은 잊어선 안 되네. 그러니 곰 석상을 만들어 주지 않겠나."

그러니까, 그 말은 앞으로 오랜 시간 동안 전하기 위해서 내 석상을 만들어달라는 건가?

뭐야? 그 치욕 플레이는.

"그렇지, 그거 좋은 생각이야."

클리프가 싱글벙글 웃으며 할아버지들의 말에 수긍했다. 분명 재미있어 하는 거다.

"그럼 반대쪽 입구에도 유나를 부탁하지. 아, 아니지. 곰을 부탁하지."

똑같이 들리는 건 기분 탓인가.

"농담이죠?"

내 물음에 할아버지들은 진지한 얼굴을 하고 있었다. 아무래도 진심인 모양이다.

"그리고 터널에도 이름이 필요할 거야. 내가 이름을 지어주지."

클리프가 히죽 하고 웃었다.

안 좋은 예감 밖에 안 드는데…….

"베어 터널은 어떤가."

"……."

뚫린 입을 막지 않으니 이런 말을 하는 거겠지. 어쩌면 처음으로 경험한 것일지도 몰랐다.

"좋은 이름이군요."

"대단해요."

"아가씨에게 감사하면서 지낼 수 있겠군."

"대대손손 이어질 거야."

"그거라면 마을 주민들도 앞으로 긴 세월 동안 잊지 않을 거야."

클리프가 명명한 이름에 할아버지 일행은 찬성의 의견을 내보였다.

"그만 둬요——!"

나는 소리쳤다.

"포기해. 이런 건 발견자의 이름이 붙여지는 거야. 유나 터널보다는 낫잖아?"

나는 다른 이름을 제안했지만 받아들여지는 일은 없었다.

그리고 스스로 내 분신이나 다름없는 곰 석상을 터널 입구에 만들게 됐다.

뭐냐고! 이 치욕 플레이는.

이제 창피해서 시집 다 갔어……. 갈 생각은 없었지만.

단, 절대로 내가 터널을 만들었다는 것만은 퍼트리지 않게 약속을 시켰다.

🎀 103 곰 씨, 상업 길드에 가다

나는 치욕을 참아내며 터널 앞에 섰다.

클리프의 히죽거리는 얼굴을 보니 짓궂은 일도 한번 하고 싶어졌다. 나의 머릿속 저편에서 한 가지 아이디어가 떠올랐다.

나는 마력을 담아 곰 석상을 만들었다. 만들어진 건 진짜 곰이 「크릉……」 거리며 사람을 덮칠 것 같은 석상이었다. 내가 만족감에 빠져 있자 머리를 맞았다.

"아파요."

아프지 않지만.

"뭘 만들고 있는 거야?"

"말씀하신 대로 곰이잖아요."

"어째서 이렇게 꺼림칙하고 무서운 곰을 만든 거야."

"놀리려고?"

또 다시 머리를 맞았다. 아프진 않지만 남의 머리를 몇 번이고 때리진 말아 줬으면 좋겠는데.

"그럼 어떤 곰으로 만들어야 하는데요. 제 석상은 안 돼요."

나는 머리를 비비면서 물었다.

"너희 가게에 있는 것 같은 곰으로 만들면 되잖아. 그건 귀여우니 모두가 좋아하잖아."

아무래도 클리프도 넨드로이드[#2] 풍의 2등신 곰은 귀엽다고 생각했던 모양이다.

크리모니아에서도 넨드로이드 풍의 곰은 꽤 호평을 받았다. 가끔 가게에 온 아이들이 신난 듯 안고 있는 모습을 본 적이 있었다.

"그거라면 가게의 곰처럼 뭘 들고 있게끔 하고 싶은데."

밀레느 씨까지 대화에 참가했다. 참고로 가게 앞에 서 있는 곰은 빵 가세라서 빵을 들고 있었다.

"그거라면 검도 좋지 않겠어? 터널의 수호신처럼 말이야."

"그거 좋네."

만드는 본인을 빼놓고 멋대로 이야기를 진행했다. 할아버지들 일행과 아트라 씨는 내 가게에 대해서는 모르니 대화에 끼지 않은 채 조용히 듣고 있었다.

"하지만 그거라면 방패도 필요하지 않나?"

"방해되지 않을까?"

여러 가지로 클리프와 밀레느 씨가 논의한 결과…….

가게에 있는 것처럼 귀여운 곰에 검을 들리게 하기로 했다. 덧붙여 방패는 내가 곰이 안 보일 만큼 크게 만들면 재차 머리를 맞았다.

이상하네. 좋은 아이디어라고 생각했는데……. 수호신이라면 커다란 방패도 필요하잖아.

#2 넨드로이드 일본의 소형 플라스틱 피규어의 상표.

결국 터널 입구에는 검을 가진 넨드로이트 풍의 곰 석상이 서 있게 됐다. 방패는 곰의 몸이 가려지기 때문에 각하됐다.

"어쩐지 귀여운 곰이네."

"……그러게 말일세."

아트라 씨, 할아버지들 일행이 곰 석상을 보고 미묘한 표정을 지었다.

"뭐지? 마음에 안 드는 건가?"

"아뇨, 그렇지는 않지만 너무 귀여운 곰이어서……. 하지만 조금 전 무서운 곰보다는 나은 것 같아요."

아트라 씨가 클리프의 말에 고개를 옆으로 저었고 할아버지들도 동의했다. 특별히 반대 의견은 없었기 때문에 이대로 검을 가진 넨드로이드 풍의 곰이 터널의 미릴러 마을 쪽 입구 옆에 서 있게 됐다.

앞으로 터널을 지날 때마다 곰 앞을 지난다고 생각하니 마음이 무거워졌다.

어째서 이렇게 된 거지…….

터널 시찰도 끝나고 곰 석상도 다 만든 우리는 마을로 돌아가기로 했다.

"클리프, 이제 어떻게 할 거야? 나는 상업 길드로 가고 싶은데."

밀레느 씨가 클리프에게 물었다.

"그렇네. 상업 길드에도 도움을 받아야 할 게 많이 있지. 그렇다면 나도 한번은 얼굴을 보이는 편이 낫겠어."

"그렇게 해준다면 고맙지. 설명하기에도 크리모니아 영주가 있는 것과 없는 건 영향력이 달라질 테니까 말이야."

"저는……."

더 이상 내가 할 수 있는 게 없으니 자유행동을 해야겠다.

"물론 너도 가야지."

……라는 나의 생각은 각하당했다. 클리프에게 당연하다는 듯 따라오라는 말을 들었다.

"나보다도 네가 있는 편이 영향력이 더 크다고 생각하고 있으니까 말이야."

과장이다. 영주보다도 영향력이 큰 곰 같은 게 있을 리가 없었다.

"그렇네. 지금까지의 모습을 보면 유나의 영향력은 커."

밀레느 씨까지 그런 말을 했다. 영주가 있다면 문제없어요.

"상업 길드도 유나가 있다면 간단하게 이야기를 받아줄 거야."

클리프의 말을 아트라 씨까지도 긍정했다.

「저, 그렇게 영향력 없어요!」라고 소리치고 싶었다.

"그렇다면 상업 길드로 가도록 알리겠습니다."

아트라 씨는 마부석에 있는 사람에게 상업 길드로 가도록 전했다.

결국 나도 상업 길드에 가게 됐다. 마차 안에는 아까와 같은 멤

버가 타고 있었다.

"아트라 씨, 땅에 대해선 어떻게 됐어요?"

이곳에서 있었던 일은 잊기로 하고 이야기를 바꾸기로 했다. 아트라 씨에게는 곰 하우스를 지을 수 있는 땅을 찾아달라고 부탁했었다. 모처럼 바다가 있는 마을에 집을 지을 수 있다면 경치가 좋은 곳이 좋았다.

"몇 군데 후보를 찾았으니 마음에 드는 곳을 정해주면 돼."

"그럼 말이죠, 아까 클리프 씨가 말했던 터널과 마을 사이에 집을 짓고 싶은데 괜찮나요?"

조금 구석에 지으면 눈에 띄지 않을지도 몰랐다.

"그건 괜찮지만, 직접 집을 지으려고? 유나……라면 가능하려나?"

곰 석상을 본 아트라 씨는 반쯤 납득한 표정을 했다.

"이 녀석의 비상식에 진지하게 대해주면 피곤해져. 내 마을에서도 하루 만에 곰 집이 만들어져서 소란이 일어났을 정도였으니까."

그런 일이 있었지. 이젠 옛날 옛적처럼 느껴지는데 불과 몇 개월 전의 일이라니.

"곰 집이요?"

"이 녀석이 만든 집은 전부 곰 집이야. 참고로 왕도에 있는 집도 곰이라고."

"어째서 클리프 씨가 왕도의 집에 대해서까지 알고 있는 거죠?"

"그런 거야 보지 않아도 뻔한 거 아니겠어? 엘레로라가 웃었다고."

그렇구나. 클리프도 왕도로 갔으니까 알겠구나. 게다가 여행용 곰 하우스에 대해서도 알고 있었다. 그러면 다시 물어볼 수밖에 없었다.

"클리프 씨."

"왜."

"집을 지을 곳 말인데요, 어디라도 상관없나요? 무슨 구상이 있다면 알려주세요."

"딱히 없는데. 아까 한 얘기는 예시일 뿐이야. 무엇을 어디에 세울지는 정하지 않았어. 길만 막지 않는다면 네가 마음에 드는 곳에 지어."

최종 확인으로 아트라 씨 쪽을 봤다.

"그래, 좋아. 쿠로 할아버지 일행에게는 내가 말해둘게."

클리프와 아트라 씨의 허가도 받았으니 마음에 드는 곳에 곰 하우스를 짓기로 했다.

나는 얼른 마차의 창문을 통해 밖을 보며 어디에 곰 하우스를 지을지 생각했다. 저 부근이 좋을까? 아니면 이쪽이 나을까?

후보를 몇 군데 머릿속에 등록하고 상상을 해봤다. 저쪽은 터널에 가깝지만 마을에서 멀어. 또 저쪽은 마을에서 가깝지만 터널에서 멀어.

그렇다면 저 근처가 나을까? 모래사장에서도 가깝고……. 곰 하우스를 지을 장소를 생각하다 보니 어느새 마차는 상업 길드

앞에 도착했다.

벌써 도착했네.

마차에서 내리니 젤레모 씨와 할아버지 일행도 마차에서 내렸다.

아트라 씨를 선두로 클리프, 밀레느 씨, 나, 그리고 이어서 할아 버지들, 젤레모 씨가 상업 길드 안으로 들어갔다.

"아트라 씨? 게다가 여러분까지…… 무슨 일 있으세요?"

직원들은 아트라 씨와 할아버지들의 등장에 놀라워했다.

"모두 다 있어?"

"저기, 몇 명은 나가 있는 사람도 있어요."

아트라 씨의 질문에 직원은 주위를 확인하더니 대답했다.

"그래, 그렇다면 지금 있는 사람들만이라도 좋으니 이야기를 들 어줘. 여기 없는 사람에겐 돌아오면 나중에 전해주고."

아트라 씨는 직원들에게 그렇게 말하더니 일을 멈추게 하고 이 야기를 듣도록 했다.

"모두 알고 있겠지만, 전 길드 마스터가 불미스런 일로 잡혔기 때문에 새로운 길드 마스터가 빨리 필요한 상황이야. 그래서 젤레 모에게 길드 마스터를 맡기기로 했어."

"젤레모 씨가 말인가요?"

"멋대로 정해서 미안하지만 그렇게 결정됐어."

"아뇨, 아트라 씨와 쿠로 할아버지와 다른 할아버지들이 정하 셨다면 반대할 일은 없습니다만."

한 직원의 말에 다른 직원들도 수긍했다.

"그래도 우리 마음대로 길드 마스터를 정해도 될까요? 상업 길드 본부에 확인할 필요가……."

"그건 내가 보고할 테니까 괜찮아요."

그때 밀레느 씨가 한 발 앞으로 나와 대답했다.

"저기, 당신은……?"

"나는 크리모니아에서 상업 길드의 길드 마스터를 맡고 있는 밀레느라고 해요. 아트라 씨와 할아버지들의 이야기를 듣고 그에게 이 마을의 길드 마스터를 맡기기로 했죠. 하지만 어디까지나 임시니까 부적절하다고 생각되면 그만 두게 할 생각이에요."

직원들은 크리모니아의 길드 마스터인 밀레느 씨의 등장에 놀라워했다.

뭐, 갑자기 나타나면 놀랄 테지.

"그리고 이 마을은 크리모니아의 영주, 포슈로제 가의 관리 아래로 들어가기로 했으니 알아 두도록."

아트라 씨 쪽에 있던 클리프가 크리모니아의 영주라는 것을 알리자 직원들은 더욱 놀란 표정을 지었다.

"그렇지만 크리모니아와는 떨어져 있는데요."

"그거라면 괜찮아."

클리프는 크리모니아로 이어지는 터널이 나에 의해 발견됐다는 것과 그것을 활용해 크리모니아와 통행이 가능하도록 할 계획을 설명했다.

직원들의 표정은 혼란스러워 보였다.

갑자기 새로운 길드 마스터로 젤레모 씨가 뽑히게 되고 크리모니아 상업 길드의 길드 마스터와 영주인 클리프가 등장, 게다가 크리모니아로 이어지는 터널이 발견……. 그리고 앞으로의 마을에 대한 설명과 상업 길드의 역할 등을 듣게 됐다.

직원들은 상황 파악을 위해 애쓰는 것 같았다.

나는 구석에 놓인 의자에 앉아 그런 모습을 보고 있었다.

나는 필요한 걸까?

결국 상업 길드에 온 건 좋은데 「유나에게 부탁 받아 왔어」, 「이 곰에게 부탁 받았다」라는 밀레느 씨와 클리프의 설명 이후에 나는 한 마디도 말하고 있지 않았다.

그런 내게 젤레모 씨가 한숨을 쉬며 다가왔다.

"그나저나 클리프 님과 밀레느 씨는 대단하네."

클리프와 밀레느 씨는 앞으로에 대해 적확한 지시를 내리고 있었다.

"같이 안 들어도 돼요?"

"내가 할 일은 들었어. 아가씨야말로 이런 구석에 있어도 되는 거야?"

"저야말로 아무것도 할 게 없는 걸요."

"하지만 아가씨는 클리프 님과 밀레느 씨에게 신용 받고 있잖아."

그런가?

"뭐, 두 사람과는 여러 가지 일이 있었으니까요."

클리프와는 고아원 건을 시작으로 알을 판매하지 않도록 하거나, 오해가 풀린 후에는 노아의 호위를 맡아 왕도로 가기도 했다. 게다가 클리프를 지키기 위해 마물 1만 마리 토벌 같은 일도 했었다.

밀레느 씨에게도 꼬끼오 건과 모린 씨의 가게를 열 때 신세를 졌었다.

게다가 두 사람 모두 내가 타이거 울프와 블랙 바이퍼를 토벌한 것도 알고 있었다.

내가 신세를 지거나 그들을 돕는 등 짧은 시간 동안이었지만 여러 일들이 있었다.

은둔형 외톨이로는 절대로 만들지 못하는 인연이지.

곧 클리프와 밀레느 씨의 설명도 끝나고 숙소로 돌아가게 됐다.

「내가 동석한 의미가 있었나」라고 중얼거렸더니 양쪽에서 「필요해」라는 말을 들었다.

서로 성격이나 어떤 인물인지 모르는 상황에서 내 존재는 쌍방으로 필요하다고 한다.

클리프에게는 「네가 이 자리에 있으니까 상대방도 신용해 준 거야」라는 말을 들었고, 할아버지 일행들에게도 「아가씨가 신용하고 있는 것 같아서 우리들도 클리프 님을 신용하자고 생각했단다」라는 말을 들었다.

상업 길드의 직원들도 마을을 구해준 사람의 지인이라면 신용할 수 있다고 말했다.

이거, 책임감이 막중한데?

한쪽이 배신할 것 같은 짓을 한다면 내 책임 문제가 되는 거아냐?

이상해. 이렇게 될 게 아니었는데…….

내 마음을 아는 사람은 아무도 없었다.

🎀 104 곰 씨, 항구 마을에 곰 하우스를 짓다

　상업 길드에서의 이야기도 끝나고, 설명을 받은 길드 직원들은 대부분 호의적으로 받아들였다. 갑자기 크리모니아의 영지 일부가 되면 한 사람이라도 불만이 나올 줄 알았는데 그런 일은 없었다. 갑작스런 일로 머리가 잘 안 돌아가는 것뿐일지도 모르지만……

　그렇게 오늘 일도 끝나고 숙소로 돌아왔다.

　아무것도 안 했는데 힘든 하루였다.

　"유나 씨, 지치시죠."

　안즈가 요리를 가져와 줬다.

　클리프와 밀레느 씨는 모험가 길드에 들렀다가 돌아온다고 했기 때문에 나 혼자뿐이었다.

　"좋지 않은 일이 있어서……"

　터널에 곰 석상을 만들었다.

　"그러고 보니 약속 기억하고 있지?"

　"약속이요?"

　"크리모니아에 있는 내 가게의 요리사가 되어 주겠다는 것 말이야."

　그것 때문에 터널을 만들고 치욕을 참아가며 곰 석상까지 만들었다고.

"진심이셨어요?"

"진심이지. 가게는 안즈가 마음대로 해도 되니까 와주면 좋겠는데. 물론 월급도 주고."

"그래도 사는 곳이라던가……."

"그럼 살 곳이 있다면 괜찮다는 거네."

"그렇지만 제가 가도 생선이 없으면 요리는……."

"그럼 크리모니아에서도 생선을 공급받으면 된다는 거네."

"하지만 아버지와 어머니도 보고 싶을 텐데……."

"그럼 바로 집에 돌아올 수 있도록 하면 되겠네."

나는 안즈를 바라봤다.

"정말, 진심이신 거예요?"

"진심이라 적고 레알이라고 하지."

"말하는 의미를 모르겠어요."

그렇겠지~.

"무슨 얘기를 하고 있는 거야?"

둘이서 대화를 나누고 있는데 데거 씨가 다가왔다.

"안즈에게 결혼을 청하고 있었어요."

"뭐라고?!"

"유나 씨, 농담은 그만 두세요."

"뭐야, 농담이었어?"

"결혼은 농담인데 안즈에게 크리모니아로 와주지 않겠냐고 얘기하고 있었어요."

"크리모니아로?"

"안즈가 장래에 자신의 가게를 가지고 싶다고 해서 말이에요. 제가 돈을 대줄 테니 가게를 내달라고 부탁하고 있었어요."

"그래?"

데거 씨가 확인하듯 안즈를 봤다.

"유나 씨의 농담이에요."

"저는 진심이에요."

"그렇지만 안즈를 데려간다고 해도 해산물이 없다면 의미가 없잖아."

"알고 있어요. 같은 말을 안즈에게 들었으니까요. 그러니까 크리모니아에서 신선한 해산물을 공급받을 수 있고 언제든지 이 마을로 돌아올 수 있게 되면 안즈는 크리모니아로 와줄 수 있다고 약속해줬거든요."

"안즈, 정말이냐."

"사, 사실이긴 하지만 그런 건 무리잖아요."

"데거 씨, 만약 정말 그게 가능하게 된다면, 안즈가 크리모니아로 오는 걸 허락해 주시겠어요?"

"안즈가 아가씨가 있는 곳에 가고 싶다고 한다면 그때는 허락해 주지."

"약속이에요."

"두 분 다 마음대로 정하지 마세요!"

안즈가 소리쳤지만 데거 씨에게 대답을 들을 수 있었다. 이제 클리프가 터널 완성시켜 주기만 하면 안즈를 데려오는 게 가능했다.

다음날, 곰돌이와 곰순이가 깨워 일어났다. 어젯밤에는 곰순이를 껴안고 자서 곰순이도 기분이 좋았다. 나는 곰돌이와 곰순이를 송환하고 혼자서 아침을 먹었다.

클리프와 밀레느 씨는 이미 외출을 한 모양이었다.

오늘은 자유롭게 지내도 된다는 말을 들었기 때문에 집을 지을 생각이다.

이대로 이야기가 진행되면 터널과 마을 사이의 토지를 개발하기 시작할 것이다. 그렇게 되면 집을 짓기 좋은 곳이 없어질 수도 있었다. 모처럼 마음에 드는 곳에 집을 지어도 된다는 허가를 받았으니 가장 좋은 곳을 확보하고 싶었다.

그렇게 정한 나는 어제 점찍어 두었던 장소로 향하기로 했다.

"분명 이 근처였지."

곰돌이에 올라탄 채로 주변을 확인했다.

눈앞에는 예쁜 바다와 모래사장이 보였다. 조금 경사도 있어서 그 위에 세우면 전망도 좋을 것이다. 발코니와 옥상에 파라솔을 세워서 여유롭게 낮잠을 자는 것도 나쁘지 않겠다. 밤이 되면 별도 잘 보일 거고, 바다를 보기에는 최적의 장소였다.

다만, 여기는 눈에 띄네.

그렇지만 여기 외에 좋은 곳은 보이지 않았다. 이번엔 숨기듯 몰래 짓는 것도 아니니까 여기로도 괜찮은가?

곰 하우스의 크기는 크리모니아에 있는 곰 하우스보다도 크게 만들 예정이었다.

그 이유는 고아원 아이들과 원장 선생님, 리즈 씨는 물론 모린 씨와 카린 씨도 바다로 데려오고 싶었기 때문이다. 이를 테면 사원여행이다.

머물 곳은 데거 씨의 숙소도 괜찮겠지만, 클리프와 밀레느 씨의 말에 의하면 사람이 늘어나 붐비게 될 전망이었다. 예약을 해도 좋지만 아이들이 민폐를 끼칠 수도 있었다.

그래서 고아원 아이들이 묵을 수 있는 곰 하우스를 만들자고 생각하고 있었다.

그런데 고아원 아이들이 몇 명이더라?

분명 여자 아이들 쪽이 많았지…….

지난번에 고아원을 다시 지을 때 원장 선생님께 확인했을 때는 남자 아이가 열두 명이고 여자 아이가 열다섯 명으로 총 스물일곱 명이었다. 처음 고아원을 방문했을 때는 스물세 명이었는데 그 후 네 명이 늘어난 것이다.

새삼스럽지만 원장 선생님과 리즈 씨 두 명이서 유아를 포함한

스물일곱 명의 아이들을 보살피는 건 힘든 일이라고 생각했다. 더구나 리즈 씨에겐 꼬끼오 관리도 부탁하고 있었다. 게다가 원장 선생님은 고아가 나타나면 맡을 가능성이 있었다.

으음, 다음에 원장 선생님께 이야기를 듣고 사람을 더 구해야 하나⋯⋯. 두 사람이 쓰러진다면 큰일이 될 테니까.

뭐, 고아원 일은 돌아가서 생각하기로 하자.

지금은 아이들을 재울 수 있는 곰 하우스를 만드는 것에 전념했다.

곰 하우스를 지으려면 땅을 정리해야 했다. 이번엔 커다란 곰 하우스를 만들 예정이었다. 그렇게 되면 마력을 얼마나 사용할지 가늠이 안 됐다. 그래서 일단 처음 할 일은 정해졌다. 그 자리에서 바로 흙 마법을 이용해 탈의실을 만들어 흰 곰 옷으로 갈아입는 것이었다. 마법만 사용하는 거라면 흰 곰 옷으로 갈아입는 편이 피로감이 적다는 것은 터널을 만들 때 확인했다.

바로 흰 곰 옷으로 갈아입은 나는 눈앞의 나무들을 벌목하여 땅을 정리하는 작업을 실시했다.

바람 마법으로 나무들을 넘어뜨리고 흙 마법으로 뿌리를 뽑았다. 목재는 가지를 잘라내 곰 박스 안으로 담았다.

약간 넓은 공간의 땅이 정리됐다. 곰 하우스를 짓기에는 충분한 넓이였다.

"조금 넓은가?"

곰 하우스를 세우는 것뿐이라면 너무 넓겠지만 창고를 만들거
나 하면 딱 좋은 넓이였다.

이어서 정리된 장소에 흙을 조금 더 쌓아 높은 지대를 만들었
다. 언덕 위에 곰 하우스가 세워지는 느낌으로 하고 싶었다.

토대가 될 장소를 흙 마법으로 다지고 조금 전 벌목할 때 얻은
목재를 바람 마법으로 가공했다. 가공한 목재는 곰돌이와 곰순
이에게 운반을 맡겨 기둥을 세웠다.

고정은 흙 마법으로 했다. 아무리 그래도 목수의 기술까지는 가
지고 있지 않으니 말이다.

내가 집을 만드는 방법은 기본적으로 상상에 맡긴다. 일단은 외
관인 곰을 상상한다. 외관을 곰으로 하는 이유는 강도가 높아지
기 때문이었다. 마물과 도적이 습격해 와도 안심할 수 있는 설계
였다.

크리모니아 집과 여행용 곰 하우스는 앉아 있는 곰이지만 이번
엔 4층 높이로 만들기 때문에 서 있는 곰으로 짓기로 했다. 그리
고 남녀별로 방을 만들기 때문에 곰 하우스를 두 채 만들었다.

머릿속으로 상상했을 때 커다란 곰 두 마리가 붙어 나란히 서
있는 느낌이다.

오른쪽 곰이 여자용, 왼쪽 곰이 남자용.

1층은 두 곰 하우스를 이어 식당과 부엌을 만들었다.

그리고 중앙에 계단을 만들어 2층으로 올라간다. 2층에는 각각 커다란 방을 만들었다. 오른쪽을 여자아이들의 방, 왼쪽을 남자 아이들의 방으로 했다.

그 외에는 이불을 준비해서 다 같이 자면 아이들이 다소 늘어나도 걱정 없는 크기로 했다. 원장 선생님이라면 고아를 발견했을 때 분명 보호할 테니 말이다.

다음으로 3층을 만들었다. 3층에는 내 방, 그리고 손님용 방이 있다. 손님용 방이라고 해도 사용하는 건 원장 선생님이나 리즈 씨, 티루미나 씨가 될 것이다. 나머지 방은 아이들이 늘어났을 때를 대비한 예비 방이었다.

내 방 옆에 작은 방을 만드는 것도 잊지 않았다. 이 방에 곰 이동문을 설치하기 위함이었다.

어느 정도 방 배치가 완성된 후, 4층으로 올라가 목욕탕을 만들었다. 물론 좌우로 남탕과 여탕으로 나눴다.

창문도 있어서 욕조에 들어가 밖의 경치를 볼 수 있는 설계였다.

방을 어느 정도 완성했을 때 배가 작게 울렸다. 물론 누구의 배지? 라고 묻거나 하지는 않는다. 여기엔 나 밖에 없으니까. 딱 적당한 시간이라 점심을 먹었다.

데거 씨네 숙소로 돌아가도 되지만, 귀찮아서 곰 박스에 담겨 있던 모린 씨가 만든 빵을 먹었다.

응, 막 만든 것처럼 따끈따끈해서 맛있어.

3층에서 경치를 바라보면서 빵을 먹고 있는데 사람이 다가오는 모습이 보였다.

저 사람은 밀레느 씨?

나는 3층에서 뛰어내려 착지했다.

"유, 유나? 놀라게 하지 마."

내가 위에서 나타나자 밀레느 씨는 깜짝 놀랐다.

"밀레느 씨, 어쩐 일이세요?"

"길드 직원을 데리고 터널로 가고 있었어. 그런데 곰 집이 보여서 상황을 살펴보려고 온 거야."

밀레느 씨는 곰 하우스를 올려다봤다.

"크네."

"다음번에 고아원 아이들도 데려와 주고 싶어서 조금 크게 만들었어요."

"들어가 봐도 돼?"

"아직 외관이랑 방 배치뿐이에요."

"원래대로라면 그렇게 빨리 못 만들어."

나는 밀레느 씨를 곰 하우스 안으로 안내했다.

"가구는 어떻게 할 거야?"

"크리모니아로 돌아가면 사려고요. 이불도 사야 되니까요."

"후후, 그거라면 상업 길드에서 알아봐 줄게."

"제가 사러 갈 테니까 괜찮아요. 게다가 밀레느 씨는 바쁘시잖아요."

밀레느 씨는 바빠졌다. 내 곰 하우스 가구를 준비하고 있을 겨를 같은 건 없었다.

"으으, 사람이 현실도피 좀 하려 했더니⋯⋯. 크리모니아로 돌아가면 할 일이 태산이라 큰일이야."

"힘내세요."

"남의 일이다 이거지?"

남의 일 맞지요. 나는 이미 힘내고 있었다. 크라켄을 토벌하거나, 도적을 토벌하거나, 터널을 파거나, 곰 석상을 만들었다. 이것을 보통 사람이 하려고 한다면 엄청 힘든 일이었다.

내가 그렇게 말하자⋯⋯.

"알고 있어. 이건 나와 클리프의 일이야. 그렇지만 라로크에게 도움 좀 받아야겠어."

"라로크요?"

어디선가 들어본 적 있는 것 같기도⋯⋯.

"어머, 몰랐어? 크리모니아 모험가 길드의 길드 마스터의 이름이야."

아, 그러고 보니 왕도 모험가 길드의 길드 마스터인 사냐 씨에게 들었던가. 한 번밖에 듣지 못했고, 길드 마스터를 이름으로 부르지는 않으니까 잊고 있었다.

"일단은 주변 마물을 토벌해야 하니까 말이야. 그리고 직원들을 데려와서 나무를 벌목하거나 길을 만들고, 터널 앞에는 주둔소를 세워야 하니 말이지. 아아, 할 일이 태산이야."

정말 힘들 것 같았다.

"그래도 유나의 엄청 귀여운 모습을 보니 기운이 나네."

밀레느 씨는 3층에서 경치를 바라보고 기분이 나아진 모양인지 고맙다고 말하고 마을로 돌아갔다.

뭐지? 오늘은 밀레느 씨가 나를 쳐다보는 눈이 평상시와는 달랐던 것 같은데…… 기분 탓인가?

나는 밀레느 씨를 배웅하고 곰 하우스 짓기를 계속했다.

어두워지기 전에 마석 설치 작업을 했다.

마력선을 사용해서 빛의 마석을 천장에 설치했다. 마석 설치는 직접 작업하기 때문에 시간이 걸리지만, 마력선과 빛의 마석을 연결하면 방에 빛을 비출 수 있었다. 작업은 간단해서 누구든 할 수 있다.

각 방의 빛의 마석 설치가 끝나고 필요한 물건을 만들어 배치했다.

1층엔 식당과 부엌. 테이블과 의자를 구입할 것을 메모했다. 부엌으로 가서 화덕을 만들었다. 다 같이 빵을 만드는 것도 나쁘지 않겠는데?

그리고 예비로 사두었던 선반을 곰 박스에서 꺼내 접시와 컵과 그 외 필요한 것들을 진열했다. 물론 포크와 스푼도 잊지 않았다. 전에 대량으로 구입했던 것으로, 언제라도 곰 하우스를 지을 수 있도록 사두었던 것이었다.

그럼에도 부족한 건 나중에 크리모니아에서 사기로 했다.

다음으로 2층으로 올라갔다. 2층엔 커다란 방만 두 개 있었다. 필요한 건 이불과 베개 정도였다. 고아원 아이들 전원 몫의 이불은 가지고 있지 않기 때문에 크리모니아로 돌아가서 사야 했다.

그리고 3층으로 올라갔다.

3층에는 내 방과 손님용 방이 여러 개 있었다.

침대는 마법으로 만들었다. 꼬맹이화 된 곰돌이와 곰순이도 잘 것이기 때문에 침대는 크게 만들었다. 그리고 곰 박스에서 여분의 이불을 꺼냈다. 언제 어디에서 곰 하우스를 만들어도 문제없도록 내가 쓸 이불은 항상 준비하고 있었다. 곰돌이와 곰순이가 함께 자기 때문에 조금 컸다. 그렇지 않으면 곰돌이와 곰순이는 내 위에서 자거나 했다.

손님용 방에는 예비로 사두었던 테이블과 의자를 뒀다.

3층을 끝내고 4층으로 올라갔다. 4층에는 욕실이 있었다.

우선 남탕과 여탕 각각의 탈의실에 갈아입을 옷을 둘 선반을 만들었다.

욕실에서의 작업은 물의 마석과 불의 마석을 설치하여 온수 조절을 하는 정도였다.

앞으로 필요한 것은 욕실용 의자와 바가지와 옷을 넣을 바구니 정도려나?

다 만들고 보니 작은 목욕탕 같았다.

노렌[#3]이라도 만들까?

곰 하우스 안은 어느 정도 끝났기 때문에 이번에는 정원을 만들기로 했다.

필요할지는 모르겠지만 곰 하우스 옆에 마물을 해체하기 위한 창고 겸 마구간을 만들어 두었다.

정원의 넓이를 어느 정도 정하고, 높이가 2미터 정도 되는 담장으로 주위를 둘렀다. 이 안이 내 땅이 될 것이다. 조금 넓지만 괜찮겠지.

그 뒤 마무리로 문 위에 오키나와의 시사[#4]와 같이 새끼 곰 석상을 올려두었다.

이러니저러니 해도 역시 나는 곰이 마음에 든다.

곰돌이와 곰순이도 좋아하니까 부정할 일이 아니었다.

그렇지만 곰 인형 옷은 창피해.

이것으로 최소한의 준비를 갖춘 커다란 곰 하우스가 완성했다.

#3 노렌(暖簾) 점포, 상점의 출입구에 내걸어 놓은 천.
#4 시사(シーサー) 오키나와에서 집안의 액막이로 지붕에 올려두는 토기 사자.

외관은 커다란 곰이 두 마리 나란히 있는 모습으로, 4층 높이로 지었기 때문에 꽤 커져버렸다.

통산 다섯 번째 곰 하우스였다.

첫 번째 집은 크리모니아, 두 번째 집은 꼬끼오 마을 근처 동굴 안— 사용하고 있진 않지만. 세 번째 집은 여행용, 네 번째 집은 왕도, 그리고 이번이 다섯 번째 집이었다.

곰 하우스라면 보통의 집보다 강도가 뛰어날 뿐만 아니라 내 마력으로 만들어져 있기 때문에 방범 기능도 있었다. 즉, 내가 허가한 사람만이 곰 하우스로 들어올 수 있도록 되어 있다.

그러니 내가 집을 비우고 있어도 곰 하우스가 침입당하는 일은 없다. 뭐, 침입한다고 해도 훔쳐갈 게 아무 것도 없지만…… 도둑이 들어온다면 기분이 나쁘니까.

곰 하우스 3층 창문을 통해 밖을 보니 바다 너머로 태양이 지고 있었다. 벌써 시간이 그렇게 되었구나. 배가 고픈 것도 이제야 알아차렸다.

나는 문단속을 하고 데거 씨의 요리를 먹으러 서둘러 숙소로 돌아갔다.

🎀 105 곰 씨, 돌아가기 전에
여러 가지 일을 하다

　마을로 돌아오니 입구에 서 있던 문지기가 이상한 것을 보는 듯한 표정을 짓고 있었다. 일단 길드 카드를 보이고 마을 안으로 들어섰다.

　항상 있던 사람이 아니던데, 나를 처음 본 걸까?

　숙소를 향해서 걷고 있는데 주민들이 이상하다는 얼굴로 나를 바라봤다. 말을 건네 오는 사람은 아무도 없었다.

　어쩐지 마을의 상태가 이상한데⋯⋯. 평소라면 말을 걸어올 텐데, 무슨 일 있었나?

　걷는 속도를 올려서 서둘러 숙소로 향했다.

　숙소로 돌아오니 클리프가 식사를 하고 있는 중이었다.

　"클리프 씨, 마을 상태가 이상하던데. 무슨 일 있었어요?"

　나는 클리프가 있는 곳으로 다가가 물었다.

　"아아, 있었지."

　역시, 뭔가 있었던 모양이었다.

　클리프는 나를 진지한 눈으로 바라봤다.

　"무슨 일이 있었는데요?"

　"검은 곰이 하얀 곰이 됐어."

　클리프가 진지한 얼굴로 하는 말에 그제야 내 옷차림을 알아

121

챘다.

"너, 하얀 곰도 가지고 있었구나."

"우와아아아아아아아아앗!"

나는 2층의 내 방으로 가서 서둘러 검은 곰 옷으로 갈아입었다. 색이 다른 것뿐인데 이상하게 창피했다.

아마 남들 앞에서 입는 게 익숙하지 않아서겠지만— 어째서인지 하얀 곰이면 창피했다. 분명 밤이 되면 하얀 곰으로 갈아입으니까 마음 속 어딘가에서 파자마 취급을 하고 있는 것이라 생각했다. 그래서 하얀 곰으로 다른 사람들 앞에 나서면 창피하다고 느끼는 것이겠지.

검은 곰이건 하얀 곰이건 색만 다를 뿐이라 내 마음 먹기에 달려 있음이 분명했다.

지나쳐 온 사람들의 반응이 이상했던 이유를 이제야 알겠다. 내가 하얀 곰이 되어 있어서 놀라서 쳐다보고 있었던 것이었어.

하지만 점심 때 만난 밀레느 씨는 아무런 말도 하지 않았다.

지금 다시 생각해보니 나를 보던 눈이 평상시와 달랐던 건 하얀 곰이었기 때문일지도 몰랐다.

클리프가 있는 곳으로 돌아가 밀레느 씨에 대해 물었다.

"클리프 씨만 있어요? 밀레느 씨는요?"

"아직 안 돌아왔어. 그래서, 집 쪽은 어때?"

"알고 있었어요?"

"아까 밀레느랑 만나서 들었거든."

"거의 다 만들었다고 해야 하나…… 남은 건 내부 장식 정도이긴 한데, 필요한 건 크리모니아로 돌아가면 다 살 거라서 이쯤 해서 일단 작업을 끝낼까 해요."

"말해두겠지만 보통 집은 하루나 이틀 만에 만들 수는 없으니까 말이야."

또 한소리를 들었다. 나는 그런 말은 흘려듣고 데거 씨에게 식사를 부탁했다.

"그럼 클리프 씨 쪽은 어때요?"

"터널에 대해서나 마을이 내 영지의 일부가 된다는 것은 내일 공표하기로 했어. 그와 동시에 터널 부근의 평지를 다지는 작업자를 모집할 예정이다. 오늘은 그 임금 등을 정하고 왔지. 임금이 적으면 사람이 모이지 않을 테고, 많으면 재정을 압박할 테니까 말이야."

그 부분에 대해서 나는 역시 잘 알지 못했다. 애당초 시세를 모르니까 어쩔 수 없었다.

"괜찮아요?"

"이 마을에서 크라켄의 소재를 받기로 했으니 그 부분은 괜찮아졌어."

"크라켄이요?"

"너, 크라켄의 소재를 마을에 기부했다며."

"필요 없으니까요."

"너 말이야, 크라켄의 소재가 얼마에 거래되는지 알고 있는 거냐."

클리프가 어처구니없는 듯 말했지만, 그런 건 나로서는 알 길이 없었다.

"크라켄의 가죽은 방수에 뛰어나서 비싸게 팔린다고. 그것만으로 한밑천이 되지. 그 외에 고기도 고액에 거래가 돼. 그것을 공짜로 주다니 믿을 수가 없어."

"마을의 부흥에 도움이 된다면 그걸로 됐어요."

"너, 정말 이상한 아이로구나. 보통이라면 기부 같은 거 안 하는데 말이지. 더구나 마을을 도와줬으니 반대로 금전을 요구해도 이상하지 않은데 말이야."

클리프는 그렇게 말하며 한숨을 내쉬었지만 그 얼굴은 웃고 있었다.

"부흥을 위해서 양보했으니 클리프 씨가 잘 사용해 주면 되겠네요."

"당연하지. 비싸게 팔아서 터널을 정비할 자금으로 쓸 거야. 돈은 얼마가 있든 곤란하지 않으니까 말이야."

대화가 끝나자 안즈가 요리를 가져다주었다. 클리프는 식사를 마쳤기 때문에 천천히 차를 마셨다.

내가 먹기 시작함과 동시에 밀레느 씨가 돌아왔다.

"아~, 유나, 벌써 먹고 있다니. 클리프는 이제 먹는 거야?"

"나는 다 먹었어."

"그렇군. 내가 마지막이야?"

밀레느 씨는 뒤에 있는 데거 씨에게 식사를 부탁했다.

"그래서, 네 쪽은 어때?"

"애초부터 작은 상업 길드였는데 길드 마스터를 포함해서 네 명이나 붙잡히니 사람이 모자라네……. 앞으로의 일을 생각하자니 어떻게 해도 일손이 부족해."

"그건 우리 쪽도 마찬가지야. 촌장은 정해져 있지 않지, 그걸 보좌할 사람도 모아야 하니 말이야."

"도망친 촌장의 부하 같은 건 없어?"

"아무래도 가족들끼리 직책을 나눠 갖고 있었다나봐. 그러다 재산을 가지고 전원이 도망쳤어."

아아, 흔히 있는 가족경영이라는 거군.

1대째는 우수하지만 2대째, 3대째가 갈수록 무능해지지.

"그래도 네 쪽은 아직 사람이 남아 있으니까 괜찮지만, 내 쪽은 모험가 길드와 할아버지 세 명에게 부탁할 수밖에 없는 상황이라고."

"큰일이네."

"개인적으로는 아트라가 촌장이 되어 주면 좋겠는데, 그렇게 되면 모험가 길드를 맡을 사람이 없어지니……. 이 부분은 크리모니아 모험가 길드에게 상담을 받아야겠어."

"역시 크리모니아에서 긴급으로 몇 명 데려올 수밖에 없겠네."

"그와 동시에 인재 교육도 필요하지."

두 사람 모두 힘들어 보였다.

나는 다른 사람의 일인 양 두 사람의 대화를 들으면서 식사를 했다.

"그래서 나는 상업 길드 건으로 빨리 크리모니아로 돌아가고 싶은데, 크리모니아로는 언제 돌아갈 것 같아?"

"나도 본래의 일이 있기도 하고 전 길드 마스터 문제도 있어. 가능하면 모레에는 출발하고 싶은데……."

"나도 그 정도면 괜찮아. 일단 크리모니아로 돌아가지 않으면 일이 진행되지 않으니까 말이야. 유나도 괜찮니?"

나도 곰 하우스를 완성시키기 위해서는 크리모니아로 돌아갈 필요가 있었다.

그래서 「괜찮아요」라고 대답했다.

다음 날, 곰돌이와 곰순이가 깨워 나는 혼자서 이른 아침부터 외출을 했다.

그렇게 향한 곳은 항구.

해산물 문제로 유우라 씨와 다몬 씨에게 부탁하고 싶은 게 있었기 때문에 두 사람을 찾으러 온 건데…… 배는 모두 바다로 나가 있었고, 항구에 유우라 씨 일행은 없었다.

　너무 빨리 온 모양이었다. 일단 배가 돌아올 때까지 바다를 바라보면서 시간을 보내기로 했다. 바다에는 많은 배가 떠 있었다. 잠깐 항구를 거닐면서 바다를 바라보고 있자 차례로 배들이 항구로 돌아오는 것이 보였다.

　아무래도 오래 기다리지 않아도 될 모양이다.

　어떤 배이든 생선이 대량으로 실려 있었다. 그리고 어부들은 너도 나도 할 것 없이 미소를 짓고 있었다. 정말 크라켄을 쓰러뜨리게 되어 다행이다.

　돌아온 어부들을 보고 있는데 한 사람이 말을 걸었다.

　"곰 아가씨, 이런 아침 일찍부터 항구엔 어쩐 일이야?"

　"내일 크리모니아로 돌아가서 유우라 씨와 다몬 씨에게 인사를 하려고요. 그리고 해산물 구입 일도 있고."

　그렇다. 크리모니아로 돌아가기 전에 해산물을 사기 위해 두 사람을 만나러 온 것이었다.

　"이런, 벌써 돌아가는 거야?"

　어부가 쓸쓸한 듯 말했다.

　"이 마을에 온 것도 생선을 사기 위해서였으니까요."

　그런데 크라켄이 바다에 있어서 그럴 형편이 아니었고 말이지.

　"그렇군. 그렇다면 오늘 잡아 온 생선을 마음껏 가지고 가게. 내 감사의 마음이야."

　어부가 크게 손을 펼쳐 보이자 배에 실린 생선으로 시선이 향했다.

"잠깐만, 그렇다면 내 생선을 가져가주게."

"아니, 내가 잡은 생선이 맛있다고."

"문어는 어때?"

"여기엔 큰 조개도 있어."

말을 건넨 어부의 말에 호응을 하는 것처럼 다른 어부들도 내게 말을 건넸다.

그리고 자신이 잡은 생선이 얼마나 대단한지 경쟁하기 시작했다.

아니, 지금 막 잡아온 거니까 어느 쪽이든 신선하고 맛있을 것 같은데…….

"유나, 무슨 일이야?"

내가 곤란해 하고 있는데 유우라 씨와 데몬 씨가 어부들의 뒤에서 얼굴을 내밀었다.

"내일 아침에 마을을 떠날 거라 인사하러 왔어요. 그리고 맛있는 해산물을 구입하러 온 거예요."

나는 간단하게 상황을 설명했다.

"그렇다면 내가 잡아 온 생선을 가져가렴. 물론 돈 같은 건 필요 없어. 유나에게는 몇 번이고 도움을 받았으니 말이야."

다몬 씨가 그렇게 말하자 주위가 소란스러워지기 시작했다.

"어이, 다몬. 나중에 와놓고 그러는 게 어디 있어. 우리들도 곰 아가씨가 생선을 받아주길 바란다고. 도움을 받은 건 자네뿐이 아니잖나. 이렇게 생선을 잡을 수 있는 것에 모두들 곰 아가씨에게 감사하고 있다고. 조금이라도 그 은혜를 갚을 수 있는 찬스란 말이지."

"그래, 맞아. 그렇지 않아도 할아버님들이 아가씨에게 민폐가될 테니 가까이 다가가지 말라고 했단 말이야."

할아버지들, 그런 지시를 내려주셨군요.

"그렇지만 우리들은 설산에서도 도움을 받기도 했고—."

"그런 건 관계없어."

"그래. 감사하고 있는 건 자네들만이 아니라고."

"곰 아가씨에게 답례를 하고 싶은 건 어부들 전원의 마음이야."

어쩐지 일이 커져버렸는데……

이럴 경우 「그만 둬, 나 때문에 싸우지 마」라는 말을 해도 되나?

그렇지만 아무리 나라도 눈치는 있으니 그런 바보 같은 발언은 하지 않았다.

"저기~, 여러분 진정하세요. 생선을 나눠 주신다면 돈은 확실히 지불하고 살 테니까요."

"곰 아가씨에게 돈은 받을 수 없어."

"맞아, 옳소. 그렇게 되면 답례가 되지 않아."

"우리들의 감사의 마음이니 받아 줘."

"안 돼요. 그 부분은 확실히 해야죠. 그렇지 않으면 나중에 제가 생선을 사기 힘들어질 거예요."

"곰 아가씨라면 앞으로도 쭉 공짜여도 상관없어."

"저, 크리모니아 마을에서 식당을 운영하고 있어요. 다음에 생선 요리 가게를 열어서 정기적으로 해산물을 구입하고 싶으니까 공짜로는 받을 수 없어요."

쭉 공짜로 받을 수는 없었다. 한두 번이야 괜찮을지 몰라도 안즈가 오게 되면 정기적으로 해산물을 사게 된다. 앞으로도 우호적인 관계를 가지려면 처음이 중요했다.

"……알았네. 앞으로는 사는 거로 해. 하지만 이번엔 받아줘."

어부들을 바라보자 그것만큼은 양보할 수 없는 것 같았다. 그래서 나는 오늘만 받기로 하고 다음부터는 사기로 약속했다.

"그리고 무슨 일 있으면 말해주게. 우리 어부들은 곰 아가씨의 부탁이라면 무엇이든 들어줄 테니."

주위의 어부들도 고개를 끄덕였다.

그런 말을 들어도 곤란했다. 하지만 딱 한 가지가 머릿속에 떠올랐다.

"그럼 하나 부탁해도 될까요?"

"뭐지?"

"지금 크리모니아 영주가 와서 앞으로 마을에 대해서 할아버지들과 이야기를 나누고 있는데, 그 일로 싸우지 않으셨으면 좋겠어요."

크리모니아의 일부가 되면 여러 가지 문제가 일어날 수 있었다. 언쟁 같은 게 일어나지 않길 바랐다.

"애초에 할아버님들이 정한 것에 우리들은 거스를 수 없어. 더구나 마을을 구해준 곰 아가씨의 부탁이라면 더욱 그렇지. 잘 알겠어."

주위 어부들도 고개를 끄덕였다.

그렇게까지 내가 신용 받고 있나?

그래도 되나?

조금 불안했지만 싸움이 되는 것보다는 괜찮았다. 나머지는 클리프가 일을 제대로 처리해서 크리모니아와의 교류가 호의적으로 진행되길 기도하자.

그 후, 나는 모두에게 신선한 해산물을 받아 들고 항구를 뒤로 했다.

다음으로 향한 곳은 상업 길드. 젤레모 씨에게 부탁할 게 있었다.

상업 길드에 도착하니 길드 사람들은 여전히 바빠 보였다. 밀레느 씨의 말로는 일은 늘어나는데, 지난번 범죄 사건으로 직원 몇 명이 붙잡혀 한 사람당 맡은 업무량이 늘어나고 있다고 했다.

그러던 중 밀레느 씨가 길드 마스터답게 여러 가지 지시를 내리고 있는 모습이 보였다.

"밀레느 씨, 바빠 보이네요."

"어머, 유나. 어쩐 일이야? 설마 도와주러 온 거야?"

"풋내기인 제가 도와줄 수 있을 만한 건 없어요."

"그렇지 않아. 유나의 존재가 도움이 되니까 말이지. 같이 있어 주는 것만으로도 충분해."

즉, 밀레느 씨의 뒤에 서 있기만 하는 일이라는 거잖아.

"농담이야. 그래, 무슨 일이야?"

"젤레모 씨에게 용건이 있어서 왔는데, 계세요?"

"안쪽 방에서 일에 파묻혀 있을 거야."

"그렇다는 건 못 만난다는 건가요?"

"글쎄, 슬슬 쉬는 시간을 주지 않으면 쓰러질지도 모르니 쉬는 겸 만나 봐도 될 거야."

허가를 받아서 밀레느 씨와 함께 젤레모 씨가 있는 안쪽 방으로 향했다.

"들어갈게~."

밀레느 씨는 노크도 하지 않고 방 안으로 들어갔다.

"밀레느 씨?! 이, 일은 하고 있어요. 농땡이 치지 않았어요."

젤레모 씨는 밀레느 씨에게 변명을 하듯 말을 더듬었다.

"슬슬 쉬는 시간을 주려고 했는데 필요 없는 모양이네."

"그렇지 않아요. 기진맥진이에요."

"음, 그렇다면 손은 놀아도 좋지만, 유나의 이야기를 들어줘."

"아가씨의 이야기요?"

"뭔가 부탁이 있는 것 같아. 나는 밖에 일이 있어서 나갈 거지만, 이야기가 끝나면 다시 일해야 해."

"네."

우리들을 남기고 방에서 나간 밀레느 씨를 보고 젤레모 씨는 안도의 한숨을 쉬었다. 밀레느 씨와의 일은 꽤나 힘든 모양이다.

"그래서, 아가씨. 이야기가 뭐지?"

"화(和) 나라에 대해 부탁이 있어서요."

"화 나라?"

"네. 다음에 화 나라의 배가 오면 사줬으면 하는 게 있어요."

"그건 괜찮은데, 화 나라가 언제 올지는 몰라. 크라켄이 나타난 뒤로는 한 번도 본 적이 없으니까 말이지."

"여기에서 가는 건 불가능한가요?"

"무리야. 대형 배가 아니면 가는 건 불가능해. 우리 마을에 그렇게 큰 배는 없으니까 말이야."

그렇구나.

모처럼 크라켄을 쓰러뜨렸는데 쌀과 간장, 된장을 얻지 못한다면 헛수고가 되어 버린다. 마을이 평화로워진 것은 좋지만 아쉬웠다.

"마을로서도 꽤 많은 식재료를 의지하고 있었던 부분도 있으니까 말이야. 일단은 곰 아가씨 덕분에 크리모니아에서 식재료를 구입할 수 있게 됐으니 괜찮지만, 화 나라의 식재료를 좋아하는 사람들도 많으니까 와주지 않으면 곤란해질 텐데 말이지……."

그렇죠. 나도 곤란해요.

"뭐, 크라켄이 없어졌다는 것을 안다면 와 줄 가능성도 있어. 한동안은 상황을 지켜볼 수밖에 없겠어."

"그럼, 쌀과 간장, 된장, 그리고 화 나라의 먹을 거랑 조미료를 사주세요."

나는 돈이 든 주머니를 책상 위에 두었다.

"이걸로 쌀과 간장, 된장을 사주세요. 그리고 화 나라의 식재료와 조미료를 사시 보관해주세요."

"곰 아가씨, 많지 않아?"

가죽 주머니 안을 확인한 젤레모 씨는 놀란 표정을 지었다. 주머니 안에는 꽤 많은 금액이 들어 있었다. 하지만 내게 있어서 쌀과 간장, 된장을 살 수 있다면 싼 편이었다.

"그리고, 그 외에도 희귀한 게 있다면 사줄 수 있나요?"

"아가씨, 내가 훔칠 거라곤 생각 안 해?"

"저는 젤레모 씨에 대해서는 잘 알지 못하지만, 유우라 씨와 다몬 씨, 아트라 씨, 할아버지들이 신용하고 있잖아요. 만약 배신을 당한다면 모두들 보는 눈이 없었다고 생각하고 포기하겠어요."

"후후, 즉, 아가씨는 내가 아니라 다른 사람들을 신용하고 있으니 나를 신용한다는 거군."

"그렇게 되나요? 젤레모 씨와는 만난 지 얼마 안 됐으니까요."

"알았어. 확실하게 돈은 맡아두지. 이게 저난번까지의 거래서야."

젤레모 씨는 쌀과 간장, 된장 등의 거래 명세서를 보여줬다.

"어쩌면 다음에 올 때는 조금 비싸져 있을 가능성이 있는데, 그 땐 어떻게 할까?"

"그거야 정해진 거 아니에요? 두 배가 되든지 세 배가 되든지 상관하지 않고 살 거예요."

"알았어. 사둘게. 사면 어떻게 할까?"

"크리모니아의 상업 길드로 보내주세요."

앞으로 두 상업 길드는 긴밀하게 이어지게 되었다. 그렇다면 크리모니아의 상업 길드에 이야기를 해두는 게 편했다. 나는 젤레모 씨에게 부탁을 하고 방을 뒤로했다.

남은 건 화 나라의 배가 오길 빌 뿐이었다.

🎀 106 곰 씨, 크리모니아로 돌아가다

화 나라의 일을 젤레모 씨에게 부탁하는 건 가능했다. 하지만 화 나라가 언제 오는지 알 수 없는 건 아쉬웠다. 모처럼 크라켄을 쓰러뜨렸으니 와주길 바랐다.

상업 길드를 뒤로한 나는 마을을 탐색하기로 했다. 길드 밖으로 나가자 밀레느 씨에게 붙잡혀 마을을 돌아다니며 인사 다니는 것을 도와주게 됐다(뒤에 서 있기만 했다). 어떻게든 밀레느 씨에게서 도망칠 수 있었지만, 이번엔 클리프에게 붙잡혀 클리프가 인사하며 돌아다니는 것에 따라다니게 됐다(뒤에 서 있기만 하는 간단한 일이었다).

그리고 클리프에게서도 도망친 나는 마을을 탐색하고 혼자서 숙소로 돌아왔다. 돌아왔을 때는 저녁 식사 시간이 되어 있었다.

"데거 씨, 안즈, 식사 부탁할게요!"

나는 데거 씨와 안즈에게 식사를 부탁하고 항상 앉는 자리에 앉았다.

그러자 안에서 데거 씨가 커다란 소리를 내며 나왔다.

"아가씨, 돌아왔구나."

"다녀왔어요. 식사 부탁할게요."

"그것보다도 묻고 싶은 게 있는데."

"뭔데요?"

배고프니 얼른 밥 먹고 싶은데—.

"저번에 했던 얘기 진심이야?"

"저번에요?"

"안즈 일 말이야."

"안즈에게 제 가게로 와달라고 했다는 이야기요?"

"그래. 오늘 터널에 대해 들었어."

"들으셨구나."

클리프와 밀레느 씨는 물론, 모험가 길드, 상업 길드에는 터널이 알려져 있었다. 그리고 일로 이어져 있는 관계자들에게도 터널이야기는 퍼져 있었다. 어제는 밀레느 씨가 관계자들을 데리고 터널로 가기도 했다. 그래서 이미 꽤나 많은 사람들에게 알려져 있을 터였다.

"마을에서는 소문이 돌고 있어. 터널을 보러 간 사람도 있다고. 아가씨, 터널에 대해 알고 그저께 얘기를 한 거구나."

"그야 안즈가 와주길 바라니까요."

"아가씨, 하나 묻겠는데, 혹시 그 터널, 아가씨가 만든 거야?"

나는 잠시 생각했다. 사실을 얘기해야 하는지, 말아야 하는지.

데거 씨는 진지한 눈으로 나를 바라봤다. 그래서 나는 사실을 말하기로 했다.

"안즈가 크리모니아로 와줬으면 해서, 제가 만들었어요."

"역시 그렇군."

납득한 얼굴이었다.

"안즈가 크리모니아로 와주길 바라는 것도 있지만, 무엇보다도 해산물을 크리모니아로 유통시키고 싶었어요."

애당초 해산물 유통이 없으면 안즈가 와줘도 의미가 없었다.

"그것만을 위해서 크리모니아 방향으로 터널을 파다니……."

"사실 화 나라의 식재료가 들어오면 최고이지만요."

"지금은 오지 않으니까."

빨리 와주길 바랐다.

"아가씨는 정말 대단한 것 같아. 도저히 그런 대단한 아가씨로는 보이지 않는데 말이지."

데거 씨는 커다란 손을 내 머리 위에 얹었다.

"그리고 하나 더 확인하겠는데, 정말 안즈여도 괜찮겠나?"

나는 고개를 끄덕였다.

"가게는 아가씨가 준비해주는 거지?"

나는 고개를 끄덕였다.

"가게도 준비하고, 물론 임금도 지불하고, 휴일도 줄 거니까 미릴러 마을로 돌아오고 싶다고 하면 언제든지 돌아올 수 있도록 할 거예요."

그것이 안즈와의 약속이었다.

"그렇게 좋은 조건을 내걸면 아가씨에게 무슨 장점이 있지?"

"그거야 한 가지밖에 더 있겠어요? 데거 씨의 요리를 배운 안즈의 해산물 요리를 먹을 수 있다는 거죠. 그것만으로 충분해요."

"농담 아니겠지?"

"농담으로 터널을 만들지는 않아요."

데거 씨는 손으로 턱을 괸 뒤 눈을 감고 생각했다.

"좋아, 약속하지. 안즈를 데려가도 좋아."

"정말요?"

아직 본인의 허가를 받지 않았는데?

"안즈가 자신만의 가게를 가지고 싶어 한다는 것은 알고 있어. 게다가 아가씨가 있는 곳이라면 안심할 수 있기도 하고. 그리고 터널을 파면서까지 안즈를 바라고 있는 거잖아. 그렇게까지 하는데 막을 수 없지."

"데거 씨, 고마워요. 잘 할게요."

"그래, 행복하게 해줘야 돼."

"그 말은 마치 안즈가 제 신부가 되는 것 같네요."

나와 데거 씨는 웃음을 터트렸다.

"……안즈! 잠깐 나와 봐!"

데거 씨가 안쪽을 향해 외쳤다.

"왜 그러세요? 아버지."

구석방에서 안즈가 얼굴을 내비쳤다.

"너, 크리모니아로 가고 싶니?"

"가고 싶다고는 생각하지만, 그렇게 간단하게 갈 수 있는 곳이 아닌걸요. 게다가 아버지, 어머니와 떨어지는 건 쓸쓸해요."

"만약 크리모니아가 가까워졌다면 어떠냐. 며칠 만에 갈 수 있는 거리가 되었다면 말이야."

"그렇다면 가고 싶죠."

안즈는 기쁘게 대답했다.

"그렇다면 가라."

"아버지?"

갑자기 아무 설명도 없이 가라니, 안즈도 당황했다.

"이미 소문이 돌고 있으니 네 귀에도 들어갔을 거라고 생각하지만, 이 미릴러 마을과 크리모니아 마을이 이어지는 터널이 만들어졌단다."

정확하게는 크리모니아로 「이어지는」이 아니라 크리모니아로 「향하는」 터널이다.

"아버지, 무슨 말을 하는 거예요? 터널 같은 게 간단하게 만들어질 수 있을 리가 없잖아요."

안즈는 웃으면서 데거 씨의 등을 쳤다.

"나도 그렇게 생각해. 그런데 아까 할아버님들에게 터널 이야기를 들었어. 보러 간 사람도 있다더구나. 그리고 터널을 만든 사람은 이 아가씨야. 그 이유가 너를 크리모니아로 부르고 싶어서라고 하더군."

"……농담이죠?"

"약속했잖아. 해산물을 구할 수 있고 언제든지 데거 씨와 가족들을 만날 수 있게 되면 크리모니아로 와준다고."

"……했죠."

그저께의 일이었다. 잊어도 곤란했다.

"……아버지."

안즈가 곤란한 듯 데거 씨에게 도움을 청했다. 설마 이렇게 되리라고는 생각지 않았던 모양으로, 안즈는 혼란스러워 보였다.

뭐, 일반적으로 생각하면 자신을 위해서 터널을 만들어 주리라고는 생각하지 않겠지.

"안즈, 네가 정하렴. 너의 인생이잖니."

"아, 아버지……."

안즈는 내 눈을 바라봤다.

"유나 씨, 정말 저라도 괜찮겠어요?"

"안즈의 요리가 먹고 싶어."

어쩐지 프러포즈를 하고 있는 것 같아서 창피하다.

"아, 알겠어요. 저라도 괜찮다면 열심히 해볼게요."

안즈가 크리모니아로 와주는 것을 받아들여 줬다.

"저기, 정말 괜찮아요?"

"응, 잘 부탁해."

"네, 저야말로 부탁드려요."

요리사 GET.

"아~ 설마 결혼하기 전에 나갈 줄은 몰랐어."

안즈가 가겠다고 선언한 순간, 데거 씨는 슬픈 듯 말했다.

"그렇다면 데거 씨도 크리모니아로 같이 오실래요? 와주신다면 데거 씨를 위해서 방을 만들게요."

응, 좋은 아이디어인데?

"제안은 고마운데 그만 둘래. 나는 여기에서 태어나고 자랐으니 죽을 때도 여기서 죽겠어."

데거 씨는 멋있는 말을 했다.

"그럼 크리모니아로 놀러 오세요. 다음번엔 제가 환영해줄게요."

"오, 그 때는 부탁하지."

데거 씨는 내 머리에 손을 얹었다.

"좋은 분위기에 미안한데, 터널을 사용할 수 있게 되는 건 당분간은 나중 일이 될 거야."

"그렇네. 할 일이 산더미라서 말이야."

"클리프 씨, 게다가 밀레느 씨!"

언제부터 있었는지는 모르지만 클리프와 밀레느 씨가 대화에 끼어들었다. 그리고 내가 앉아 있는 테이블에 합석했다.

"배고파. 주인장, 식사를 부탁하네."

"나도 부탁해요."

밀레느 씨도 의자에 앉았다.

"그러고 보니 두 사람은 크리모니아의 영주님과 상업 길드의 길드 마스터라고 들었는데……."

"유나의 친구인 클리프 포슈로제다. 크리모니아의 영주를 맡고 있지."

"나도 유나의 친구인 밀레느. 크리모니아 상업 길드에서 길드 마스터를 맡고 있어요."

두 사람은 내 『친구』라는 부분을 강조하며 다시 자기소개를 했다.

"크리모니아의 영주에 길드마스터……."

"그렇게 격식 차리지 않아도 돼. 여기에서는 유나의 친구로 됐어. 그것보다 주인장의 맛있는 요리를 먹고 싶은데."

클리프가 데거 씨에게 식사를 부탁하자 데거 씨는 기뻐했다.

"안즈! 터널 개통 준비가 끝날 때까지 다시 가르쳐주마. 식사 준비를 도와주렴!"

"네!"

두 사람은 뛰어가듯 부엌으로 향했다.

"유나, 좋은 요리사를 얻었네."

"좋죠. 가게가 생기면 드시러 오세요."

"그래, 가도록 하지."

"물론 나도 갈 거야."

손님도 GET이다.

그 후, 다음 날 아침에는 예정대로 크리모니아로 돌아가게 됐다.

"유나 씨, 열심히 공부하고 있을게요."

"응, 기다릴게."

"터널이 완성될 때까지 제대로 교육시켜 두지. 크리모니아에서 이게 내 요리라고 생각하게 돼도 곤란하니까 말이야."

데거 씨는 그렇게 말하며 안즈의 얼굴을 세게 비볐다.

"아버지, 아파요."

데거 씨는 웃기만 할 뿐 비비는 걸 그만두려고 하지 않았다.

숙소를 나오자 밖에는 아트라 씨와 젤레모 씨 일행이 있었다.

"유나, 여러 가지로 고마웠어. 처음에 만났을 때는 곰 복장을 한 귀여운 여자아이가 모험가 길드로 찾아와서 놀랐는데, 설마 이렇게 될 줄은 꿈에도 생각 못했어."

"저도 일이 이렇게 될 줄은 몰랐어요."

설마 크라켄과 싸울 줄은 몰랐다.

"언제라도 괜찮으니까 놀러 와."

"올 거예요. 집도 지었으니까."

"저 곰 집 말이지?"

"저기는 제 땅이니까 들어가면 안 돼요."

"알고 있어. 마을 사람들에게도 말해둘게."

내가 아트라 씨와 작별 인사를 하고 있는 동안 젤레모 씨는 밀레느 씨에게 지시를 받고 있었다.

"내가 없다고 농땡이 부리면 안 돼."

"알고 있어요."

마지막으로 클리프가 인사를 나눈 후, 나는 곰돌이와 곰순이를 소환했다.

"어이, 기다려. 여기서 타고 가는 거야?"

"그런데요?"

"아니, 잠깐. 탈 거면 마을 밖이 낫잖아."

"왜요?"

왜 그러지?

"……창피하잖아."

응? 곰돌이랑 곰순이를 타는 게 창피해?

"아무튼, 곰은 마을 밖으로 나간 다음 타자고."

클리프는 그렇게 말하더니 걷기 시작했다.

그 모습을 보고 나와 밀레느 씨는 웃으면서 따라갔다.

🎀 107 곰 씨, 안즈의 가게를 만들다

마을을 나와 주민들이 보이지 않게 되자, 클리프는 그제야 곰 돌이에 올라탔다.

분명 귀여운 곰돌이에 클리프가 올라타니 초현실적으로 보일지도 몰랐다. 밀레느 씨도 똑 같은 생각을 했는지 미소를 짓고 있었다.

"빨리 돌아간다."

새삼 『곰돌이와 클리프』의 조합이 재미있었다.

터널로 향하는데 담장이 보이기 시작했다. 담장 안에 곰 두 마리가 나란히 서 있었다. 내가 만든 곰 하우스였다.

"터널을 보러 왔더니 이런 커다란 게 만들어져 있어서 놀랐다고."

클리프도 곰 하우스를 본 모양이었다.

"짓겠다고 했잖아요."

"이렇게 클 줄은 몰랐으니까."

"고아원 아이들도 데려오고 싶어서 크게 짓게 됐어요."

"유나, 내가 다음에 올 때는 묵게 해줘야 돼."

같이 곰순이에 올라타 있던 밀레느 씨가 말했다. 물론 허가는 내렸다.

곰들에 올라탄 우리는 터널에 도착했다. 입구에는 곰 석상이 있었다. 모르는 사람이 보면 단순한 곰이겠지. 아무도 이 곰 석상이 나라고는 생각하지 않을 거야. 그러길 바라면서 곰 라이트 마법을 사용하여 터널 안으로 들어섰다.

터널이 밝게 비춰졌고, 곰돌이와 곰순이는 출구를 향해 달리기 시작했다.

중간에 터널에 잠입한 고블린 한 마리와 맞닥뜨렸지만 슉 하고 쓰러뜨렸다. 나는 다른 마물이 다가오지 못하도록 고블린의 사체를 불태워 처리했다.

"빨리 터널을 완성시키지 않으면 마물들이 정착하겠군."

"이런 구멍이 있다면 마물에게는 딱 좋은 보금자리가 될 테니까."

"먼저 모험가들을 파견시켜서 주변의 마물을 토벌시켜야겠어. 안전을 확보한 후에 직원들을 데려와야지 안 되겠네."

"그래도 파견하기 전에 어떤 마물이 있는지 조사도 필요할 것 같은데……."

"그 부분은 모험가 길드에게 물어보면 알겠지."

분명 근처의 마물 정보라면 모험가 길드에서 모아놓았을 터였다.

터널을 나와 그대로 크리모니아로 향해 출발하려는 순간, 클리프에게 저지당했다.

"유나, 기다려. 잊지 않았겠지?"

뒤돌아보니 클리프가 수상한 미소를 짓고 있었다.

기억하고 있으니까 얼른 이동하려고 한 거였는데…….

"크리모니아로 돌아가기 전에 곰 석상을 만들어야지."

"다음에 해도 되지 않을까요?"

"다음이라니 언제? 네 녀석, 안 만들 속셈이잖아."

"……."

들켰다.

잊고 있을 거라고 생각했는데 잊지 않았을 줄이야…….

"눈동자가 흔들리고 있군. 정식으로 베어 터널이 될 테니까 곰 석상이 필요하다고. 뭣하면 곰으로 만들지 않고 우리 쪽에서 직접 네 석상을 만들겠어."

멀쩡한 어른이 웃으면서 협박을 해왔다. 이런 어른이 되면 안 된다고 교과서에 싣고 싶었다.

"유나, 포기하는 게 나을 거야. 이렇게 된 이상 클리프는 끈질 기거든. 하지만 유나의 석상도 보고 싶긴 하네."

"밀레느 씨……."

나는 그런 거 보고 싶지 않아요. 하지만 밀레느 씨까지 클리프 의 편이 된 이상 내게는 이길 방법이 없었다.

어쩔 수 없이 곰순이에서 내려 터널 입구에 곰 석상을 만들었다. 그나마 다행인 것은 내 석상이 아니라는 것이었다. 만약 클리프가 내 석상을 만들기라도 했다면 두 번 다시 터널은 사용할 수 없었을 것이며, 창피해서 미릴러 마을로도 갈 수 없게 됐을 것이다.

내가 곰 석상을 만들자 곰돌이와 곰순이는 기뻐했다. 동료가 생겨서 좋은 건가?

곰 석상을 완성한 후, 다시 크리모니아를 향해서 출발했다.

마을에 도착하자 두 사람은 각자의 일터로 갔다. 클리프는 자신의 영주관으로, 밀레느 씨는 상업 길드로, 나는 집으로 향했다.

나만 일이 없어서 여유를 가질 수 있었다. 뭐, 할 일은 있지만 급한 거는 아니니까 내일부터 하기로 했다. 어딘가의 의욕 없는 인간의 말을 내뱉었다.

내일부터 한다. 내일부터 진심으로 하겠다.

좋은 말이다. 내일 해도 괜찮다면 내일로 미루자고 생각했다. 무리해서 오늘 할 필요도 없었다. 그런 변명을 속으로 중얼거리며 집으로 향했다.

다음 날, 나는 안즈의 가게에 대해 상담하기 위해 밀레느 씨를 만나러 상업 길드로 향했다. 내일이나 모레여도 상관없었지만 그렇게 되면 정말 게으름뱅이가 되어 버린다. 게다가 모처럼 안즈가 크리모니아로 와주기로 했다. 언제든지 맞이할 수 있도록 가게를 준비해둬야 한다.

길드에 도착했으나 밀레느 씨의 모습은 보이지 않았다.

안에서 일을 하고 있는 건가?

"저기, 곰 님."

"곰 님?"

이상한 호칭으로 불려서 뒤를 돌아보자 젊은 여성 직원이 있었다.

"아니, 유나 님. 밀레느 씨, 그러니까 길드 마스터를 찾고 계신가요?"

지금 틀림없이 곰 님이라고 불렀지? 거기에 반응해서 뒤돌아본 내가 할 말이 아니지만.

"네, 그렇긴 한데……. 밀레느 씨 계세요?"

"네, 계십니다. 그렇지만 어제부터 안 주무시고 방에 들어가서 일을 하고 계세요."

아무래도 어제 돌아왔을 때부터 계속 일을 하고 있는 모양이었다.

길드 마스터는 힘들군. 나는 푹 자서 컨디션이 좋은데.

"불러드릴까요?"

"그렇지만 일을 하고 있잖아요?"

으음, 어쩌지? 다른 직원에게 물을 수밖에 없나?

가능하면 가게에 대해 잘 알고 있는 밀레느 씨가 좋았는데, 미릴러 마을 건으로 일을 하고 있는 밀레느 씨에게 상담을 부탁하는 것도 마음이 내키지 않았다.

"유나, 어쩐 일이야?"

"길드 마스터?"

잠시 고민하고 있는 사이에 안쪽 방에서 밀레느 씨가 나왔다.

"밀레느 씨에게 부탁할 게 있어서요."

"혹시 안즈 양 가게에 대해서?"

이야기가 빨라서 좋았다.

"밀레느 씨에게 저번 가게처럼 상담을 받고 싶어서요."

밀레느 씨는 지친 얼굴을 하고 있었다.

"가능하면『곰 씨 쉼터』근처가 좋을 것 같아요."

"유나의 부탁이니 상담을 들어주고 싶은데…… 미릴러 마을 일로 바빠서 말이야."

어제 돌아오고 하루밖에 지나지 않았다. 분명 무리겠지.

"걱정하지 않아도 돼, 리아나."

"네."

조금 전의 길드 직원이 대답했다.

"유나에게『곰 씨 쉼터』주변의 토지를 판매해줘. 반값으로."

밀레느 씨의 입에서 예상치 못한 말이 나왔다.

"길드 마스터! 괜찮나요?"

"괜찮아요?"

나와 리아나라 불린 직원이 밀레느 씨에게 확인을 했다.

"이후에 유나가 크리모니아로 가져다 줄 이익을 생각하면 매우 적은 건데, 뭘. 유나는 해산물에만 정신이 팔려 있겠지만, 나랑 클리프는 소금이 가장 크다고 생각하고 있어."

"소금이요?"

"이제껏 돌소금을 사들이고 있었지만, 이제 근처 바다로 갈 수

있게 되면 소금을 대량으로 싸게 사들일 수가 있지. 게다가 그것
을 다른 번화가나 마을에 팔 수도 있어. 유나가 생각하고 있는 것
보다 대단한 일이라고. 그러니 땅 정도는 신경 쓰지 않아도 돼.
그래도 형식이 있으니 공짜로 넘겨줄 수는 없지만 말이야."

밀레느 씨는 지쳐있는 상태인데도 불구하고 미소로 대해줬다.

확실히 어느 세계이든 소금은 중요했다. 그건 설탕보다도 가치
가 있었다.

소금은 일상적으로 구입하고 있었기 때문에 거기까지는 알아차
리지 못했다. 역시 상업 길드의 길드 마스터와 영주님이다. 나와
는 생각하는 관점이 달랐다.

나는 좋을 대로 생각하고 행동했고, 두 사람은 마을의 이익을
생각하며 행동을 했다. 그 점이 위에 서 있는 자와 서 있지 않은
자의 차이인 것 같네.

"그럼 리아나, 뒷일을 부탁할게."

"길드 마스터는요?"

"배가 고파서 밥 좀 먹고 와야겠어."

밀레느 씨는 힘없이 손을 흔들며 길드 밖으로 나갔다.

"그럼 유나 님, 이쪽으로 오시죠."

나는 리아나 씨에게 안내를 받았다.

"그럼 유나 님의 가게 근처가 좋으신 거죠?"

"제 가게를 아세요?"

"물론이죠. 몇 번이나 간 걸요. 그 피자랑 빵, 정말 맛있었어요."

"고마워요."

"음, 가게 주변이라면 비어있는 건물이 몇 채 있습니다. 뭔가 조건이 있으신가요?"

"음식점을 만들고 싶으니까 그만큼 큰 건물이 좋을 것 같네요."

"그렇다면 세 채가 있습니다."

그 후, 리아나 씨의 안내로 건물들을 차례대로 돌아보고, 『곰씨 쉼터』 근처에 있는 한 건물을 구입하기로 했다.

건물 크기는 원래 귀족의 저택이었던 『곰 씨 쉼터』보다는 한 사이즈 작은 정도였다. 하지만 조금 개축하면 가게로 사용 가능할 것 같았다.

"그런 이유로 티루미나 씨, 부탁할게요."

"갑자기 왜 데려왔나 했더니……."

티루미나 씨는 건물을 보더니 한숨을 쉬었다.

그렇지만 밀레느 씨는 바쁘게 일하고 있고, 믿을 수 있는 건 티루미나 씨밖에 없었다.

"그래서, 음식점으로 한다는 거지?"

티루미나 씨는 어처구니없는 듯 하지만 결국엔 도와주기 때문에 그녀를 좋아할 수밖에 없다.

"네, 모린 씨의 가게처럼 준비하고 싶은데요."

"알겠어. 내가 할 수 있는 범위의 것들을 준비해둘게."

"고맙습니다."

"그래도 곰 장식물은 유나가 만들어야 돼."

"안 만들 거예요."

"그래?"

그건 가게의 이름이 『곰 씨 쉼터』라고 지어져서, 가게를 곰답게 꾸미기로 했기 때문에 곰 장식물을 만든 것뿐이었다. 이번에는 가게의 이름이 정해져 있지 않으니 곰 장식물은 필요 없었다.

"뭐, 나중에 필요해지면 그때 만들면 되니까……."

"그러니까 이번 가게에 곰 장식물은 필요 없다니까요."

"그러니? 그렇다면 별 수 없지만."

티루미나 씨는 꿍꿍이가 있어 보이는 미소를 지었다.

그 후, 티루미나 씨와 함께 가게 개축을 시작했다.

1층의 방 벽을 허물어 넓은 플로어로 만들었다. 그리고 부엌이 좁아서 조금 넓혔다. 부엌 옆에는 식재료 창고가 있었다. 공간은 충분한가? 혹시 좁으면 나중에 확장해도 되니까.

테이블이나 내부 장식은 안즈가 오고 나서 정하자. 그때가 되면 밀레느 씨도 일이 안정되어 있을 테니 상담을 받는 것도 괜찮을 것이다.

2층은 그대로 두기로 했다.

안즈가 살아도 되고, 휴게실로 사용해도 괜찮았다.

세세한 부분은 안즈가 오고 나서 정하기로 했다. 일단 커다란 부분, 시간이 걸리는 공간을 먼저 시작했다. 일단 안즈의 가게가 될 테니까 안즈의 의견도 물어봐야 했다.

이렇게 가게가 만들어져 가는 걸 보니 기쁘긴 하네.

밖으로 나가 외관을 확인했다. 티루미나 씨가 수배한 직원들이 예쁘게 만들어주고 있었다.

예쁜 건물이 되긴 했지만 무언가 부족한 느낌이 드는 건 기분 탓인가…….

조금 떨어진 장소에 있는 『곰 씨 쉼터』를 바라봤다. 여기에서도 곰 장식물이 보였다.

다시 눈앞의 건물을 바라봤다. 곰은 없었다.

어쩌면 안즈는 곰을 싫어할 수도 있었다.

본인의 취향을 중시해야 하므로 만들지 않기로 했다.

108 곰 씨, 팬케이크를 먹다

크리모니아로 돌아오고 며칠이 지났다.

밀레느 씨와 클리프는 바쁘게 움직였다. 모험가 길드와 연계하여 터널 주변의 마물을 토벌하거나 터널까지의 길을 정리했다. 터널 내부에 설치할 마석 구입, 그리고 그것들의 설치 작업 등도 진행됐다. 게다가 클리프는 얼마 전에 왕도로 떠났다. 마지막으로 본 얼굴은 피곤에 찌들었지만 내 탓은 아닐 것이다. 분명 터널 이름을 『베어 터널』로 지었기 때문에 벌을 받은 거라고 생각한다.

뭐, 클리프에 대해서는 신경 쓰지 않았다. 나는 배가 고파져서 『곰 씨 쉼터』로 향했다.

가게에 도착하자 곰 장식물이 반겨주었다. 최근에는 이 곰이 마을에서 화제가 되어 아이들에게도 인기가 있다고 했다. 모험가 길드의 헬렌 씨와 밀레느 씨가 소문을 낸 탓도 있고, 빵도 맛있다고 호평을 받고 있었다.

내가 가게를 바라보고 있는 동안에도 손님이 가게 안으로 들어갔다. 모린 씨의 빵은 맛있으니까 말이다.

요새 잘 팔리는 건 모린 씨와 내가 공동으로 만든, 꿀이 가득 뿌려진 팬케이크였다. 뭐, 재료를 따지면 일본에 있는 팬케이크에는 지겠지만, 충분히 맛있다고 생각될 정도로 맛을 낸다.

나의 오늘 목적도 팬케이크를 먹는 것이었다.

가게 안으로 들어서자 작은 곰들이 움직이고 있었다. 곰 유니폼을 입은 아이들이 나를 발견하고 가까이 다가왔다. 나는 머리를 쓰다듬어 준 후, 마저 일하라고 말했다.

한 아이가 다가오면 다른 아이들도 점점 내게 모여드는 습성이 있다. 그래서 모린 씨에게 혼이 난 적이 있었다. 그래서 머리를 쓰다듬어 주는 것으로 만족하게 한 뒤 바로 일로 돌아가도록 했다.

머리를 쓰다듬어 준 아이들은 기뻐하며 일로 돌아갔다.

아이들의 뒷모습은 곰의 엉덩이가 좌우로 흔들려 귀여웠다. 역시 저런 옷은 나 같이 다 큰 여자가 입으면 안 어울리겠지. 입으려면 작은 여자아이 쪽이 어울려.

하지만 최근 곤란한 일이 생겼다.

바로 얼마 전, 가게의 아이들이 곰 유니폼을 입고 마을 안을 돌아다니고 있는 것을 발견한 것이다.

티루미나 씨에게 확인을 해보니 아무래도 착용감이 좋은지 평소에도 곰 유니폼을 입고 있다고 했다. 나는 서둘러 돈을 건네주고 사복을 사도록 지시했다. 하지만 티루미나 씨는 「가게 선전도 되니까 괜찮지 않아?」라고 말했다.

하지만 아무리 인형 옷이 아니라지만, 동물 코스프레를 이 세계에 유행시키는 건 별로 좋은 일은 아니라고 생각했다.

티루미나 씨에게는 머리를 숙여 부탁했지만 어떻게 될지 모르겠다.

티루미나 씨는 「모두들 유나가 좋으니까 흉내를 내고 싶은 거야. 그러니까 내버려둬도 되는데……」라고 말했지만, 이 선만큼은 넘어서는 안 된다고 내 직감이 말하고 있었다. 이 선을 넘으면 인형 옷이 세계로 퍼져나가는 광경이 눈에 선했다.

어디에 앉을지 가게 안을 돌아다니고 있는데 낯익은 인물이 식사를 하고 있었다.

모험가인 루리나 씨가 혼자서 팬케이크를 먹고 있었다.

"유나, 오랜만이네."

요새 내가 모험가 길드로 가지 않은 탓에 만나는 건 오랜만이었다.

"루리나 씨, 일은요?"

나는 루리나 씨의 맞은편에 앉았다.

"어제 일 끝내고 막 돌아온 거야. 그래서 한동안은 쉴 예정이고. 유나도 식사하려고?"

"배가 고파서요."

근처를 지나던 곰 유니폼을 입은 한 여자아이를 붙잡아 팬케이크와 감자튀김을 부탁했다. 사실은 카운터에서 주문을 해야 하지만 경영자의 특권이다.

"앗, 맞아. 유나, 하나 물어보고 싶은 게 있는데 괜찮아?"

"뭔데요?"

"저기, 베어 터널 말이야. 유나랑 관련돼 있는 거야?"

"……어, 어째서요?"

동요하는 심장을 진정시켰다.

"그게, 이름도 그렇지만 터널 앞에 있는 곰 석상이 가게 앞에 있는 곰하고 똑같잖아."

"봤어요?"

"아까 일했다고 했던 게 베어 터널 부근의 마물을 토벌했던 거야."

아아, 클리프가 말했던 안전 대책인 마물 토벌이로군. 루리나 씨도 참가를 했던 거네.

그렇다면 그 곰 석상을 봐도 어쩔 수 없었다.

"그래서, 유나랑 관계가 있는 거야?"

으음, 어쩌면 좋지? 개인적으로는 나와 터널이 관계가 있다는 건 퍼지지 않길 바라는데…….

"뭐, 딱히 알려주지 않아도 되지만, 모두들 유나와 관계가 있다고 생각하고 있어."

그렇겠죠. 터널의 이름도 그렇고, 곰 석상도 그렇고, 내가 관계되어 있다고 선전하고 있는 셈인걸. 이것도 모두 클리프 때문이었다.

어쩔 수 없이 클리프와 밀레느 씨와 미리 의논을 했었던 대로 말하기로 했다.

"터널의 제1발견자예요."

160

이게 의논한 결과의 타협점이었다. 정말로 터널을 팠다고는 말할 수 없으니까 말이다.

"발견자? 정말?"

루리나 씨는 의심하듯 눈을 가늘게 뜨며 나를 바라봤다.

"정말이에요."

나는 루리나 씨에게서 천천히 눈을 피했다.

"후후, 알았어. 그렇다고 쳐둘게."

루리나 씨가 어떻게 받아들인 건지 알 수는 없지만, 그 이상은 추궁하지 않았다.

그 후 이것저것 이야기를 나누고 있는데, 주문했던 꿀이 듬뿍 뿌려진 팬케이크와 감자튀김, 그리고 음료수가 나왔다.

"고마워."

나는 가져다 준 여자아이에게 고맙다고 인사했다. 여자아이는 기쁜 듯 미소를 짓곤 일로 돌아갔다.

눈앞에는 막 만들어진 팬케이크와 감자튀김이 놓여 있었다.

"여기 음식들은 정말 맛있어."

루리나 씨가 내 감자튀김에 손을 뻗었지만 제지는 안 했다. 조금 전 내 기분을 헤아려주었기 때문이다. 뇌물로 치자면 싼 값이었다. 게다가 다 먹으면 또 주문하면 되는 것이다.

내가 꿀이 뿌려진 팬케이크를 먹으며 행복한 시간을 보내고 있는데, 티루미나 씨가 이쪽으로 다가오는 게 보였다.

"아아, 유나! 정말 있었네!"

있으면 안 되나?

케이크를 한 조각 더 입으로 옮겼다.

"잘 됐다. 잠깐 상담하고 싶은 게 있는데 괜찮아?"

"무슨 일 있어요?"

티루미나 씨는 주변을 바라봤다.

"여기서는 말할 수 없는 거예요?"

"으음, 그런 건 아니지만……."

티루미나 씨는 어떻게 할지 고민했다.

"그럼 안쪽으로 가요. 루리나 씨, 포테이토 줄 테니까 조용히 해주셔야 돼요."

감자튀김을 테이블에 남겨두고 먹고 있던 팬케이크와 음료수를 가지고 안쪽 방으로 향했다.

구석 휴게실로 들어가 이야기를 듣기로 했다.

테이블에 팬케이크를 두고 작게 잘라 입으로 옮겼다. 꿀이 듬뿍 뿌려져 있어서 맛있다.

"그래서, 무슨 일인데요?"

"지금 유나가 먹고 있는 팬케이크를 더 이상 가게에서 못 팔 것 같아."

나는 입으로 옮기려던 손을 멈췄다.

지금, 무슨 말씀을 하신 거죠?

"지금 꿀 가격이 폭등하고 있어."

"꿀이 왜요?"

팬케이크에는 꿀이 필요했다.

뭐, 잼 등으로도 충분하지만, 팬케이크에 얹는 꿀은 양보할 수 없었다.

"뭐, 이유는 간단해. 꿀을 얻지 못하게 된 모양이야."

"꿀을 얻지 못하게 된 이유는요?"

"구입처 얘기로는 마물이 나타났다고 했어."

벌집 근처에 노란 곰이라도 나타났나?

"그래서 이대로 계속 가격이 폭등하면 구입하는 게 불가능해져. 그럼 팬케이크를 포함해서 꿀을 사용하고 있는 빵들도 가격을 올려야 할 거야."

"그래서 제게 마물을 쓰러뜨리고 와달라고 하는 건가요?"

"아니야, 나는 가게 이야기를 하고 있는 거야. 마물 퇴치라면 모험가 길드에 의뢰하고 있잖아. 유나는 가게의 오너니까 가게에 대해 생각해야지."

마물을 쓰러뜨려서 꿀을 다시 얻을 수 있게 해달라는 거라고만 생각했는데, 아무래도 생각이 틀린 모양이다. 어쩐지 사고방식이 뇌 근육에 치우쳐 있다. 조금은 생각을 할 필요가 있다.

"꿀과 연관된 상품을 일시적으로 판매 중단하든지, 꿀 가격에 맞춰서 상품의 가격을 올려야 해."

"가격을 올리면 팔릴까요?"

"개수는 줄어도 팔릴 거야. 하지만 꿀을 사용한 음식은 아이들에게 인기가 있으니까 가격을 올리고 싶지는 않아."

"그래서 어떻게 하라는 거예요?"

"그러니까 상담을 하고 있는 거야."

당연한 말이었다.

즉, 판매를 그만 둔다, 또는 적자가 생길 것을 각오하고 계속 판다. 아니면 꿀 가격에 맞춰 가격을 올린다. 이렇게 세 가지 선택지가 놓였다.

"모린 씨는 뭐라고 하세요?"

"돈에 대해서는 골치 아프니까 내게 맡긴다고……."

모린 씨다운 이유였다.

"다만 재료가 들어올 것 같지 않으면 메뉴를 변경할 테니 빨리 말해줬으면 좋겠대."

"지금 있는 재료로는 얼마나 만들 수 있어요?"

"팔리는 양을 생각하면 앞으로 이틀이나 사흘이려나……. 그래서 고민 중이야."

음, 어쩌지?

약간의 적자라면 신경 쓰지 않아도 되는데…….

"참고로 인기는 있는 거죠?"

"우리 가게의 음식들은 모두 인기가 있어. 그래서 꿀에 연관된 상품이 없어져도 전체적인 매출이 떨어지는 일은 없을 거라고 생각하지만, 아쉬워하는 손님들은 있을 거야. 특히 아이들이 말이야."

꿀이 어떻게 되느냐에 따라 결정되는 거네.

"상업 길드는 알고 있어요?"

"아니, 얼마 전에 나도 막 들은 거라서 아직 확인은 하지 않았어."

"그럼 이거 다 먹고 제가 상업 길드에 갔다 올게요."

나는 포크에 찍어 두었던 팬케이크를 입에 넣었다.

"괜찮겠어?"

"가게에 대해서는 전부 티루미나 씨에게 맡기기만 할 뿐이니 가끔은 오너다운 일을 해야죠."

뭐, 미릴러 마을에서 돌아온 지 얼마 안 돼서 딱히 일도 하지 않고 게으른 생활을 계속하고 있었다. 가끔은 일을 하지 않으면 어린 아이들에게 모범이 되지 못했다.

연장자로서의 위엄을 지켜야지.

그런 이유로 팬케이크를 다 먹은 후, 나는 상업 길드로 향했다.

🎀 109 곰 씨, 모험가 랭크 C가 되다

꿀에 대해 묻기 위해 상업 길드에 왔다.

한번 쭉 훑어봤지만 본래의 길드 마스터 일을 농땡이 부리며 접수대에 앉아 있던 밀레느 씨는 찾아볼 수 없었다.

역시 미릴러 마을의 일로 바쁜 건가?

그렇게 되면 접수대에 앉아 있는 밀레느 씨의 모습은 한동안 볼 수 없을지도 모른다. 그렇게 생각하니 조금 섭섭하네.

밀레느 씨가 없기에 다른 접수대로 가서 물어보려고 하는데, 저번에 토지 문제로 신세를 졌던 리아나 씨가 있기에 그 쪽으로 향했다.

"유나 씨, 어서 오세요. 오늘은 어쩐 일로 오셨어요? 혹시 저번에 매입한 건물에 문제라도 있으신가요?"

"아니요, 건물은 문제없어요. 오히려 그렇게 싸게 팔아도 되는 건가 하는 생각이 들 정도니까요."

"아뇨, 저번에 길드 마스터에게 미릴러 마을 이야기를 들었습니다. 그것을 생각하면 저렴한 거예요. 언젠가는 상업 길드 랭크 A로 승격하시겠네요."

그녀는 엄청난 얘기를 꺼냈다.

랭크 A라는 건 왕도에 있는 대상인 정도라고 들었다. 나는 그런

대상인이 될 수 있다고는 생각하고 있지 않으며, 되고 싶다고도
생각하고 있지 않았다.

"랭크 A라니 꿈같은 얘기네요."

내가 그렇게 말하자 리아나 씨가 내게 다가와 작은 목소리로 말
하기 시작했다.

"아뇨, 꿈이 아니에요. 저번에 길드 회의에서 터널 사용료의 일
부가 유나 씨의 카드에 이체되도록 할 거라고 들었어요. 그렇게
된다면 꽤 많은 금액이 될 거예요. 그러니 몇 년 후에는 틀림없이
랭크 A가 될 거라고 생각해요."

"잠깐, 밀레느 씨가 그런 얘기를 했어요?!"

실제로 터널 통행료의 일부는 내가 받도록 되어 있었다. 클리프
와 밀레느 씨가 말하길, 만든 자의 권리라고 했다. 그 터널을 마
을에서 사들이는 것도 생각했던 것 같지만, 현실적으로 불가능한
모양이다.

뭐, 나는 클리프가 아니지만, 돈은 있어도 곤란하지 않으니 받
아두기로 했다.

그렇지만 그 일은 비밀로 하기로 했었는데 리아나 씨는 알고 있
었다.

내가 놀라자 리아나 씨가 입에 검지를 가져다 대고 조용히 하도
록 어필을 했다.

"아뇨, 유나 씨의 일은 일부 사람들밖에 모르니까 안심하세요.

직원들 중에서도 알고 있는 건 회계 담당자와 길드 마스터의 직속 부하 정도예요."

"밀레느 씨는 길드 마스터잖아요. 전원이 부하 아닌가요?"

"설명을 잘못했네요. 길드 마스터를 대신할 수 있는 사람이에요. 길드 마스터가 없을 때 대신 일을 할 사람이요."

"즉, 리아나 씨는 밀레느 씨의 대리인인 거예요?"

"그런 대단한 게 아니에요. 길드 마스터가 없을 때 유나 씨의 접수 담당이 되는 정도예요."

뭐야, 그게. 내 담당 접수라니⋯⋯.

그렇게 말하면 내가 나쁜 일을 하는 것 같잖아.

"지난번 건물 매입 일로 제가 유나 씨 담당을 맡게 된 것 같아요. 그러니 길드 마스터가 없을 때는 편히 말씀해주세요. 제 능력으로 대응이 불가능할 때는 길드 마스터에게 전달할 테니까요."

뭐, 모르는 사람에게 담당을 맡기는 것보다는 괜찮으려나⋯⋯.

"그런데 터널의 통행료가 일부 들어오는데 어째서 길드 랭크가 올라가는 거예요?"

"통행료의 이익 일부가 상인으로써의 세금으로 납부가 되기 때문에 필연적으로 상업 랭크는 올라가게 됩니다."

즉, 터널로 장사를 하는 것 같이 된다는 건가?

상업 랭크라⋯⋯ 올라가도 딱히 도움이 될 것 같지는 않은데⋯⋯.

"그래서 유나 씨, 오늘은 어떤 용건으로 오셨나요?"

이런, 잊을 뻔했다.

리아나 씨에게 꿀 이야기를 물었다.

"마물이 나타나서 꿀을 얻을 수 없게 됐다고 들었는데, 어떻게 되고 있는 건가 해서요."

"그 얘기 말인가요?"

"제 가게에는 꿀이 필요해요. 가격이 폭등해서 곤란한 상황이에요."

"지금 벌 나무에 나타나는 마물 토벌 의뢰는 해놓은 상태입니다. 마물이 토벌되는 대로 원래 가격으로 내려갈 것으로 생각됩니다."

벌 나무?

잘못 들었나?

벌집이겠지.

"그럼 벌집에 나타난 마물 토벌 의뢰가 나와 있다는 거네요."

"유나 씨, 벌집이 아니라 벌 나무입니다."

잘못 들은 게 아닌 모양이었다.

"저기, 그 벌 나무라는 게 뭐예요?"

"유나 씨, 모르세요?"

"네, 처음 들어요."

"벌 나무는 꿀을 모으는 벌들이 나무에 만드는 집을 말합니다. 커다란 나무에 몇 만, 몇 십만 마리나 되는 벌들이 무리를 지어

나무 전체가 벌집으로 된 거대한 나무입니다."

벌이 몇 십만 마리라니 기분 나쁜데…….

"그렇게 벌이 많으면 꿀을 채취하는 게 위험하지 않나요?"

"꿀을 모으는 벌은 얌전해서 이쪽에서 공격하지 않는 한 괜찮아요. 게다가 채취하러 가는 건 전문가 분들이니까 위험하지는 않아요."

꿀 채취 전문가도 있구나. 뭐, 일본에도 있었지만.

"그래서, 나타난 마물이 뭔지는 알고 있어요?"

간단한 일이면 슥— 하고 쓰러뜨리고 올까 하는데.

"꿀을 채취하러 갔던 분들이 말하기를 고블린 무리라고 해요. 벌 나무에 무리가 있는 것을 봤다고 했어요. 그래서 며칠 전에 모험가 길드에 토벌 의뢰를 냈으니, 며칠 안에 토벌될 거예요."

고블린 정도라면 일반 모험가라도 쓰러뜨릴 수 있으니 내가 나서지 않아도 되겠지?

"만약 상황을 알고 싶으시면 모험가 길드에 물어보시는 게 좋을 거예요."

"고마워요. 그럼 어떻게 되고 있는지 모험가 길드에 가서 물어볼게요."

나는 리아나 씨에게 고맙다고 인사한 후 상업 길드를 뒤로했다.

그렇게 이번에는 모험가 길드에 도착했다. 길드 안으로 들어서자 모험가들의 수가 평소보다 적었다. 나를 본 모험가들은 어쩐지 모두 한 걸음 뒤로 물러섰다. 저, 아무 짓도 안 합니다. 무섭지 않아요.

그런 생각을 하면서 헬렌 씨가 있는 접수대로 향했다.

"유나 님, 어쩐 일이세요?"

딱히 어쩐 일은 아니고. 모험가가 모험가 길드에 왔는데 의문형으로 질문을 받아도 곤란한데⋯⋯. 뭐, 최근엔 오지 않았지만 말이다.

"잠깐 묻고 싶은 게 있어서요."

"묻고 싶은 거요? 그 전에 유나 님, 길드 카드 좀 주시겠어요?"

"왜요?"

"길드 마스터로부터 유나 님이 오시면 랭크를 올리라는 지시를 받았습니다."

"랭크요?"

"네, 일전에 저희 길드 마스터와 클리프 님이 만나셨는데, 유나 님에 대해 이야기를 나눴던 모양이에요. 어떤 이야기를 나눴는지 자세한 것은 듣지 못했지만, 길드 마스터가 머리를 감싸며 유나 님의 길드 랭크를 올리라는 지시를 내렸습니다."

설마 클리프는 크라켄에 대해서도 이야기를 한 건가⋯⋯.

"그리고 길드 마스터로부터의 전언입니다. 원래는 랭크 C로 올리라고 하셨지만, 유나 님이 원하신다면 랭크 B로 해도 상관없다고 하셨습니다. 유나 님, 도대체 무슨 일을 하신 거예요?"

그저 커다란 오징어를 삶은 것뿐인데요, 라고는 말할 수 없었다.

"왜 그러세요? 역시 랭크 B로 하시겠어요?"

"딱히 지금 이대로라도 상관없는데요."

일반적인 의뢰를 달성하지도 않았는데 갑자기 랭크 B로 올라가는 것도 곤란했다. 이런 건 한 개씩 올라가니까 재미있는 것이기도 하고, 갑자기 랭크가 올라도 기쁘지는 않았다.

"길드 마스터로부터의 추가 전언입니다. 「랭크를 올리지 않으면 내 평가가 떨어지니 반드시 올리도록」이라고 하셨습니다."

"······그럼 랭크 C로 부탁할게요."

현재 랭크는 D였을 터였다. 랭크 C라면 한 개만 오르는 것으로 끝난다.

"괜찮으세요? 랭크 B가 될 수 있는데요? 되고 싶다고 다 될 수 있는 게 아니라고요!"

"제가 랭크 B라고 해도 아무도 믿어주지 않을 거잖아요. 그렇다면 그 나름의 랭크로 괜찮아요."

랭크 C라고 말해도 믿어주지 않을 것 같지만.

"정말 괜찮으신 거죠?"

나는 고개를 끄덕였다.

"알겠습니다. 그럼 유나 님의 랭크를 한 단계 올려서 랭크 C로 변경해 드리겠습니다."

헬렌 씨는 수정판을 조작하여 카드에 적힌 길드 랭크를 변경했다.

"몇 개월 만에 랭크 C도 대단한데, 정말 무슨 일을 하신 거예요? 랭크 B라도 괜찮다니."

"글쎄요, 저도 잘 모르겠네요."

"정말이세요?"

헬렌 씨는 의심의 눈초리로 쳐다봤다.

아무래도 크라켄에 대해서는 함구한 모양이다. 만약 토벌 기록에 기입되어 있다면 헬렌 씨도 묻거나 하지 않을 것이었다.

어쩌면 엘파니카의 각인 같이 길드 마스터에게만 보이는 것일지도 모른다.

"그것보다도 묻고 싶은 게 있어서 왔는데요."

길드 카드를 돌려받은 나는 랭크가 올라간 이유에 대해 계속 질문을 받아도 곤란했기 때문에 서둘러 길드에 온 용건을 말하기로 했다.

"으~음, 알겠어요. 하지만 다음번에는 알려주셔야 해요. 그래서, 묻고 싶은 게 뭐죠?"

"벌 나무에 마물이 나타났다고 들었어요. 그 의뢰가 어떻게 진행되고 있는지 궁금해서요."

"벌 나무 말인가요? 음, 잠시만 기다려주세요."

헬렌 씨는 수정판을 조작했다.

"저번에 의뢰를 받은 모험가 파티가 있습니다. 하지만 아직 의뢰 달성은 하지 못했네요."

"그 모험가 파티로도 괜찮은가요?"

"네, 괜찮을 거예요. 의뢰 내용은 고블린 서른 마리 퇴치니까 어려움 없이 토벌할 수 있을 겁니다."

그렇다면 며칠 후에는 꿀을 채취할 수 있게 되는 건가…….

"아, 의뢰 받은 모험가들이 돌아온 것 같은데요."

헬렌 씨가 입구로 눈을 향했다. 남자 모험가들 다섯 명으로 이루어진 파티였다.

하지만 어쩐지 상태가 이상했다. 의뢰를 달성한 표정으로는 보이지 않았다. 보통 의뢰를 끝내면 기뻐하며 돌아와 술 이야기나 식사 이야기를 하는 모험가들이 많다. 하지만 돌아온 모험가들은 화가 난 것처럼 보였다.

모험가들은 접수대로 다가와서 큰 소리로 외쳤다.

"이봐, 의뢰 내용이 다르잖아!"

접수를 받고 있던 한 여자 직원이 깜짝 놀랐다.

"어떤 의뢰셨죠?"

접수대 아가씨는 조금 떨면서 물었다.

들려오는 모험가의 이야기로는, 고블린 무리를 토벌하러 갔는데 그곳에 있던 것은 오크 무리였다고 했다. 그것을 본 모험가들은 싸우지 않고 돌아왔다고…….

오크 무리라……. 고블린과 오크는 전투 능력에 차이가 있다. 도망쳐 돌아왔다는 건 어쩔 수 없나. 나한테는 비슷한 레벨인데.

모험가들은 의뢰 접수를 취소하는 신청을 진행했다.

"저럴 경우엔 의뢰는 실패 취급이 되나요?"

"보류 상태가 될 겁니다. 다음에 의뢰를 받은 모험가가 오크를 발견하면 의뢰는 실패 취급이 되지 않습니다. 의뢰 내용이 틀린 거니까요. 하지만 실제로 고블린이 있으면 실패 취급을 받게 됩니다."

"양쪽 모두 있을 경우에는요?"

"그럴 경우는 상황에 따라 다를 것 같네요. 같이 있으면 의뢰 내용이 틀린 게 됩니다만 마물들이 별도로 행동한다면 쓰러뜨리지 않을 경우 실패 취급이 됩니다."

여러 상황에 따라 달라지는구나. 의뢰를 내는 쪽도, 받는 쪽도 힘드네.

모험가들은 불만을 토로하면서 길드를 나갔다.

이것으로 현재 아무도 마물 토벌 의뢰를 받지 않은 상황이 됐다. 그렇다면 꿀을 얻을 수 없게 된다. 그건 위험해.

"헬렌 씨, 그 벌 나무에 나타나는 마물 토벌 의뢰, 제가 받아도 될까요?"

"유나 님이 말인가요? 딱히 상관은 없지만 혼자서 가실 생각이신가요?"

"그런데요."

"블랙 바이퍼를 쓰러뜨린 유나 님이시니 걱정은 하지 않지만, 유나 님은 여자아이니까 그렇게 무리하지는 말아주세요."

"고마워요, 조심 할게요."

나는 솔직하게 감사 인사를 했다.

"그럼 절차를 밟을 테니 기다려주세요."

다시 한 번 길드 카드를 제출하고 의뢰 등록을 진행했다.

벌 나무가 있는 장소를 듣고 조금 전 모험가들이 본 오크의 위치도 들은 뒤, 길드를 뒤로했다.

🎀 110 곰 씨, 벌 나무로 향하다

곰돌이를 타고 벌 나무가 있는 숲에 도착했다. 헬렌 씨의 이야기에 따르면 벌 나무는 숲 중심부에 있으며, 일반 나무와는 다를 테니 보면 바로 알 수 있다고 했다.

상상을 해봤지만 그다지 좋은 느낌은 들지 않았다.

나는 숲으로 들어가기 전에 탐지 스킬로 마물을 확인했다.

오크가 열 마리 정도 있었다. 게다가 조금 떨어진 곳에 고블린의 반응도 있었다. 아무래도 양쪽 정보 모두 틀리지 않았던 모양이다.

일단 곰돌이로 오크가 있는 장소로 향했다. 그곳에 벌 나무가 있을 거라 생각했기 때문이다.

앞으로 조금 나아가니 꽃잎이 휘날렸다. 숲을 벗어나자 그 부근에 색색의 꽃들이 펼쳐진 풍경이 기다리고 있었다.

숨 쉬는 것을 잊을 정도로 예쁜 광경이었다. 빨강, 파랑, 노랑, 주황, 여러 색의 꽃들이 피어 있었다.

그것은 끝없이 펼쳐져 저 너머까지 이어져 있었다. 숲 속에 이런 장소가 있다니 믿을 수 없는 광경이었다. 그 꽃들이 핀 중심에 커다란 나무가 서 있었다.

"크다……."

그렇지만 그 예쁜 광경을 망가뜨리는 존재가 거목 아래에 있었다. 침을 흘리며 꿀을 먹고 있는 추악한 얼굴의 오크 무리였다.

저 녀석들이, 내 꿀을 먹고 있는 건가……!

토벌을 위해 한 걸음 내디딘 순간, 숲 오른편에서 고블린들이 뛰어 들어왔다. 그리고 그대로 나아가 오크에게 향했다. 고블린은 나무 막대와 어디서 주웠는지 알 수 없는 나이프를 가지고 오크를 덮치려 했다.

설마 영역 싸움?

뭐, 탐지 스킬로 발견했을 때부터 양쪽 모두 쓰러뜨릴 작정이었기 때문에 귀찮은 일이 없어져 괜찮지만……. 머릿수로는 고블린이 이기고 있지만 역량 차이가 너무 났다. 오크의 강력한 일격에 고블린들은 쓰러져 버렸다. 하지만 고블린도 숫자로 밀어붙여 오크를 습격했다. 의외로 비등했다.

승부의 행방을 본 뒤에 어부지리를 노리고자 잠시 상황을 살피기로 했다. 하지만 그 생각은 몇 초 만에 각하됐다. 오크와 고블린이 난동을 부릴 때마다 예쁜 꽃들이 짓눌렸다. 꿀의 원천이…… 이대로라면 싸움이 끝날 무렵에는 전투가 일어난 곳의 꽃들이 전부 짓이겨질 것이다.

기다리지 않고 다시 움직이려는 순간, 곰돌이가 나를 세웠다. 이번엔 숲 왼편에서 두 검은 물체가 튀어나왔다. 검은 물체들은 고블린과 오크 무리 쪽으로 곧장 향했다.

저건 설마—.

"곰?!"

그렇다. 두 마물의 싸움에 난입한 것은 곰 두 마리였다.

커다란 곰과 그보다 좀 더 작은 곰—. 곰들은 고블린을 쓰러뜨리고 오크에게도 공격을 가했다.

곰의 난입에 고블린들은 혼란에 빠져 도망치기 시작했다.

그리고 그곳에 남은 오크와 곰의 싸움이 시작됐다.

하지만 오크의 수는 열 마리 정도, 곰은 두 마리. 머릿수 차이가 너무 났다.

곰이 한 오크를 공격하는데 다른 오크가 옆에서 공격을 했다. 오크가 곤봉으로 곰을 공격했다. 곰은 막지도, 저항도 못하고 그냥 공격에 당했다. 다른 곰이 도우려 했지만 오크들에게 둘러싸여 움직이지 못했다.

"으음, 이건, 어떻게 하면 좋지?"

즉, 꿀을 둘러싼 세 무리가 싸우고 있었던 것이다. 이곳에 내가 더해지면 싸우는 무리가 늘어나게 된다.

으음, 나는 어쩌면 좋지?

뭐, 일반적으로 생각하면 고블린, 오크, 곰을 전부 쓰러뜨리면 되겠지만……. 곰을 쓰러뜨리는 것엔 저항감이 있었다. 하물며 죽이는 짓 같은 건 할 수 없었다. 그건 곰돌이와 곰순이의 동료를 죽이는 것과 같은 일이었다.

어떻게 할지 고민하고 있는데 곰이 점점 열세에 몰렸다. 하지만 곰도 그냥 물러서지 않았다. 곰이 눈앞의 오크를 내팽개치고 다른 오크의 목덜미를 물어뜯었다.

오오, 곰 세잖아. 나는 곰을 응원해버렸다.

일대일이라면 오크를 상대로 지지는 않았다. 하지만 상대의 수가 많았다.

곰이 다음 타깃을 향해 가려는 순간, 곰의 움직임이 무뎌졌다. 커다란 나무 뒤에서 레드 오크가 나타난 것이다. 오크의 아종으로 게임에서는 오크와 색깔만 다르게 나왔던 마물…… 공격력, 내구성이 일반 오크보다도 몇 단계 더 강했다.

곰은 레드 오크에게 공격을 가했지만 레드 오크가 가지고 있는 곤봉에 두들겨 맞았다. 만약 곤봉이 아닌 검이었다면 치명상이었다. 하지만 그렇다고 해서 위험한 상태인 것에는 변함이 없었다.

다른 곰이 레드 오크에게 몸통을 날렸다. 하지만 레드 오크는 꿈쩍도 하지 않고 그대로 곤봉을 휘둘러 내리치려 했다. 그 순간, 나는 움직였다.

스나이퍼처럼 멀리에서 물 폭탄을 날렸다. 물 폭탄은 레드 오크에게 명중하여 휘청거리게 만들었다.

공격당한 곰은 불안정한 발걸음으로 숲 속으로 도망쳤다. 그 뒤를 다른 한 마리가 따라갔다.

남겨진 레드 오크는 내 공격이란 것을 눈치 못 채고 엉뚱한 화

풀이를 하듯이 동료인 오크들에게 곤봉을 휘둘렀다. 곤봉으로 맞은 오크들은 무참히 짓뭉개졌다. 보기 좋은 상황이 아니라 곰돌이에 올라타 조용히 그 장소에서 벗어났다.

곤봉으로 맞았는데 그 곰은 괜찮으려나?

동료 오크가 짓뭉개질 정도의 세기였다. 곰이 걱정됐다.

곰돌이에게 목적지도 말하지 않고 걷게 했는데 얼마 지나지 않아 곰들을 발견했다. 아니, 정확하게는 네 마리— 조금 전에 본 곰 두 마리와 새끼 곰 두 마리가 있었다. 부모 자식이라는 것은 두 마리는 부부였다는 거네. 큰 쪽이 아빠 곰이고 작은 쪽이 엄마 곰인가?

부모 곰 중 한 마리는 쓰러져 있었고, 다른 한 마리는 우리를 보더니 위협을 가하기 시작했다.

곰돌이는 나를 내려놓고 곰들이 있는 쪽으로 다가갔다. 무언가 이야기를 하는 것처럼 보였다.

설마 얘기가 통하나?

그런 생각을 하고 있는데 곰들은 서로 고개를 끄덕이며 의사소통을 하고 있는 것처럼 보였다.

무슨 일이 일어나고 있는 거지?

곰돌이가 돌아와 내 몸을 코로 밀어서 쓰러져 있는 곰이 있는 곳으로 데려갔다.

"설마, 상처를 치료해달라는 거야?"

곰돌이는 작게 「크~응」 하고 울었다.

"알았어."

곰돌이의 부탁이다. 거절하고 싶지 않았다. 게다가 상처 입은 곰을 못 본 채 할 수도 없었다.

나는 쓰러져 있는 곰에게 다가갔지만 곰돌이가 이야기를 해놔서인지 이번엔 위협을 당하는 일은 없었다. 정말 대화를 했던 걸까?

나는 상처 입은 곰에게 치료 마법을 걸어 주었다. 그러자 곰은 천천히 일어났고, 그것을 본 새끼 곰들이 기뻐하며 부모 곰에게 몸을 비볐다.

응, 다행이야.

그런 곰 가족 사이로 곰돌이가 끼어들었다. 그리고 무언가 이야기를 하기 시작했다.

물론 곰의 언어를 마스터하고 있지 않은 나로서는 무슨 말인지 알 수 없었다. 곰들은 사이좋게 대화(?)를 했다. 혼자 따돌렸다고 토라지면 곤란하니까 곰순이도 소환했다.

곰순이를 소환하자 바로 동료들 사이로 들어가 대화(?)를 하기 시작했다.

으음, 무슨 얘기를 나누는 거지?

다 같이 울부짖었다. 무슨 얘기를 나누고 있는지 신경 쓰였다.

잠시 후, 대화가 끝났는지 곰돌이와 곰순이가 내게 다가왔다. 마치 부탁이 있는 듯 바짝 다가와 애교 섞인 소리로 울었다.

잘은 모르겠지만 곰돌이와 곰순이가 무엇을 전달하고 싶은지 알 것 같은 기분이 들었다.

"혹시, 내게 레드 오크를 쓰러뜨려 달라는 거니?"

정답을 맞혔는지 곰들이 기뻐하며 「크~응」 하고 울었다.

딱히 쓰러뜨리는 건 괜찮은데, 문제는 그 후지. 마물은 쓰러뜨렸다고 치더라도 곰이 있으면 꿀을 채취 못하잖아.

그런 생각을 하고 있는데 부모 곰이 새끼 곰을 두고 움직이기 시작했다.

설마, 또 레드 오크와 싸우러 갈 생각인 건가?

어떻게 할지 고민하고 있는데 곰돌이와 곰순이가 내게 달라붙었다.

"알았어. 갈게."

내 대답이 기쁜지 곰돌이와 곰순이는 기쁘게 울부짖었다.

곰돌이와 곰순이의 부탁이다. 뒷일은 나중에 생각하기로 하자. 일단은 레드 오크를 쓰러뜨리기로 했다. 레드 오크가 내 적이라는 것은 변함이 없었다.

우리는 레드 오크가 있는 벌 나무로 향했다. 오크 무리는 벌 나무의 주변을 차지하고 있었다. 그 중에는 레드 오크의 모습이 있었고, 그것은 이질적인 분위기를 내뿜고 있었다.

꽃이 핀 예쁜 장소에는 어울리지 않는 존재였다.

부모 곰들이 천천히 오크 무리를 향해 걸어 나갔다. 마음대로 움직이지 않았으면 좋겠는데, 그렇게 말하고 있을 때가 아니었다. 나도 곰들을 따라갔다.

곰들이 달리자 오크들이 눈치를 챘다. 각자가 무기를 감아쥐었다.

레드 오크가 머리가 울릴 정도로 크게 울부짖었다. 그 외침이 신호가 되어 오크들이 우리를 향해 일제히 달려오기 시작했다.

부모 곰들은 그에 맞서 공격했다.

사실은 그렇게 앞으로 나가지 말고 내게 맡겨 주길 바랐다. 하지만 부모 곰들은 자신들의 자리를 지키기 위해 싸우려고 하고 있었다. 그것은 아이들을 위해서일지도 몰랐다. 부모 곰들은 오크를 향해 덤벼들었다.

나도 부모 곰을 서포트하며 싸우기 시작했다.

부모 곰들과 떨어져 있는 오크의 머리를 바람 마법으로 잘라버렸다. 동시에 거듭 내게로 공격해 오는 오크들을 쓰러뜨렸다. 부모 곰들도 오크를 한 마리씩 쓰러뜨리고 있었다.

그 모습을 본 레드 오크가 더욱 낮게 짖었다. 레드 오크가 달리기 시작했다. 향한 곳은 아빠 곰 쪽이었다.

레드 오크가 커다란 곤봉을 쥐고 아빠 곰을 향해 내리쳤다. 옆에서 엄마 곰이 레드 오크에게 몸통 박치기를 했다. 다른 오크들이 난입했다. 아빠 곰이 레드 오크에게 공격을 가했다. 완전히 혼전 상태가 되어 버렸다. 이대로는 마법으로 공격을 할 수 없었다.

 레드 오크가 곤봉을 내리쳤다. 아빠 곰은 몸을 돌려 곤봉을 피했다. 곤봉이 지면에 내리쳐져 예쁘게 핀 꽃을 어지럽혔다. 그 틈을 타 엄마 곰이 옆에서 레드 오크를 덮쳤다. 몸통 박치기를 했지만 이번엔 저지당했다. 레드 오크가 다시 곤봉을 치켜들자 아빠 곰이 나섰다. 하지만 곤봉이 향한 곳은 엄마 곰이었고, 아빠 곰이 공격을 하기 전에 내리쳐져 엄마 곰의 등을 맞췄다.

 빠직.

 엄마 곰은 신음 소리를 내며 쓰러졌다. 그때 아빠 곰이 레드 오크에게 공격을 가했다. 레드 오크는 내리친 곤봉을 그대로 아빠 곰을 향해 아래에서부터 치켜 올렸다. 그 곤봉이 옆구리에 꽂혔다.

 퍽퍽.

 부모 곰은 레드 오크의 발밑에서 신음 소리를 내며 쓰러졌다. 레드 오크는 침을 흘리며 다시 곤봉을 내리치려고 했다. 곤봉이 치켜 올라간 순간, 나는 움직였다.

 레드 오크의 옆구리에 곰 펀치를 꽂았다. 오크는 꽃을 뭉개며 지면을 굴렀다.

 오랜만에 화가 나네요. 곰들이 맞고 있는 걸 보니 기분이 나빠졌어요.

 곰들이 방해해서 마법을 못 쓴다면 때려버리면 됐다.

 곰은 적대하면 흉폭하고 흉악한 생물이다. 배가 고픈 곰은 사람을 덮치기도 한다. 하지만 곰돌이와 곰순이를 만나고 생각이 바뀌게 되었다.

그래서 어쩌다 보니 곰을 편애하게 되어 버렸다.

앞으로 이 곰들은 사람을 공격할 지도 모른다. 하지만 이 순간, 나는 이 곰들을 지키고 싶었다. 미래의 일은 모른다. 지금은 그냥 이 레드 오크를 쓰러뜨리고 싶다는 충동에 사로잡혔다.

레드 오크는 일어나 나를 봤다.

그 싸움, 곰 대신 내가 나서주지. 곰들이 맛본 고통을 맛보게 해주겠어.

나는 스텝을 밟아 레드 오크로 향했다. 레드 오크는 나를 향해 곤봉을 휘둘렀다.

힘겨루기를 하고 싶다면 받아들여 주지.

나는 하얀 곰 손으로 곤봉을 저지했다. 충격은 적어 간단하게 저지할 수 있었다.

이것은 엄마 곰의 몫— 텅 빈 옆구리에 검은 곰 손으로 곰 펀치를 꽂았다. 반동과 고통으로 레드 오크의 손에서 곤봉이 떨어졌다. 곤봉은 하얀 곰의 입에 물려졌고, 그것을 검은 곰의 입으로 확실하게 다시 물었다.

다시 자세를 잡은 레드 오크는 나를 노려봤다. 먹이로서가 아닌 적으로서 봤다.

적으로 보는 게 느려.

어느 쪽이 위인지 알려주지. 알았을 때는 살아있지 않겠지만 말

이야.

나는 곤봉을 치켜들어 레드 오크에게 휘둘렀다. 레드 오크는 나와 같이 곤봉을 막으려고 했다.

똑같이 할 수 있을 거라고 생각하는 거야?

나는 곤봉으로 레드 오크의 팔을 부러뜨렸다. 이게 아빠 곰의 몫이다. 레드 오크는 소리 없는 비명을 질렀다. 네 놈이 몇 번이고 해왔던 일이다. 레드 오크는 내게 등을 보이고 도망치기 시작했다.

놓칠 리 없지. 나는 흙 마법으로 벽을 만들어 도망칠 곳을 없앴다.

레드 오크는 마지막으로 나를 공포가 어린 눈으로 바라봤다. 레드 오크에게는 싸울 의사가 없었다. 하지만 놓칠 생각은 없었다. 베어 커터로 오크의 목을 베는 것으로 싸움은 끝났다.

뒤를 돌아보자 곰돌이와 곰순이가 오크 무리와의 싸움을 막 끝낸 참이었다. 나는 쓰러져 있는 곰에게 다가가 치료 마법을 걸었다. 부모 곰들은 일어나 고마운지 몸을 바짝 붙여왔다.

"있지, 인간이 꿀을 캐러 와도 공격하지 말아 주겠니?"

말이 통하지 않는다는 걸 알고 있지만 그렇게 묻고 말았다. 오늘만큼 곰의 언어를 알았더라면…… 이라고 생각한 적은 없었다. 곰을 안전한 곳으로 이동시킬 수밖에 없는 건가……. 그런 생각을 하고 있는데 곰돌이와 곰순이가 부모 곰들에게 다가가 대화

(?) 같은 것을 나눴다. 부모 곰이 내 뒤쪽으로 돌아가 내 몸을 밀기 시작했다. 밀려서 간 곳에는 벌 나무가 있었다.

"꿀을 채취하라는 거야?"

내 질문에 곰돌이가 대신 대답을 해주었다. 나는 벌 나무로 다가갔다. 나무 주위에는 벌들이 날아다니고 있었지만 공격해오지는 않았다. 나는 곰 박스에서 항아리를 꺼내 조심히 꿀을 채취했다.

🎀 111 곰 씨, 곰을 어떻게 할지 고민하다

벌 나무는 벌집이 나무줄기를 감싸듯이 형성되어 있었다. 곰 장갑을 벗고 벌 나무 구멍에 손가락을 넣자 꿀이 넘쳐흘렀다. 손가락에 묻은 꿀을 핥으니 달고 맛있었다. 주변에 벌들이 날아다니고 있는 건 조금 무서웠지만, 벌은 날기만 할 뿐 공격해올 것 같지는 않았다.

꿀을 채취하고 있는데 숲에서 새끼 곰들이 작은 발로 걸어왔다. 죽어 있는 오크를 발로 차면서 부모 곰이 있는 곳까지 오더니 부모를 지나치고 벌 나무에 발을 넣어 꿀을 먹기 시작했다.

새끼 곰들아, 그러면 부모 곰이 불쌍하잖니. 부모 곰들은 열심히 싸웠단 말이야.

하지만 새끼 곰들이 꿀을 먹는 모습은 귀여웠다.

꿀이 항아리 가득 담기자 다시 곰 박스에 담은 후 곰들에게 작별 인사를 했다.

"여러 가지로 고마웠어. 그래도 아이들이 있으니까 위험한 짓은 하면 안 돼."

말은 통하지 않지만 마음을 전달했다. 부모 곰들은 「크~응」하고 울며 대답을 해줬다.

알아 준 건가?

새끼 곰들은 만족했는지 꿀을 그만 먹었다. 그것을 본 부모 곰들은 작게 울며 이동하기 시작했다. 숲 속으로 돌아가는 모양이었다. 그 뒤를 새끼 곰들이 따라갔다.

나는 곰들과 헤어진 후 오크의 사체를 회수했다. 또, 숲을 나가기 전에 도망친 고블린 토벌도 잊지 않았다.

돌아가는 길 내내 이번 의뢰 보고는 어떻게 하면 될지 고민했다.

이번 의뢰에서는 곰 가족에 대한 토벌은 없었다. 의뢰 내용은 어디까지나 고블린과 오크의 토벌이었다. 의뢰 내용에 곰 토벌은 포함되어 있지 않았지만, 그래도 안전을 생각하면 곰에 대한 보고는 해야 했다. 하지만 그렇게 되면 새롭게 곰 토벌 의뢰가 나올 수도 있었다.

만약 토벌 의뢰가 나오게 된다면 곰 가족을 사람이 오지 않을 장소로 이동시킬 수밖에 없는 건가…….

계속 고민하면서 숲을 나섰지만, 대답이 나오기 전에 마을에 도착해버렸다. 도착하니 해는 이미 저물고 저녁노을이 지고 있었다.

마을에 들어가 모험가 길드를 향해 걷고 있는데, 헬렌 씨가 이쪽으로 종종걸음으로 다가오고 있는 게 보였다.

"유나 님, 돌아오셨어요? 설마 벌써 의뢰가 끝났나요?"

"끝났어요. 헬렌 씨는요?"

"저도 일이 끝나서 돌아가는 중이었어요. 어쩐지 개운하지 않은 얼굴을 하고 계신데, 무슨 일 있으세요? 유나 님에게는 항상 신세를 지고 있으니 곤란한 일이 있으시거든 얘기를 들어드릴게요. 어디까지 도움이 될지는 모르겠지만, 제가 할 수 있는 거라면 어떻게든 해볼게요."

"고블린과 오크의 토벌은 완료했는데, 한 가지 곤란한 게 있어서요."

길드 직원인 헬렌 씨에게 이야기를 해도 되는지 고민됐지만 도무지 답이 나오지 않아서 이야기를 해보기로 했다.

"……곰이요?"

"죽이고 싶지 않아서요. 나쁜 짓도 하지 않았고."

"그건 어쩔 수 없네요. 유나 님에게 있어서는 곰을 죽이는 건 자신을 죽이는 것과 같은 거니까요."

딱히 그렇게까지 큰일은 아니지만 내가 말하고 싶은 것은 전해진 모양이었다.

"하지만 곰이라……, 확실히 몇 달 전에 꿀을 채취하는 렘 씨가 곰에 대해 이야기를 했던 기억이 있네요. 어쩌면 그 곰과 동일할지도 모르겠어요."

"렘 씨요?"

"벌 나무를 관리하고 있는 사람이에요. 유나 씨도 그 부근에 핀 꽃들을 보셨나요?"

"네, 예뻤어요."

"그 꽃들을 관리하고 있는 것도 렘 씨에요. 벌 나무 주변에 꽃을 피우고, 꿀을 채취하고 있어요."

그 꽃은 사람이 관리하고 있는 거였구나. 그래서 그렇게 예쁘게 꽃이 피어 있었던 거였어. 오크가 난동을 피워 조금 망가졌지만 말이야.

그나저나 이 세계의 꿀은 그렇게 모으고 있구나.

"그런데, 그렇게 두면 다른 사람에게 도둑맞지 않아요? 꿀 채취를 무한대로 할 수 있잖아요."

"괜찮아요. 벌 나무는 클리프 님의 관리 하에 있어요. 꿀을 팔려면 클리프 님의 허가가 필요해서 훔쳐도 꿀을 팔 수는 없죠."

"벌 나무가 클리프 씨의 것이에요?"

"어느 마을이든 기본적으로 벌 나무는 귀중한 것이기 때문에 영주님이 관리를 하고 있어요. 그건 이 마을에서도 예외는 아니죠. 그 관리를 맡고 있는 게 렘 씨고요."

이세계 룰이라는 건가.

"그 렘 씨가 곰에 대해 알고 있나요?"

"전에 한 번 곰에 대해 이야기 하는 것을 옆에서 들은 적이 있어요."

"어떤 이야기였는지 기억하세요?"

"죄송해요 제가 직접 들은 게 아니라서……. 신경이 쓰이신다면 만나러 가보실래요?"

"하지만 헬렌 씨, 일은 이미 끝나셨잖아요."

"괜찮아요. 꿀 문제는 렘 씨에게 빨리 알려주는 편이 좋잖아요."

헬렌 씨의 호의를 받아들여 벌 나무를 관리하고 있는 렘 씨가 있는 곳으로 안내 받았다.

따라간 곳에는 꿀 간판이 있는 가게, 즉 꿀 가게가 있었다. 하지만 가게는 닫혀 있는 것 같았다.

"렘 씨~."

헬렌 씨가 문을 두드렸다.

"계세요~?"

문을 두드리자 문이 열리고, 마흔이 넘어 보이는 남자가 나타났다.

"누구지? 꿀이라면 싸게 팔 수 없어."

"렘 씨, 안녕하세요."

"자네는 분명, 모험가 길드의……."

"헬렌이에요. 오늘은 꿀 문제로 찾아왔어요."

"들었네, 고블린이 아니라 오크가 나타났다더군. 내가 본 건 고블린이었는데……."

"그 의뢰는 이쪽에 계신 유니 님이 오늘 달성하셨답니다."

렘 씨가 나를 바라봤다.

"『곰 씨 쉼터』의 아가씨가 무찔러준 건가?"

"저를 아세요?"

"그럼, 티루미나에게 이야기는 들었지. 『곰 씨 쉼터』의 오너라며."

티루미나 씨는 이 가게에서 꿀을 구입하고 있으니 나에 대해 알고 있는 것도 이상하지는 않았다.

"게다가 이 마을에서 아가씨에 대해 모르는 자는 없다고."

뭐지? 그게?

지금 한 말대로라면 마을 주민들 전원이 나에 대해 알고 있다는 게 되는데?

옆에서는 헬렌 씨도 고개를 끄덕이고 있었다.

왜 끄덕이는 거야?

"그래서, 이야기를 듣고 싶은데 잠시 괜찮으신가요?"

"아아, 물론이지. 안으로 들어오게."

헬렌 씨의 요청에 렘 씨는 문을 열어 가게 안으로 안내를 해주었다. 가게 안으로 들어가자 선반 위에 상품들이 보이지 않았다. 역시, 꿀을 채취할 수 없게 된 탓인가.

안으로 더 들어가 종업원들의 휴게실인지 의자와 테이블이 있는 방으로 안내를 받았다.

"앉게나. 그래, 정말 마물을 무찔러 준 건가?"

"무찌르긴 했는데 한 가지 문제가 있어서요."

"뭐야, 또 다른 마물이라도 나타난 건가?"

렘 씨의 미소가 순식간에 사라지고 표정이 어두워졌다.

"아뇨, 마물은 없어요. 마물이 아니라, 벌 나무 근처에 있는 곰에 대해 알고 계세요?"

나를 대신해서 헬렌 씨가 물어주었다.

"곰? 아, 그 곰 말이군."

"아세요?"

"물론이지, 우리 꿀을 채취하는 사람들에게 그 곰은 생명의 은인이니까 말이야."

"은인이요?"

"예전에 고블린에게 습격을 당했을 때 구해준 적이 있었어. 그게 한두 번이 아니야. 우리 종업원들도 고블린에게 습격을 당할 뻔 했는데 도와줬다더군. 혹시 곰을 본 건가?!"

렘 씨가 일어나 몸을 내밀었다.

예상외의 반응이었다.

내가 「봤어요」라고 대답을 하자 그는 기뻐하는 표정을 지었다.

"그랬군, 살아 있었나……. 고블린들이 그렇게나 많이 있고, 게다가 오크도 있었잖나. 어쩌면 죽임을 당했을지도 모른다고 생각하며 걱정하고 있던 중이었어. 그렇군, 살아 있다니, 다행이야."

렘 씨는 정말로 기뻐하며 좋아했다.

"곰은 벌 나무를 지키기 위해서 고블린과 오크와 싸웠어요."

"그랬나?! 곰은 괜찮나?!"

그가 걱정스럽게 물어왔다.

"새끼 곰들 포함해서 네 마리 모두 무사해요."

"새끼 곰이라니! 태어난 건가?! 그렇다면 모두에게 알려줘야겠구먼."

렘 씨는 진심으로 기뻐하며 곰에 대해 얘기를 해주었다. 그 표정을 보니 나도 기뻐졌다.

아무래도 곰에 대한 일은 쓸데없는 걱정으로 끝날 것 같다.

"혹시 곰들이 걱정돼서 여기로 와준 거냐?"

"의뢰 내용은 고블린, 오크의 토벌뿐이라 곰은 토벌하지 않고 돌아왔거든요."

"그렇군, 일부러 신경 써줘서 고맙네. 그 곰들이라면 괜찮아. 위험하지는 않아. 오히려 있어줘서 도움을 받고 있지."

"그럼 곰이 그 숲에 있어도 아무런 문제가 없는 거네요."

"그래, 물론이지. 그 곰들이 마물을 쓰러뜨려 주니 우리들은 안심하고 꿀을 채취할 수 있어. 그 대신 곰들이 꿀을 먹고 있을 때에는 우리는 암묵적 동의로 식사를 방해하지 않도록 하고 있지."

즉, 렘 씨가 꿀벌을 위해 꽃을 준비하고, 그 꿀벌에게서 꿀을 나눠받고 있으며, 곰들은 마물을 퇴치하고 꿀을 나눠받고 있다는 것인가.

"렘 씨, 클리프 님은 이 이야기를 알고 계신가요?"

헬렌 씨가 우리의 이야기를 듣고 의문이 들었던 점을 물었다.

"아니, 알리지 않았네. 이야기를 하면 토벌당할 거라는 생각이 들어서 조용히 하고 있는 중이야."

"말해두는 편이 좋을 것 같아요."

"그런가……."

렘 씨는 말하기를 꺼려했다. 일반적으로 곰은 흉폭해서 해를 입힌다고 여겨졌다.

마물 토벌은 모험가들에게 시키겠다고 하면 곰들의 존재 가치가 사라져 버릴 것이다. 나로서는 마물을 쓰러뜨리지 않아도 그 숲에 있어주길 바랐다. 그건 무리인 걸까.

그렇다고 해서 그 곰들을 내버려 두는 선택지는 내게 존재하지 않았다.

"제 이름을 팔아도 괜찮아요. 클리프 씨가 제게 진 빚이 있어서, 이야기하면 들어줄 거예요."

"유나 님, 클리프 님이 빚이 있다뇨. 게다가 클리프 님을 편히 부르다니 스스로 무슨 말을 하고 있는지 알고 계신 거예요?"

헬렌이 당황해하며 말했다.

하긴, 상식적으로 생각해서 귀족을 편하게 부르는 건 좋지 않았다. 하지만 고아원 일 이후 내 안에서는 클리프 *씨*가 되어 있었다. 이제 와서 바꿀 수도 없는 거고, 클리프 본인도 아무런 말을 하지 않았다.

"만약 클리프 씨가 떨떠름하게 여기거나 곰들의 안전을 무시하는 듯한 행동을 하면 제게 말해주세요. 설득할 테니까요."

"아가씨, 정말 괜찮은 거야?"

"괜찮아요. 만약 그럼에도 곰을 토벌하라고 하면 제게 알려주시겠어요? 제가 곰을 다른 장소로 옮겨놓고 올게요."

클리프가 토벌하겠다고 하면 곰 이동문을 이용해서 곰 가족을 안전한 곳으로 이동시키면 된다. 문제는 어디로 이동시키냐인데……

"그럼 고맙게 생각하고 아가씨의 이름을 쓰도록 하지."

"그리고 그 곰들을 소중이 생각하고 계신다면 의뢰를 낼 때는 세세로 보고해 주세요. 잘못해서 곰이 토벌 당할지도 몰라요."

헬렌 씨가 주의를 줬지만 확실히 그렇긴 했다. 미리 알고 있었다면 이렇게까지 고민하지 않았다. 게다가 나 이외의 모험가들이 곰과 맞닥뜨렸다면 토벌 당했을 수도 있었다.

"그렇군. 그건 미안하네. 그리고 아가씨, 다시 한 번 고맙네. 벌나무도, 곰들도 구해줘서 말이야."

"일이니까 신경 쓰지 않으셔도 돼요. 그 곰들이 안심하고 살 수 있게 할 수 있다면 더는 할 말은 없어요."

"그래, 소중히 잘 지켜보겠네."

"만약 그 아이들에게 무슨 일이 생기거든 말해주셔야 돼요. 바로 달려갈 테니까요."

"그 때는 부탁하지."

렘 씨가 기쁜 듯 고개를 숙였다.

그 곰 가족이 행복하게 잘 살 것 같아서 다행이다.

🎀 112 곰 씨, 그림책 작가가 되다?

"어째서 상업 길드에 갔던 유나가 마물 토벌을 한 거야?"

꿀이 듬뿍 뿌려진 팬케이크를 먹고 있는 내게 티루미나 씨가 물었다.

꿀은 내가 곰돌이, 곰순이와 같이 얻어 온 것이었다.

"어쩌다 보니……?"

티루미나 씨가 한숨을 내쉬더니 포기한 표정을 지었다.

그렇게 물어도, 상업 길드로 갔더니 의뢰 상황은 모험가 길드가 아니면 모른다고 했고, 그래서 모험가 길드로 갔더니 분명 고블린이었던 게 오크로 바뀌어서 의뢰를 달성하지 못하고 모험가들이 돌아오는 상황에 맞닥뜨리게 되어 버렸다. 그래서 어쩌다 보니 내가 오크 토벌을 하게 됐다.

"그래도 고마워. 역시 아이들에게 인기 상품이기도 해서 판매 중지를 하고 싶지는 않았거든."

"저도 오너다운 일을 할 수 있어서 좋았어요."

가게에 대해서는 모린 씨와 티루미나 씨에게 맡기기만 했다. 가끔은 가게를 위해서라도 일해야 했다.

"후후, 유나는 언제나 오너다운걸. 나도, 모린 씨도, 고아원 아이들도 그렇게 생각해. 모두 감사하고 있으니까."

티루미나 씨에게 감사 인사를 듣고 추가로 팬 케이크와 신상품 빵을 주문했다.

"그렇게나 많이 먹는 거야?"

"잠깐 나갔다 오려고요. 선물로 가져갈 거예요."

꿀도 얻었으니 플로라 님에게 갖고 가볼까 생각했다.

"선물? 그럼 가지고 갈 수 있게 준비해달라고 말해 둘게."

티루미나 씨도 이제 외출하겠다고 했다.

"어디로 갈 거예요?"

"렘 씨가 있는 곳으로 가서 꿀의 구입 상황을 물어보고 오려고. 게다가 가격에 대한 이야기도 해야 하니까 말이야."

티루미나 씨는 부엌에 이야기를 하고 가게를 나섰다.

주문한 팬 케이크와 빵은 아이들이 가져다주었다. 빵을 받아 들고 곰 하우스로 돌아와 곰 이동문을 통해 왕도로 이동했다. 목적지는 성이었다.

성을 향해 걷고 있는데 크리모니아 마을과 달리 나를 지나치는 사람들은 반드시 나에게 시선을 보내왔다. 그렇게 생각하니 크리모니아 마을도 살기 편한 쪽이었다.

물론 크리모니아에서도 시선을 보내오기는 하지만 왕도만큼은 아니었다.

성에 도착하자 문지기가 길드 카드를 확인하지도 않고 「들어가시죠」라는 말과 함께 문을 열어주었다. 문지기가 일을 이렇게 해도 되나 생각했지만, 의심받지 않고 수상한 시선을 받지도 않고 성 안으로 들어온 나로서는 편해서 좋았다.

다만 신경 쓰이는 건 여러 문지기 중 한 명이 나를 보더니 뛰어간 것 정도였다.

저거, 분명 그거겠지.

나는 작게 한숨을 내뱉고 포기한 채 목적지인 방으로 향했다.

몇 번이나 오간 적이 있는 통로를 지나왔다. 성에서 일하고 있는 사람들을 지나치는데 인사를 받았다. 성 밖과 달리 성 안에서는 나를 봐도 놀라는 사람이 줄었다. 이미 성에서도 곰 인형 옷을 받아들였다는 것인가.

목적지인 방에 도착해 노크를 했다. 안에서 여자의 목소리가 돌아왔다.

"모험가인 유나입니다."

내가 대답하자 방 안에서 20대 초중반 정도 되어 보이는 여자가 나왔다. 플로라 공주의 시중을 맡고 있는 안쥬 씨였다.

"유나 님! 어서 오세요."

"플로라 님 계세요?"

"네, 계십니다."

안쥬 씨는 웃는 얼굴로 안으로 맞이해 주었다.

"곰 님!"

나를 알아차린 플로라 공주가 달려와 내 허리에 안겼다. 나는 그 머리를 쓰다듬어 주었다. 그러자 플로라 님이 만면에 미소를 지었다.

"플로라 님은 유나 님이 좋으신가 봐요."

"응! 많이 좋아해."

그 미소에 거짓은 없었다.

"안쥬 씨, 점심을 가져왔는데 괜찮을까요?"

"네, 괜찮습니다. 요리사에게는 말해두겠습니다."

지금쯤 요리사는 왕족의 점심 식사를 준비하고 있을 터였다. 그 중에는 공주님인 플로라 님의 몫도 포함되어 있을 것이었다. 그런데 내가 플로라 님의 점심을 가져와 버리면 쓸모없게 된다.

그래서 항상 일찍 와서 플로라 님의 점심 식사는 필요 없다는 뜻을 전달하고 있다.

"요리사에게는 죄송하다고 말해주세요."

요리사의 일을 방해하는 것이기 때문에 사과해야 했다.

"네, 전달하겠습니다. 하지만 지난번에 유나 님이 요리사에게 전달한 레시피에 기뻐했으니까 화내거나 하지는 않을 거예요."

"그렇다면 다행이지만…… 그럼, 이것을 요리사에게 가져다주세요. 신상품이에요."

나는 곰 박스에서 모린 씨가 만든 신상품 빵을 꺼내 안쥬 씨에게 건넸다.

"네, 알겠습니다. 그럼 저는 요리사에게 갔다 올 테니 플로라 님을 부탁드리겠습니다."

안쥬 씨는 고개를 숙이고 방에서 나갔다.

나는 플로라 님 쪽을 바라봤다.

"플로라 님, 배고프세요?"

"응, 배고파."

"그러면 조금 이르지만 점심을 먹을까요?"

나는 플로라 님을 데리고 방에 있는 테이블로 이동했다. 플로라 님은 기뻐하며 의자에 앉았다. 나는 플로라 님 앞에 여러 가지 빵을 준비했다. 갓 구웠기 때문에 상당히 좋은 냄새가 났다.

"먹어도 돼?"

플로라 님은 눈을 반짝이며 빵을 바라봤다.

"좋아하는 거 드셔도 돼요. 하지만 그 전에 손을 닦아야죠."

나는 젖은 타월로 플로라 님의 손을 닦아줬다.

플로라 님이 어느 빵을 먹을지 고민하고 있는데, 누군가가 노크를 했다. 그리고 대답도 하지 않았는데 문이 열렸다. 들어온 이들은 항상 오는 멤버들이었다.

이 나라의 최고 권력자인 국왕에 엘레로라 씨, 그리고 본 적 없는 어여쁜 여자가 한 명 있었다. 복장으로 봐서는 고용된 사람은 아니었다. 편하고 예쁜 복장을 하고 있었는데, 일을 할 것 같은 옷차림은 전혀 아니었다. 비교하자면 엘레로라 씨 쪽의 인간에 가까웠다.

"어머나, 정말 곰 님이 있네."

아무래도 여자는 나를 알고 있는 모양이었다.

"어모니."

플로라 님이 여자를 보더니 의자에서 뛰어내리곤 만면의 미소를 지으며 여자에게 종종걸음으로 다가갔다.

어머니? 플로라 님의 어머니라는 것은 즉 왕비님이라는 거네.

여성은 플로라 님을 부드럽게 안았다. 얼굴이 나란히 있자 생김새도 플로라 님과 닮은 것을 알 수 있었다. 플로라 님도 어른이 되면 이런 미인이 되는 걸까. 가슴도 있는 것 같았다.

내가 왕비님을 흘깃 보고 있자 내 시선을 느낀 왕비님이 플로라 님과 함께 내게 다가왔다.

"만나서 반가워요. 이 아이의 엄마인 키티아라고 해요. 이 아이에게 곰 님의 이야기는 들었어요."

왕비님은 딸의 얼굴을 보며 인사를 했다.

"유나입니다."

"유나 양이군요. 저도 같이 있어도 될까요? 항상 딸아이에게 이야기를 들어서 곰 님과 만나보고 싶다고 생각하고 있었어요."

내게 거절은 불가능했고, 거절할 이유도 없었다. 국왕과 엘레로라 씨는 이미 의자에 앉아 있었다. 항상 생각하는데, 「일은 안 하세요?」라고 물어보고 싶었다.

"그런데 정말 곰 님의 복장을 하고 있네요."

"아…… 네."

애매한 대답을 해버렸다.

"귀여운 차림이네요."

"귀여워!"

플로라 님은 왕비님의 말을 따라하며 내게 안겨왔다.

"부드러워."

그리고 곰 옷에 얼굴을 비볐다.

"후후, 잘 따르네."

내가 플로라 님을 데리고 테이블로 향하자 국왕과 엘레로라 씨
는 빵을 고르고 있었다.

"맛있어 보이는 빵이군."

"정말 그렇네. 뭘 먹지?"

"일단 확인해두는데, 뭐 하러 오셨어요?"

왕비님은 나를 만나러 왔다. 하지만 이 두 사람은 용건이 없을
터였다.

"그야 네가 왔으니까 그렇지."

"그 외에 이유가 있을 리가."

국왕과 엘레로라 씨는 그렇게 대답했다. 그건 이유가 되지 않는
데요.

그리고 국왕은 내가 가지고 온 빵을 집어 들고 마음대로 먹기
시작했다.

"맛있네."

"임금님이 평민이 꺼낸 음식을 먹어도 되나요?"

"그런 건 이제 와서 늦었어. 네 녀석이 진짜로 마음만 먹으면 독 같은 거 없어도 내 목 정도는 간단하게 칠 수 있잖나."

"그래도 안전에 신경을 쓰는 게 왕족이잖아요. 게다가 그 빵은 플로라 님을 위해 가져 온 거니까 마음대로 먹지 말아주시죠."

"나, 이게 좋아."

플로라 님은 치즈가 녹아 있는 빵을 집었다.

"그것도 맛있겠네."

"아부지도 먹을래요?"

플로라 님이 국왕에게 빵을 내밀며 고개를 갸웃거렸다.

"후후, 괜찮다. 이걸 먹고 있으니까."

국왕은 기뻐하며 플로라 님의 머리를 쓰다듬었다.

"그럼 나는 이걸 먹어도 될까?"

왕비님은 달걀 샌드위치를 손에 집었다.

"마음에 드는 거 드세요."

"어쩐지 나와는 대응이 다르지 않나?"

아무리 나라도 첫 대면 상대에게 그런 행동은 할 수 없었다. 게다가 상대는 왕비님이었다.

"그럼 나도 같은 걸……."

엘레로라 씨가 왕비님과 같은 달걀 샌드위치를 들었다.

모두 각자 먹고 있는데 누군가가 문을 두드렸고, 안쥬 씨가 음료를 가지고 돌아왔다.

어째서인지 컵이 사람 수대로 준비되어 있었다.

"항상 딸을 위해서 고맙네."

"아뇨, 좋아해 주신다면 저야 기쁘죠."

"그건 그렇고, 정말 귀여운 곰 님의 옷차림이에요. 플로라가 「곰 님, 귀여웠어」라고 말해줬답니다."

부모 자식 간의 대화에 내가 회자되고 있었다고 생각하니 창피했다. 그만 둬 주길 바랐지만 플로라 님에게 내 이야기를 하지 말라고는 할 수 없었다.

"그러고 보니 너, 재미있는 일을 하고 있더구나."

무슨 말을 하는지 이해되지 않아 빵을 베어 물면서 고개를 갸웃거렸다.

"터널과 미릴러 마을의 건 말이다. 저번에 클리프가 피곤에 절은 얼굴로 보고를 하러 왔었다."

국왕은 웃으면서 말했다.

"클리프 씨는 아직 왕도에 있나요?"

"이미 돌아갔어. 일이 산더미가 됐다고 투덜거리면서 말이야."

내 물음에 엘레로라 씨가 대답해줬다.

"영주의 일도 힘드네요."

"남의 일처럼 말하네."

그렇지만, 남의 일 맞는 걸.

"만약 클리프가 피곤해서 쓰러지면 유나가 책임져야 돼."

"그럼 터널을 막을까요?"

그렇게 되면 클리프의 일도 없어질 것이다.

"그건 국왕으로서 허가할 수는 없지. 클리프가 힘을 내주는 수밖에 없겠군."

"그런 거라면 책임은 폐하께 있는 걸로……."

책임은 국왕에게 넘길 수 있었다.

"어머, 그렇다면 나도 남편 도우러 크리모니아로 돌아갈까?"

"당연히 안 되지. 크리모니아에는 사람을 보내기로 했어. 그때까지는 지금 있는 사람들로 힘을 내주길 바라야지."

"어머, 그래요? 모처럼 돌아갈 수 있을 줄 알았는데."

엘레로라 씨가 아쉬워했다.

나는 플로라 님 앞에 팬케이크를 꺼내서 꿀을 듬뿍 뿌려줬다.

"곰 님, 이건?"

"팬케이크에요. 엄청 맛있답니다."

플로라 님은 작은 손으로 포크를 쥐어서 꿀이 듬뿍 뿌려진 팬케이크를 먹었다.

나도 원한다는 듯 어른들의 시선도 팬케이크로 향해 있었기 때문에 모두에게 꺼내 주었다.

플로라 님도 다 먹고 만족한 것 같아 보여서 두 번째 선물을 꺼
냈다.

"플로라 님, 이거 받으세요."

나는 책 한 권을 꺼냈다.

책 이름은 『곰과 소녀 2권』.

"곰 님 책이다~."

플로라 님은 기쁜 듯 받아줬다. 플로라 님이 책을 받으려고 한
순간, 뒤로 물러나 있던 안쥬 씨가 몸을 앞으로 내밀고 엿보듯
목을 쭉 빼고 있었다.

"안쥬 씨?"

"아무것도 아니에요."

아무것도 아니라니, 궁금한 것 같은데?

"그 책은 전에 본 그림책의 후속인가요?"

"플로라 님이 마음에 들어 하신 것 같길래 후속 편을 그려봤어요."

"너는 다재다능하구나. 모험가로서도 일류, 마법도 일류, 요리
도 잘하는데 그림책도 그릴 수 있다니."

"그림은 취미 정도예요."

이 세상에는 나보다도 그림에 소질 있는 사람이 많이 있다.

"그래서, 유나에게 부탁이 있는데……."

"뭐죠?"

"네가 그린 그림책을 복사해도 될까? 원하는 사람들이 많아서

말이야. 여러 방면에서 물어오고 있어. 괜찮다면 나라에서 판매
를 해도 된단다."

"원한다니, 누가요?"

이 그림책은 세상에 한 권밖에 없었다. 이 책의 존재는 알 수
없을 거라 생각했는데?

"주로 이 성에서 일하고 있는 아이를 가진 여자들이지. 최근에
는 그림책을 본 남자들도 아이들을 위해 원하고 있어."

그 말을 증명이라도 하듯 안쥬 씨가 플로라 님의 뒤에서 흘깃
흘깃 그림책을 엿보고 있었다.

"유나의 그림은 머리에 남는단 말이지. 그래서 모두 원하고 있
는 거야. 나도 몇 사람에게 그림책에 대해서 질문 받았어."

"하지만 어째서 모두 플로라 님에게 준 그림책에 대해 알고 있죠?"

아무리 그래도 이 방 안에는 안쥬 씨 정도밖에 들어올 수 없다
고 생각하는데.

"그야 플로라가 항상 좋아라하며 가지고 다니니까 그렇지."

"그래요?"

"날씨가 좋을 때는 정원 같은 곳에서 플로라 님이 고용인들에
게 읽어주실 때도 있어요."

내 물음에 안쥬 씨가 대답해줬다. 플로라 님, 그런 일을 하고
있었군요.

플로라 님을 생각하면 그만 둬달라고 말할 수 없었다. 지금도

기뻐하며 내가 그린 그림책을 읽어주고 있었다.

"게다가 가지고 다니면 모처럼 그려준 그림책이 망가지잖아. 복사본을 만들어서 그 그림책을 가지고 다니게 하면 안심할 수 있지 않을까?"

엘레로라 씨가 그림책을 복사하는 이유 한 가지를 들었다. 분명 가지고 다니면 책이 망가질 것이다.

모처럼 그린 그림책이 망가지거나 해서 읽을 수 없게 되는 건 슬펐다. 하지만 복사를 하면 보존이 가능했다.

문득 어릴 때 소중한 것을 잃게 되거나 소중한 인형을 더럽혔던 기억이 떠올랐다.

"그런 거라면 괜찮아요."

내가 그렇게 대답하자 플로라 님의 뒤에 있던 안쥬 씨가 기뻐하는 듯했다.

"그렇지만 배포하는 건 성에 있는 사람들만큼만 해주세요."

역시 다른 사람이 그림책을 읽는 건 창피해서 성에서 그림책을 원하고 있는 사람들에게만 주기로 했다.

"어째서? 나라 안에서 판매하면 잘 팔릴 거야."

"그렇지만 제 작품이 나라 전체로 퍼진다는 건 창피하잖아요."

"이제 와서 무슨 말을 하는 거야. 그런 창피한 옷차림을 하고 있는 네가."

역시 이세계에서도 이 복장은 창피한 복장인 건가?

　최근에는 모두가 아무렇지 않게 대해주니까 받아들여지는 복
장이라고 생각했는데.
　"유나의 복장은 창피한 복장이 아니야. 귀여운 복장이지."
　"곰 님, 귀여워."
　"그래요, 엄청 귀여워요."
　엘레로라 씨와 플로라 님, 왕비님이 도와줬지만 기쁘지 않은 건
어째서일까.
　플로라 님처럼 작은 여자아이라면 곰 옷차림은 잘 어울렸을지
도 모른다. 다음에 가게에 있는 곰 유니폼을 가지고 와 볼까…….
　왕비님은 기뻐하실 것 같고, 국왕은 싫어할 수도 있지만.

　일단, 내 그림책은 양산되기로 했다.
　"만들면 제게도 나눠주실래요?"
　모처럼이니 고아원 아이들이 읽는 것도 괜찮을 것 같았다. 고
아원에는 글도 못 읽는 어린 아이들도 있으니, 그림책으로 글자
공부를 하는 것도 좋을 것 같았다.
　"괜찮긴 한데, 얼마나 필요하지?"
　"열 권정도면 괜찮을 것 같아요."
　"그렇게나 많이 어디에 쓰려고?"
　"그렇게들 좋아해 주신다면 고아원 아이들에게도 줄까 싶어서요."
　"그런 거라면 알았다. 엘레로라, 부탁하지."

"바로 의뢰할게."

지역 한정으로 내 그림책이 판매되게 되었다.

🎀 113 그림책 곰과 소녀 2권

소녀는 오늘도 어머니를 간호하고 있습니다.

약초를 구할 수 있었기 때문에 어머니의 병은 조금은 나아졌습니다.

이게 다 곰 님 덕분입니다.

소녀는 오늘도 어머니의 약을 만들기 위해 숲으로 갔습니다.

소녀는 숲에 도착해 곰 님을 불렀습니다.

"곰 님, 곰 님."

잠시 후 나무 뒤에서 곰 님이 나타났습니다.

곰 님은 소녀가 약초를 캐러 올 때 동행해줍니다.

곰 님이 있으면 숲 속이라도 안전합니다.

곰 님은 소녀를 등에 태우고 약초가 있는 장소까지 데려다 줬습니다.

"어머니는 괜찮니?"

곰 님이 물었습니다.

"네, 곰 님 덕분에 괜찮아요."

곰 님이 말을 할 수 있는 것은 소녀와 곰 님만의 비밀입니다.

"곰 님, 항상 고마워요."

소녀는 기뻐하며 곰 님에게 안겼습니다.

곰 님은 대답 대신 속도를 올렸습니다.

그리고 눈 깜짝 할 사이에 약초가 있는 곳에 도착했습니다.

소녀는 곰 님 위에서 내려와 약초를 캤습니다.

오늘도 많은 약초를 캘 수 있었습니다.

어느 날, 소녀는 소문을 들었습니다.

먼 북쪽 산에 무지갯빛으로 빛나는 꽃이 있다고 합니다.

그 꽃에서 얻을 수 있는 이슬을 마시면 어떤 병이라도 나을 수 있다고 했습니다.

어쩌면 어머니의 병도 나을지도 모른다고 소녀는 생각했습니다.

하지만 그 꽃은 멀리 떨어진 마을의 매우 위험한 곳에 있다고 했습니다.

많은 사람들이 찾아보았지만 발견하지 못했다고 합니다.

역시, 없는 걸까요?

어느 날 아침, 어머니가 괴로워했습니다.

약을 드시게 했지만 기침이 멈추질 않았습니다. 가슴을 누르며 괴로워하기 시작했습니다.

여동생이 어머니에게 안겼습니다.

"어머니!"

어머니의 눈이 천천히 떠졌습니다.

"미안하구나, 미안해."

그리고 어째서인지 사과를 합니다.

소녀는 어머니가 사과하는 이유를 알지 못했습니다.

"미안해, 미안해."

하지만 어머니는 몇 번이고, 몇 번이고 사과했습니다.

어머니, 왜 사과를 하시나요?

그 후, 어머니는 침대에서 몸을 일으킬 수도 없게 됐습니다.

그럼에도 소녀는 어머니를 위해 약초를 캐러 갔습니다.

그것밖에 소녀가 어머니에게 해줄 수 있는 것이 없었기 때문입니다.

"곰 님, 어머니의 병은 낫지 않을까요?"

소녀는 금방이라도 울 것처럼 슬프게 말했습니다. 그러자 곰 님이 부드럽게 안아주었습니다.

매우 따뜻해서 안심이 됐습니다.

"곰 님, 무지갯빛 꽃이라고 알고 있나요?"

곰 님은 고개를 옆으로 흔들었습니다.

소녀는 소문으로 들은 이야기를 곰 님에게 들려주었습니다.

"북쪽 산에 있고, 무지갯빛 꽃이래요. 엄청 예쁘고, 그 꽃에서 만들어진 이슬이 어떤 병이라도 낫게 해준대요. 그게 있다면 어머니의 병도 나을 수 있을까요?"

소녀는 주머니에 넣어 놓았던 작은 병을 쥐었습니다.

그리고 며칠 후, 소녀는 평소대로 숲으로 향했습니다.

그러자 그곳에는 약초가 많이 놓여 있었습니다.

"곰 님?"

소녀는 곰 님을 불렀습니다.

"곰 님! 곰 님!"

하지만 아무리 불러도 곰 님은 나오지 않았습니다.

"곰 님! 곰 님!"

아무리 기다려도 곰 님은 나타나지 않았습니다.

소녀는 슬퍼졌습니다. 하지만 약초를 가지고 돌아가야 했습니다.

소녀는 놓여 있던 약초들을 가지고 집으로 돌아갔습니다.

그 후, 소녀는 매일 숲으로 갔습니다.

화창한 날에도, 구름 낀 날에도, 비가 오는 날에도 숲으로 가서 곰 님을 기다렸습니다.

하지만 곰 님은 아무리 불러도, 아무리 기다려도 나타나지 않았습니다.

"곰 님……."

그 후, 소녀의 어머니는 얘기를 할 수도 없게 되었습니다.

괴로워하는 횟수도 늘어났습니다.

소녀는 여동생을 안고 신께 빌었습니다.

부디 어머니를 살려주세요.

제 목숨을 드릴 테니 어머니를 살려주세요.

다음 날도 소녀는 숲으로 갔습니다.

눈에는 눈물 자국이 그대로 남아 있었습니다.

오늘은 곰 님을 부를 힘도 없습니다.

곰 님이 사라졌고, 어머니의 병도 낫지 않았습니다.

이대로 숲으로 들어가 죽을까 하고 머릿속에 떠올렸습니다.

"곰 님, 지쳤어요."

그때, 안쪽 수풀이 흔들리는 소리가 났습니다.

"곰 님!"

아니었습니다. 나타난 것은 울프였습니다.

소녀는 도망칠 힘도 남아있지 않았습니다.

여기에서 죽는 것도 나쁘지 않을지도 모른다고 생각했습니다.

하지만 소녀의 머릿속에 어머니와 여동생의 얼굴이 떠올랐습니다.

"죄송해요."

모르는 사이에 입으로 중얼거렸습니다.

어쩌면 그때 어머니가 말했던 마음과 같을지도 모릅니다.

죽어서 죄송합니다.

여동생이 우는 게 상상되었습니다.

"미안해."

우는 여동생에게 사과를 했습니다.

울프가 다가왔습니다. 이제 끝이라고 생각한 순간, 옆에서 무언가가 튀어 나왔습니다.

곰 님이었습니다.

곰 님이 울프를 공격해 쫓아내 주었습니다.

"곰 님!"

소녀는 곰 님에게 안겼습니다.

"곰 님, 곰 님, 곰 님, 곰 님."

소녀는 몇 번이고 몇 번이고 곰 님을 불렀습니다.

소녀에게서 눈물이 흘러내렸습니다.

"곰 님, 곰 님."

곰 님은 소녀를 부드럽게 안아주었습니다.

"곰 님, 어디 갔던 거예요"

자세히 보니 곰 님은 많이 지저분해졌습니다. 상처도 있었습니다.

"곰 님, 무슨 일이에요?"

곰 님은 작은 병을 꺼냈습니다.

그 작은 병은 소녀가 전에 가지고 있었던 것이었습니다.

그것을 어딘가에서 떨어뜨렸습니다.

"곰 님, 이건?"

"어머니가 마실 수 있게 드려."

"곰 님, 설마, 약초를 캐러 갔다 와준 거예요?"

"건강해지면 좋겠다."

"곰 님!"

소녀는 곰 님에게 안겨 들었습니다.

그리고 몇 번이고 몇 번이고 곰 님을 부르며 울었습니다.

"곰 님, 고마워요."

소녀는 고맙다고 인사를 한 후 작은 병을 쥐고 달리기 시작했습니다.

집에 들어서자 여동생이 울고 있었습니다.

"언니, 어머니가……."

여동생은 언니를 끌어안았습니다.

소녀는 어머니 쪽으로 달려갔습니다.

어머니는 매우 고통스러워하고 있었습니다.

소녀는 쥐고 있던 작은 병의 뚜껑을 열어 어머니의 입으로 가져갔습니다.

작은 병에서 투명하고 예쁜 액체가 어머니의 입 안으로 들어갔습니다.

그러자 어머니의 고통스러운 표정이 수그러졌습니다.

"어머니!"

천천히 어머니의 눈이 떠졌습니다.

"어머니! 어머니!"

소녀와 여동생은 어머니에게 안겼습니다.

어머니는 그런 소녀와 여동생을 부드럽게 안아줬습니다.

소녀는 마음속으로 곰 님에게 감사 인사를 했습니다.

곰 님, 고마워요.

🎀 114 곰 씨, 엘레로라 씨에게
부탁을 받다

"유나, 나도 부탁이 있는데……."

그림책의 이야기가 끝나자 엘레로라 씨가 입을 열었다.

"유나, 시간 남지?"

엘레로라 씨가 꿍꿍이가 있어 보이는 웃는 얼굴로 그렇게 물었다. 이런 웃는 얼굴에 뒤따르는 부탁은 제대로 된 게 없었다. 게다가 남에게 시간이 남다니 실례에도 정도가 있었다. 낮잠을 자고, 피나와 슈리와 놀기도 하며, 맛있는 것을 먹는 등 나도 여러 가지 일을 하고 있었다.

그러니, 대답은 하나—.

"아뇨, 바쁜데요."

"그런 거짓말하면 못 써. 클리프가 『나는 바쁜데 유나는 한가롭게 있어』라고 불만을 토했다고."

클리프 자식, 쓸데없는 말을…….

"저는 모험가라서 일을 해야 하고……."

모험가라서 가끔은 일(시간 때우기)해야 했다.

"그거라면 걱정 마. 모험가 일이니까."

"가게도 있고, 고아원 일도 있어서—."

가게에도 얼굴을 내밀어야 했다(맛있는 것을 먹으러). 고아원에

227

도 아이들의 상황을 보러 가야 했다(아이들과 놀러). 그래서 바빴다.

"가게랑 고아원은 다른 사람에게 맡기고 있다고 들었는데?"

"……."

내 정보가 다 빠져나갔다. 분명 클리프에게서 새어나갔을 테지.

부부 간의 대화라면 내가 아니라 딸에 대한 얘기라도 하면 좋을 것을—

"그래서 부탁이 있는데……."

"아직 받아들이겠다고 안 했는데요."

쓸모없는 짓이란 걸 알면서도 저항해봤다.

"듣기만, 들어주기만 하면 안 될까? 유나가 학원 학생들의 호위를 해줬으면 해."

"학생들의 호위요?"

예상 범위를 벗어나는 이야기였다.

분명 마물을 쓰러뜨려달라거나 그런 거라고 생각했는데 아니었던 모양이다.

"며칠 후에 학생들의 실습 훈련이 있어. 훈련이라고는 해도 대단한 건 아니고, 근처 마을에 갔다가 돌아오는 것뿐이야."

"단지, 그것뿐인가요?"

엘레로라 씨의 부탁이라 더 귀찮은 일일 것이라 생각했는데 간단한 일이었다.

"그래, 그것뿐이야. 그동안에 학생들 호위를 해줬으면 하는

데……. 참가자 중에 귀족 자녀들이 많아서 그 나름의 실력자가 필요하거든."

"그럼 그런 위험한 일을 시키지 않으면 되잖아요."

"일단 참가자는 성적 우수자만 신청을 받고 있어서 어느 정도의 호신은 할 수 있어. 유나에게는 만일의 사태에 지켜줬으면 좋겠다는 거지."

"이 경험에서는 말이야, 왕도 밖이 위험하다는 것을 알고, 경솔한 행동의 위험성, 호위의 중요함을 알게 하기 위한 목적도 포함되어 있다."

엘레로라 씨의 말에 국왕이 설명을 더했다.

"여정의 수고, 말의 관리, 야영의 힘듦, 마물의 무서움, 동료와의 신뢰, 여정 기간 동안의 호위와의 신뢰 관계. 뭐든 좋으니까 조금이라도 배우기 위한 실습 훈련이야."

"이유는 알겠는데 그건 학원 관할의 일이잖아요. 어째서 엘레로라 씨가 모험가를 모으고 있는 거죠?"

"어머나, 나야 학원 잡무 담당이니까 그렇지."

또 잡무 담당이다. 저번에도 성의 잡무 담당이라는 말을 했었던 기억이 있다. 엘레로라 씨의 진짜 일은 뭘까?

"이야기는 알겠는데 딱히 제가 아니라도 그 실습 훈련까지 시간이 있잖아요."

"호위는 빨리 확보하고 싶어서. 게다가 유나가 생각하는 만큼 호위에 적합한 자는 별로 없거든. 실력도 있고, 시간도 있고, 귀족 자녀의 폭언도 받아 넘기는 스킬을 가지고 있는 사람이 말이지. 과거에 폭언을 내뱉던 학생이 있었거든. 그에 화가 난 모험가가 학생들을 중간에 내버려 둔 채 돌아온 적이 있었어."

"그 학생들은요?"

"한 명이 크게 다치긴 했지만 생명에 별 지장은 없었어. 그래도 다른 멤버들은 트라우마를 갖게 됐지."

"그럼 저도 안 되겠네요. 저도 폭언을 내뱉으면 반죽음으로 만들어서 고블린 무리 속에 내버려 둘 거거든요."

곰 인형 옷차림이 아니라면 호위할 수 없으니 무시당하는 건 분명했다.

폭언을 참으면서까지 호위할 생각은 없었다.

만약 클리프에게 들은 고아원의 돈을 횡령한 귀족과 같은 아이가 있다면 분명 내버려 둘 것이었다. 도와주는 일 따위는 하지 않을 것이다.

"내 딸도 있으니까 가능하면 몇 번 때리는 정도로 해주면 좋겠는데."

"시아도 있어요?"

"그래, 이번 실습 훈련에 참가해. 그 아이도 일단은 귀족의 딸이니까. 위에 서는 자라면 알아둬야 하는 게 많아."

분명 말하는 게 무엇인지는 알겠다.

"유나도 시아가 있으면 좋잖아."

시아의 호위라면 문제없었다. 시아라면 나에 대해 알고 있었다. 무시하는 행동 같은 건 안 할 것이다.

"그래도 시아만 있는 게 아니잖아요."

"그래, 아마 네다섯 명을 호위하게 될 거야."

그렇게 되면 역시 귀찮은 일이 일어날 것 같은 기분이 들었다.

"애초에 저 같은 여자아이가 호위를 한다고 해서 학생들이 납득을 할까요? 시아를 호위한다는 건 같은 연령대의 아이들이거나 저보다도 어릴 거 아니에요."

일반적으로 생각해봤을 때 또래 중에서는 자신이 우수하다고 생각하는 학생들이 또래인 내 호위를 납득할 거라고는 생각이 들지 않았다. 더욱이 내 키는 또래의 여자아이들보다도 작았다.

"그건 내 권력으로 납득을 시킬 테니 걱정하지 마렴."

이 사람, 권력이라는 말을 하다니……. 분명 엘레로라 씨는 귀족이기도 하고, 성에서 일을 하고 있으니 그 나름의 지위가 있을 것이다. 그렇다고 권력으로 막무가내로 납득시키면 안 되는 거 아닌가?

계급 사회인 이 세계라면 당연한 건가.

"엘레로라만으로 충분하다고 생각하지만, 뭣하면 내가 말해둘까."

이야기를 듣고 있던 국왕이 그런 위험한 발언을 했다.

국왕이 명령을 내린다는 것은 원래 세계에서 말할 것 같으면 대

232

통령이나 총리가 명령을 내린다는 것이겠지. 그런 일이 일어난다면 학생이 거절할 수는 없었다.

"어머, 재미있겠네. 나도 거들어서 힘을 보태줄까."

왕비님까지 그런 말을 했다.

"나도 말할래~."

부모가 그런 말을 하니 플로라 님까지 흉내를 냈다. 몹쓸 어른이 세 명이나 있으니 플로라 님의 교육에 악영향을 주는 것 같았다.

"딱히 호위는 저나 모험가가 아니더라도 괜찮잖아요. 성에는 기사나 마법사도 있잖아요. 그 사람들에게 호위를 부탁하면―."

"그러면, 재미……가 아니라 테스트의 의미가 없어."

지금 이 사람, 재미가 없다고 말하려던 거였지? 분명히 재미있어 하고 있는 거야.

"학생들 중에는 부모가 성에서 일하고 있는 사람도 있으니까, 그럼 진짜 모습을 볼 수가 없어지잖아."

지금 생각한 거지, 생각한 거야…….

"게다가 이건 매년 모험가들을 고용하게 되어 있어서 바꿀 수는 없어."

이야기를 들으면 들을수록 귀찮게만 들렸다.

"그래서 유나, 부탁할게. 의뢰비는 제대로 지불할 테니까 말이야."

"귀찮아 보여서 거절할게요."

아무리 요청해도 받아들이지 않는 내게 엘레로라 씨는 다른 조건을 걸었다.

"그럼 내가 빚지는 것으로 어때? 스스로 말하는 것도 좀 그렇지만 나한테 빚을 지게 만들 수 있는 사람은 없다고."

그건 재미있는 제안이라고 생각했지만 엘레로라 씨에게 부탁할 것은 아무것도 없잖아.

엘레로라 씨의 비밀을 물어본다거나?

그건 그것대로 상관없지만, 어쩐지 무서운 느낌이 드는데…….

"클리프에게 빚을 지게 만드는 것보다 가치가 있을 거야."

영주인 클리프보다도 가치가 있다니, 엘레로라 씨가 정말 뭐하는 사람인지 물어보고 싶어졌다.

"알았어요. 이번만 할게요. 하지만, 한 가지 조건이 있어요."

"반죽임을 허락해달라는 건가? 그렇지만 고블린 무리 속으로 집어넣는 건 안 된다."

"그게 아니에요."

"그럼 뭐야?"

"시아에게 저를 도우라고 말해주세요."

"도와달라고?"

"제가 화가 나지 않도록, 말이에요."

"후후, 알았어. 그것도 테스트의 하나로 넣어 둘게."

엘레로라 씨가 웃으면서 조건을 받아들였다. 뭐, 시아가 있다면 괜찮으려나?

"그래서 구체적으로는 뭘 하면 되는 거예요?"

호위라는 건 지키면 된다는 건가?

"기본적으로는 학생들의 신변의 안전 확보를 부탁할게. 그리고 학생들의 행동을 보고해 주는 것 정도일까?"

"보고요?"

"예를 들어서 딸이 야영 준비를 농땡이 부린다거나, 마물이 나타나면 혼자서 쓰러뜨린다거나, 호위인 유나의 지시를 따르지 않았다는 것 같은 그런 일들을 보고해 주면 돼."

행동 보고라, 시험관 같잖아. 뭐, 채점하는 건 내 보고를 들은 선생님이지만 말이다.

"그리고, 유나에게 폭언을 하는 등의 보고도 부탁할게. 감점 대상이 되니까."

그건 많이 있을 것 같은데.

"마물이 나타난 경우의 대응은요?"

"기본적으로는 지켜보고 있다가 위험할 것 같으면 도와주렴."

"학생들은 어느 정도로 대처할 수 있어요? 고블린 100마리 정도는 괜찮아요?"

"그런 건 유나밖에 못해. 마물이 호위하는 인원보다 많을 경우엔 유나가 대처해줘. 같다면 지켜봐 주고. 일단은 자기 자신을 지키는 것도 실습 훈련 중 하나니까 말이야. 물론 만날 일은 없겠지만 하급 마물 외에 강한 마물이 나타나면 지켜줘야 돼."

으음, 고블린이랑 울프는 하급이지. 오크는 어느 쪽이지?

뭐, 그 부분은 시아에게 물어보면 되려나?

그 후 엘레로라 씨에게 실습 훈련의 일정 등을 들었다.

받아들이긴 했지만 괜찮은 거 맞나?

조금 불안한 부분도 있지만 어쩔 수 없었다.

이야기가 끝나자 엘레로라 씨는 플로라 님에게 『곰과 소녀 1권』을 빌려 방을 나갔다.

정말 엘레로라 씨의 일은 잡무가 많네. 국왕과 친해 보이는데 정말로 알 수 없는 사람이다.

국왕도 왕비님도 방에서 나갔고, 남은 건 나와 플로라 님과 안쥬 씨뿐이었다. 하지만 나도 플로라 님에게 작별 인사를 하고 돌아가기로 했다.

"그럼, 또 올게요."

"곰 님, 그림책, 고마워요."

플로라 님은 기쁜 듯 새로운 그림책을 안고 있었다.

"기뻐해줘서 저도 기뻐요."

"오늘 플로라 님을 위해 와주셔서 고마웠습니다."

안쥬 씨는 고개를 숙였다.

"그리고 유나 님, 그림책 건도 고맙습니다."

"역시 안쥬 씨도 원하고 있었군요."

플로라 님이 가지고 있는 그림책을 흘깃 쳐다보고 있었기 때문에 훤히 보였다.

"네, 엄청 사랑스러운 그림이기도 하고, 플로라 님이 보여주셨을 때 딸에게도 보여주고 싶다는 생각이 들었어요."

"따님이 있으시구나. 몇 살이에요?"

"플로라 님과 같은 나이에요. 그 덕분에 플로라 님의 유모를 맡을 수 있었죠."

"그럼 그림책은 없지만, 따님에게 이걸 가져다주세요."

나는 푸딩과 인기가 있는 빵을 꺼내 안쥬 씨에게 줬다.

"괜찮으세요?"

"푸딩은 차갑게 해서 먹어야 돼요. 빵은 이대로도 괜찮을 거지만."

"고맙습니다."

나는 성을 나와 왕도에서 장을 본 후 크리모니아로 돌아가기로 했다.

역시 왕도 주민들의 나를 향한 시선은 많았다.

🎀 115 곰 씨, 자매와 외출하다

왕도에서 돌아오고 며칠 후, 터널이 어느 정도 완성되어 가고 있다고 들어서 오늘은 미릴러 마을에 가기로 했다. 어떤 식재료를 얻기 위해서였다.

혼자서 가는 것도 외롭고, 피나가 바다를 보고 싶어 했던 것이 떠올라 같이 가자고 권하러 고아원으로 향했다.

기본적으로 피나와 슈리 두 사람은 여러 장소에서 일을 도우고 있다.

고아원에서 어린 아이들을 돌봐주거나 고아원 아이들과 같이 꼬끼오를 돌보거나, 『곰 씨 쉼터』를 돕거나 내 마물 해체를 하거나, 그날그날 다른 일을 하고 있다.

일단 피나의 행방을 알고 있을 티루미나 씨가 있는 고아원으로 향했다.

작은 새장으로 가니 고아원 아이들이 꼬끼오 알을 모으고 있었다.

모은 알을 물로 씻고 내가 흙 마법으로 만든 달걀 케이스에 담았다.

"모두들, 안녕."

"곰 언니!"

"안녕하세요."

"언니!"

내가 말을 걸자 모두 기뻐하며 다가왔다.

다들 일을 착실하게 하고 있는 모양이었다. 꼬끼오 알을 소중하게 손에 들고, 새에게 먹이를 주거나, 작은 새장을 청소하는 등 각자 자신들이 할 수 있는 일을 하고 있었다. 리즈 씨는 아이들의 능력을 보고 일을 제대로 나눠주었다.

힘을 쓰는 일을 할 수 있는 사람은 힘을 쓰는 일을, 새를 돌보는 게 능숙한 아이는 새를 돌보게 했다. 모두들 훌륭한 아이로 자라고 있었다. 이것도 원장 선생님과 리즈 씨 덕분이겠지.

아이들은 부모를 잃고, 혹은 부모에게 버림받아 자신들은 이 세상에서 필요 없다고 생각하고 있었다. 그런 아이들이 이렇게까지 활기차게 있을 수 있는 건 틀림없이 두 사람의 공적이 컸다.

그때 리즈 씨가 다가왔다.

"유나 씨, 좋은 아침이에요."

"리즈 씨, 좋은 아침이에요. 아이들은 괜찮아요?"

"모두들 훌륭한 아이들이라서 괜찮아요. 무엇을 하면 배부를 수 있는지 알고 있으니까요."

그것을 가르쳐준 것은 분명 리즈 씨였다.

"혹시 사람이 부족하거나 필요한 게 있으면 말해주세요."

"괜찮아요. 아이들도 저도 유나 씨 덕분에 행복한걸요. 이 이상의 것을 바라면 벌 받을 거예요."

리즈 씨는 정말로 행복한 미소로 대답했다.

"그런 말씀 마시고 제대로 말해주세요. 원장 선생님과 리즈 씨에게 무슨 일이라도 있으면 큰일이니까요."

이건 오버하는 게 아니라 정말로 두 사람이 없어지면 고아원은 큰일이었다. 두 사람은 아이들의 부모이기도 하고, 언니이기도 하며, 소중한 가족이기도 했다. 그런 두 사람에게 만약 무슨 일이 생기면 큰일이었다.

"정말 곤란한 일이 생기면 말해주셔야 돼요."

나는 리즈 씨에게 당부하고 작은 새장 옆에 있는 작은 창고로 향했다. 그곳에는 꼬끼오 알을 세고 있는 티루미나 씨가 있었다. 티루미나 씨의 옆에는 도와주고 있는 피나와 슈리의 모습도 보였다.

아무래도 오늘은 고아원에 있었던 모양이었다.

"유나, 이렇게나 빨리 고아원에 어쩐 일이야?"

나는 기본적으로 아침에는 준비 중인 가게 쪽으로 얼굴을 비추고 아침 식사를 하고 난 뒤 고아원에 얼굴을 비추는 일이 많다. 아침 일찍부터 이쪽으로 오는 일은 적었다.

"티루미나 씨에게 피나를 빌리는 걸 허가 받으려고요."

"어머, 유나라면 언제든지 빌려주지."

"어, 어머니!"

"후후, 그래서, 무슨 일로 피나를 데려가려고?"

티루미나 씨는 피나에게 툭툭 맞으면서 물었다.

"잠깐 외출할 건데 혼자서 가면 외로우니까 같이 가줬으면 해서요."

"어디로 갈 건데요?"

"미릴러 마을에 가려고."

미릴러 마을에 대해서는 크리모니아 마을에 꽤나 퍼져 있었다. 물론 피나도 알고 있었다.

"피나는 가보고 싶다고 했었지?"

피나는 곤란한 듯이 티루미나 씨와 슈리를 쳐다봤다. 얼굴은 가고 싶다고 말하고 있었다.

"여기는 괜찮으니까 다녀오렴."

"그렇지만……."

일이 있으니 곤란한 모양이었다.

"괜찮아. 항상 혼자서 하고 있으니까."

"어머니, 고마워요."

피나는 기뻐하며 티루미나 씨에게 안겼다.

"그럼 따님을 빌리겠습니다."

"이런 딸이라도 괜찮다면 언제든지 좋아."

"어머니! 유나 언니!"

피나가 창피한 듯 소리쳤다.

"언니, 좋겠다……."

슈리가 불만 가득한 얼굴로 우리를 바라봤다.

이런, 슈리를 두고 가는 건 가엾잖아.

"티루미나 씨, 슈리도 괜찮아요?"

"폐 끼치는 거 아니야?"

티루미나 씨는 슈리를 걱정스럽게 바라봤다.

"나, 폐 안 끼쳐요."

슈리는 조금 입을 삐죽거리며 주장했다.

"그럼 같이 갈까?"

"괜찮아요?"

내 말에 슈리가 기뻐했다.

항상 피나만 데리고 가니 슈리가 가엾기도 했고, 이번엔 위험한 것도 없었다. 데려가도 문제될 것은 없겠지.

"유나, 슈리까지 괜찮겠어?"

"괜찮아요."

"두 사람 모두 유나에게 폐를 끼치면 안 된다."

두 사람은 기뻐하며 고개를 끄덕였다.

이것으로 어떤 식재료를 손에 넣기 위한 노동력을 손에 넣을 수 있게 되었다.

"그럼 따님들을 며칠 빌려갈 테니, 티루미나 씨는 겐츠 씨랑 오붓하게 보내세요."

결혼한 건 좋지만 피나와 슈리가 있어서는 둘이서 오붓하게 있을 수 없을 것이다. 항상 티루미나 씨에게 신세를 지고 있으니 가끔은 은혜를 갚지 않으면 빚이 쌓이기만 할 뿐이다.

"유나……."

티루미나 씨는 새빨개져선 고개를 숙였다.

바로 떠나기로 하고 작은 창고에서 나왔다. 딱히 준비는 필요하지 않아서 이대로 출발하기로 했다.

두 사람은 기쁜 표정을 지었다.

"언니, 유나 언니. 얼른요!"

앞서 뛰어가는 슈리. 그 뒤를 따라가는 피나.

그럼 미릴러 마을까지 어떻게 가볼까……. 슈리가 있지만 이동문으로 이동할까 생각하고 있는데—

"유나 언니, 곰 님으로 갈 거예요?"

슈리가 눈을 반짝이며 물어왔다.

"혹시 타고 싶니?"

"응~."

슈리가 주눅이 들어 대답했다.

슈리에게 곰돌이와 곰순이를 보여주거나 타게 해준 적은 있지만 직접 올라타고 외출한 적은 한 번도 없었다.

"그럼 곰들을 타고 가볼까?"

"응!"

　슈리는 만면에 미소를 지었다. 두 사람을 데리고 마을 밖으로 나가 곰돌이와 곰순이를 소환했다.

　"곰돌이다~!"

　슈리는 종종걸음으로 곰돌이에게 다가가 안겼다. 곰돌이는 지면으로 허리를 숙여 슈리가 마음대로 할 수 있게 해줬다.

　"슈리, 가자. 얼른 타."

　피나는 동생의 등을 밀어 곰돌이에 태우고 자신도 탔다. 두 사람이 타니 곰돌이는 천천히 일어섰다.

　"우와, 높다~."

　슈리는 곰돌이 위에서 즐거워하고 있었다.

　"슈리, 바둥거리면 안 돼. 곰돌이가 불쌍하잖아."

　"미안해, 곰돌아."

　그렇게 말한 슈리는 곰돌이를 쓰다듬었다. 사이좋은 자매를 바라보고 있으니 마음이 따뜻해졌다. 나도 곰순이에 올라타 미릴러 마을을 향해 출발했다.

　슈리에게는 첫 여행이니만큼 천천히 달렸다. 슈리는 곰돌이 위에서 기쁜지 활기차게 떠들고 있었다. 그 뒤에서는 피나가 얌전히 있도록 말하고 있었다.

　"곰돌아, 더 달려~."

　곰돌이는 「크~응」 하며 속도를 조금만 올렸다.

　"빠르다, 빨라~."

"슈리, 위험하니까 움직이지 마."

소란스러운 슈리를 향해 피나가 주의를 줬다.

하지만 소란스러운 것은 오래 가지 않았다. 슈리는 점점 조용해졌고, 이내 꾸벅꾸벅 졸기 시작했다.

곰돌이와 곰순이 위는 따뜻하고 고급 담요 같아서 단조롭게 흔들리면 기분이 좋아져 졸음이 오기 마련이다.

"피나, 속도를 조금 올릴게."

"네."

자고 있어도 떨어지지 않지만 피나는 슈리가 떨어지지 않도록 조심히 끌어안았다.

곰돌이와 곰순이는 속도를 올렸다.

"여기는……."

머지않아 슈리가 눈을 비비며 일어나 주위를 둘러봤다.

"조금 더 가면 터널이야."

"터널?"

"저, 들었어요. 산에 커다란 터널이 만들어졌다고…… 그걸 빠져 나가면 바다가 있다고요."

"바다? 벌써 바다야?"

슈리가 주위를 둘러봤다.

"조금 더 가면 도착할 거야."

터널로 이어지는 숲으로 향하자 숲 일부가 뻥 뚫려 있었다. 전

246

에 왔을 때는 숲을 빠져나갈 무렵에야 터널에 도착했는데, 지금
은 터널이 있는 곳까지 나무들이 잘려나가 길이 정리되어 있었다.
마차도 충분히 지나갈 수 있는 넓이였다.

곰순이를 천천히 걷게 하고 주변을 둘러봤다. 말끔하게 정리되
어 있었다. 마법사라도 있는 건가?

멀리서 나무를 베어 쓰러뜨리는 소리가 들렸다. 터널에 가까워
지자 여기저기서 사람들이 보였다.

크리모니아 마을의 주민들인지 나를 보더니 손을 흔들어주는
사람도 있었다. 그에 슈리는 크게 손을 흔들어 주었고, 그 모습은
미소를 절로 짓게 만들었다.

드디어 터널에 도착했다. 터널 주변이 가장 정리가 잘 되어 있었
다. 주변 나무들이 없어졌고, 작은 집 같은 건물도 세워져 있었다.

그리고 가장 눈에 띄는 건 터널 옆에 서 있는 곰 석상이었다.
곰이 검을 들고 터널을 지키듯 서 있었다.

"곰이네요."

"곰 님이다~."

슈리는 곰돌이에서 뛰어 내리더니 곰 석상으로 달려갔다.

"유나 언니, 이건……."

"피나, 아무것도 묻지 말아줘."

내가 부탁하자 정말 아무것도 묻지 않아 줬다. 피나의 배려가
기뻤다.

우리가 곰 석상 앞에서 소란스럽게 떠들자 작은 집 안에서 사람이 나왔다.

"소란스럽다 했더니 곰 아가씨였군. 이런 곳에서 뭐하고 있는 거냐?"

"미릴러 마을에 가려고요. 클리프 씨의 허가는 받았는데, 터널을 통과해도 될까요?"

길드 카드에 무기한 터널 사용 무료라고 기입되어 있었다.

곰 이동문이 있으니 사용 빈도는 적겠지만 거절할 이유는 없었기에 받았다.

"클리프 님께 들었다. 그래도 아직 터널에 마석을 설치하는 작업이 끝나지 않아서 어두운 곳이 있을 거야. 그래도 괜찮다면 지나가도 좋아."

"마법이 있으니까 괜찮긴 한데……, 클리프 씨에게 들었다고요?"

"일단은 여기 감독 책임자이니까. 곰 아가씨가 오면 지나가도록 하라고 하셨어."

그렇다면 고맙게 지나도록 하지.

"그리고 안에서 작업을 하고 있는 녀석들이 있을 테니 놀라게 하진 말아줘. 갑자기 등 뒤에서 곰이 온다면 놀랄 테니까 말이야."

확실히, 갑자기 곰이 나타나면 놀라겠지.

우리는 터널 안으로 들어갔다. 시작 부분에는 일정한 간격으로 빛의 마석이 달려 있어서 밝았다.

빛의 마석 외에도 바람의 마석과 흙의 마석도 일정한 간격으로 설치되어 있었다. 확실히 이 정도 설치하려면 돈이 많이 들 것 같다.

슈리는 터널이 신기한지 두리번거리며 터널 안을 둘러봤다.

곰돌이와 곰순이가 달리고 있는데, 빛이 끊기고 안쪽 통로가 어둡게 펼쳐져 있었다.

속도를 늦추고 나아가는데 마석을 설치하는 작업을 하고 있는 사람들이 있었다.

"뭐냐!"

우리의 존재를 눈치 챈 작업자가 우리 쪽을 바라봤다.

"곰?!"

"아니, 곰 아가씨야."

"깜짝 놀라게 하지 말라고⋯⋯."

어쩐지 나는 상대방에 대해서는 알지 못하는데 상대방이 나에 대해 알고 있으니 이상한 기분이 들었다.

연예인이나 유명인사는 이런 느낌인 걸까?

"곰 아가씨, 이쪽으로 가는 거야?"

"그렇긴 한데, 지나가도 되나요?"

"그래, 상관없지만 보시다시피 어두워서 말이야."

"괜찮아요, 마법이 있으니까요."

나는 곰 라이트를 만들어냈다.

"그렇군, 하지만 조심해야 한다."

"고마워요."

나는 감사 인사를 하고, 피나는 고개를 숙이고 슈리는 손을 흔들며 작업자와 헤어졌다.

여기서부터는 곰 라이트가 빛을 밝혀줬다.

슈리는 같은 광경에 질린 것인지 또다시 졸음 모드로 돌입했다.

나는 속도를 높여 터널 출구로 향했다.

잠시 후, 먼 곳에서 작은 빛이 보였다.

"피나, 출구가 보이니까 슈리를 깨워줘. 터널을 나가면 바로 바다가 보이니까."

피나는 슈리를 흔들어 깨웠다.

"언니?"

눈을 비비며 슈리가 눈을 떴다.

"출구야. 이제 바다가 보일 거래. 그러니까 일어나."

"응."

슈리는 대답을 하고 정면을 바라봤다.

곰돌이와 곰순이는 달려 터널을 벗어났다.

116 곰 씨, 종업원을 구하다

터널을 빠져 나오자 나무가 벌목되어 저 멀리 푸른 바다가 보였다. 이쪽의 터널 부근 벌목도 완료되어 평지가 넓게 만들어졌다.

"저게 바다?"

"바다?"

두 사람은 곰돌이에서 내려와 멀리 보이는 푸른 바다를 보고 있었다.

하늘이 맑게 개어 멀리까지 바다가 보였다.

날씨가 좋아서 다행이다. 처음 보는 바다가 하늘은 어두침침하고, 비가 내리고, 바람이 세고, 파도가 휘몰아치고 있었다면 트라우마가 되었을 것이다.

셋이서 예쁜 바다를 보고 있는데 누군가가 말을 걸어왔다.

"곰 아가씨인가?"

소리가 난 쪽을 보니 작은 집 같은 건물에서 남자가 걸어 나왔다.

"으음......"

뵌 기억이 없는데요.

"미릴러 마을의 사람이야. 갑자기 터널에서 나와서 놀랐다고."

"오랜만입니다?"

나는 인사를 하며 고개를 갸웃거렸다.

"내가 일방적으로 알고 있는 것뿐이야. 그러니 신경 쓰지 않아도 돼. 그래서, 어쩐 일이야?"

"이 아이들에게 바다를 보여주러 왔어요."

나는 피나와 슈리의 머리 위로 곰 장갑을 얹었다.

"바다를 보러? 바다 같은 거 봐서 즐겁나? 크리모니아의 영주님도 말하긴 했는데, 일부러 멀리까지 바다 같은 걸 보러 온다고? 나로서는 이해가 안 되는구나."

"매일 바다를 보고 있으니까요. 바다를 본 적 없는 사람에게는 감동할 만한 풍경인걸요."

"그런가?"

남자는 납득이 가지 않는 모양이었다.

예쁜 광경이라도 매일 보면 질리는 걸까.

"두 사람 모두 바다는 어떤 것 같아?"

"엄청 커요!"

"예뻐요."

"그렇군. 그렇게 말해주니 내가 칭찬을 받는 것 같아서 기쁘네. 고마워."

우리는 남자와 헤어지고 천천히 경치를 바라보며 마을로 향했다.

피나와 슈리 두 사람은 계속 곰돌이 위에서 바다를 바라봤다.

"잠깐 들렀다 갈까?"

곰돌이와 곰순이를 모래사장이 있는 쪽으로 향하게 했다.

모래사장에 도착하자 두 사람은 곰돌이에서 내려 물가로 갔다.

"크다~."

"이거, 전부 물이에요?"

"소금물이지."

"소금이요?!"

두 사람은 천천히 바다로 다가갔다.

"물에 안 젖게 조심해야 돼."

작은 파도가 두 사람을 향해 다가왔다. 두 사람은 물가에서 손을 적셨다.

"차가워."

두 사람은 손에 닿은 바닷물을 핥았다.

"정말 짜네요."

"언니, 짜~."

두 사람이 혀를 내밀며 돌아와서 곰 박스에서 입가심으로 물을 꺼내줬다. 두 사람은 물을 마시더니 다시 바다로 향했다.

이대로 놀고 있다가는 해가 저물어버리기 때문에 두 사람을 불렀다.

"그럼, 늦어지기 전에 마을로 가자."

두 사람은 대답을 하고 돌아왔다.

우리는 곰돌이와 곰순이를 타고 마을로 향했다.

크리모니아 마을이 있는 쪽과 같이 미릴러 마을 쪽도 터널 부근의 개척이 진행되고 있었다. 마을까지의 삼림은 벌목되어 잘 정리되었다. 길목 중간 중간에 목재가 쌓여 있었다. 저 목재를 사용해서 건물이라도 짓는 걸까?

더 앞으로 나아가자 낯익은 담장이 보였다.

담장이 보이니 필연적으로 안에 있는 것도 보이게 되었다.

"유나 언니……."

"곰 님이다!"

담장 너머에서 곰의 얼굴이 보이자 슈리가 기뻐했다.

"설마 유나 언니의 집인 거예요?"

"잘 아네."

정답을 맞춰서 칭찬을 했더니 한심한 시선을 받았다.

"유나 언니, 곰 님 집에서 자요?"

"그래도 좋지만, 맛있는 식사를 내주는 숙소가 있으니까 오늘은 그쪽에서 잘까 생각 중이야."

모처럼이니 데거 씨의 요리를 먹여주고 싶었다. 내 집이라면 항상 먹는 것을 먹게 되니 말이다.

그리고 바로 미릴러 마을에 도착했다.

곰돌이와 곰순이를 송환하고 문지기가 있는 곳으로 갔다. 문지기는 잠깐 놀란 표정을 지었지만 안으로 보내줬다. 마을 안을 걷고 있는데 여기저기서 인사가 날아 왔다.

"유나 언니, 인기가 많네요."

"유나 언니, 대단해~"

창피해서 얼른 데거 씨네 숙소로 향했다.

숙소에 들어서자 여전히 텅 빈 숙소가 우리를 반겼다.

바다도, 마을길도 지나다닐 수 있게 돼서 사람이 있을 법 한
데……

"어서 오세요. 머무시나요? ……유나 씨!"

"오랜만이야."

청소를 하고 있던 안즈가 나를 보고 놀랐다.

"유나 씨, 어쩐 일이세요?"

"이 아이들에게 바다를 보여줄 겸 갖고 싶은 식재료를 얻을 겸
이려나?"

나는 뒤에 있는 두 사람을 소개했다.

"피나입니다."

"슈리예요."

두 사람은 작게 고개를 숙였다.

"귀여운 아이들이네요."

"그래서, 우리 묵으러 왔는데 괜찮아?"

"으음, 유나 씨도 알고 있겠지만, 터널 부근의 개발을 위해 크리
모니아에서 많은 사람들이 일을 도우러 와주셨어요. 그래서 방은
만실인 상태예요."

"그렇다는 건 못 머문다는 거야?"

텅 비어있다고 생각했는데 모두들 일을 하러 간 것뿐인 모양이네.

"죄송해요. 유나 씨에게는 신세를 져서 어떻게든 해주고 싶은데…… 그래도 유나 씨, 저희 숙소에 머물지 않아도 그 곰 집이 있잖아요."

역시 곰 집이 있다는 것은 알고 있구나.

"이 아이들에게 데거 씨랑 안즈의 맛있는 요리를 먹이고 싶었는데……"

"그거라면 식사만이라도 들어주세요. 맛있는 요리 내올게요."

"괜찮아?"

"작게나마 보답하는 거죠. 아버지~, 식사 지금 괜찮아요?"

"아직 준비 중이다."

"하지만, 유나 씨가 오셨어요."

안즈의 말에 쿵쾅쿵쾅 하고 커다란 소리를 내면서 안에서 데거 씨가 나왔다.

"아가씨가 왔다고?"

"데거 씨, 오랜만이에요."

"잘 왔네. 그쪽 아이들은 아가씨의 동생인가?"

닮지도 않았는데 데거 씨는 그런 말을 했다.

"아뇨. 제 생명의 은인인 피나와 그 여동생 슈리예요."

"유나 언니! 그 소개는 그만 둬달라고 전에도 얘기 했잖아요."

피나가 볼을 부풀리며 화를 냈다.

"미안, 미안. 그래도 진짜잖아."

"제 목숨을 구해주셔 놓고……."

"일단, 자기소개를 하자."

"피나라고 해요. 유나 언니에게 신세를 지고 있습니다."

"동생 슈리입니다."

두 사람은 고개를 숙였다.

"나는 데거다. 이 숙소의 주인이지. 여기는 딸인 안즈다."

"안즈라고 해. 피나, 슈리, 잘 부탁해."

두 사람이 인사를 했다.

"이 아이들에게 데거 씨의 맛있는 요리를 먹이고 싶어서 왔는데, 안 되나요?"

"당연히 괜찮지. 얼른 앉아, 엄청 맛있는 요리를 만들어 주지."

데거 씨는 쓸데없이 팔의 근육을 보였다.

"아버지……."

안즈가 질린 듯이 아버지를 봤다. 하지만 그 표정은 웃고 있었다.

"아버지, 저도 도울게요."

"너는 아가씨에게 부탁할 게 있다며. 스스로 확실하게 부탁해라."

데거 씨는 안즈를 두고 부엌으로 가버렸다.

부탁이라는 게 뭘까? 혹시 크리모니아로 오는 것을 거절하는 건가?

"저기, 유나 씨."

"응?"

"저번에 말한 가게 말인데요."

"설마, 안 좋은 얘기야?"

"아뇨, 그게 아니라—."

다행이다. 아닌 모양이다. 하지만 안즈는 조금 말하기 어려운 듯 시선을 내리깔았다.

"그, 유나 씨에게 부탁이 있는데요."

"음, 뭘까나?"

"유나 씨, 도적에게 잡혀 있던 여자분들에 대해 기억하고 계세요?"

물론, 기억하고 있다. 친족이 살해당하고 사랑하는 자를 잃었다. 게다가 그녀 자신들도 안 좋은 일을 당했다. 구해낸 뒤로 말한 마디 제대로 건네지 못했다.

"그 여자분들도 가게에서 같이 일할 수 있게 해주시면 안 될까요? 저 혼자서는 힘들기도 하고, 모두들 이 마을에서 자라서 생선도 잘 다루니까 요리를 돕는 것도 가능해요. 게다가 저도 혼자 가는 것보다 아는 사람이 있는 게 좋기도 해서……."

안즈의 목소리가 점점 작아졌다.

자신이 무리한 부탁을 하고 있다고 생각하는 거겠지.

사람이 늘면 그만큼 인건비가 들게 된다. 부모가 숙소 경영을 하고 있어서 알고 있을 터였다.

그렇지만 그런 작은 것을 신경 쓸 내가 아니었다. 반대로 요리가 가능한 사람을 확보할 수 있어서 기쁠 따름이었다.

"하지만, 어째서?"

"유나 씨도 알고 있겠지만 모두들 가족을 잃었어요. 이 마을에서 계속 살다보면 슬픈 일을 떠올리게 될 거예요. 그래서 이 마을을 나가고 싶다고 생각해도 다른 마을에 아는 사람도, 돈도, 일자리도 없죠. 그러다가 제가 크리모니아 마을로 가는 것을 들었는지 부탁을 받았어요."

그런 이유가 있다면 거절할 이유는 없었다.

"좋아. 몇 명이야?"

"괜찮나요?!"

"나도 안즈 혼자로는 무리라고 생각하기도 했고, 물론 도우미를 붙일 생각이었지만 해산물에 대해 아무것도 모르니까 하나부터 가르쳐야 해서 안즈에게 부담을 안길 거라고 생각했거든. 생선을 다루는 사람이 와준다면 나야 고맙지."

"고맙습니다. 인원은 네 명이에요."

"네 명이구나."

그렇다면 가게 운영은 괜찮을 것 같았다. 한 명 정도 고아원을 도와주는 사람이 있으면 좋겠지만.

"많나요?"

"괜찮아. 다만 어쩌면 다른 일을 하게 될 수도 있어."

"다른 일이요?"

"안즈에게는 요리의 책임자를 부탁할 생각이야. 그러니 다른 사람에게 돈 관리, 식재료 관리를 부탁할 생각이고. 한 사람으로는 힘들잖아."

"그렇겠네요. 요리를 만드는 것만이 아니라 돈 관리와 재료 구입 일이 있군요. 돈은 아버지가, 식재료는 오빠가 잡아온 생선을 사용했지만 앞으로는 스스로 해야 하는 거네요."

"다른 채소나 고기 식재료에 대해서는 크리모니아에도 잘 아는 사람이 있어서 괜찮아. 하지만 해산물에 관해서는 도움이 필요해서라도 자세히 알아야 하지 않겠어? 안즈가 어떤 식재료가 필요한지 알지 못하니까. 그래서 분담을 해서 일을 부탁한다는 거야. 만약 안즈의 일을 도우지 않고 안즈에게 일을 미루는 사람이라면 쫓아 낼 거야. 그 부분만은 양보 못해. 나는 안즈가 소중하니까."

"유나 씨……. 고마워요. 그렇지만 그런 걱정은 없을 거예요. 모두들 좋은 사람들이니까요."

안즈는 내 걱정스런 말에 웃는 얼굴로 답했다.

"그럼, 저도 아버지를 도우러 다녀올게요."

안즈는 기쁘게 감사 인사를 한 후 부엌으로 향했다.

잠시 기다리자 부엌에서 맛있는 냄새가 풍겼다. 그리고 데거 씨가 요리를 가져왔다.

"기다렸지? 안즈에게 이야기 들었어. 다른 사람들과 딸을 부탁하네."

"따님을 잘 받아 가겠습니다."

내가 농담을 하자 데거 씨가 웃으며 입을 열었다.

"그래, 데리고 가! 그런 김에 요리가 가능한 사위라도 찾아봐줘."

"아, 아버지!"

안즈가 새빨간 얼굴을 하고 데거 씨를 가볍게 쳤다.

이 마을에 연인은 없는 걸까? 있다면 불쌍하지만 지금 이야기로 봤을 때 없는 것 같네.

귀엽고 요리도 잘 하는데……. 그렇지만 안즈에게 연인이 생기지 않는 이유는 옆에 서 있는 근육남 때문일지도 몰랐다.

🎀 117 곰 씨, 커다란 곰 하우스에 가다

피나와 슈리는 데거 씨의 요리를 맛있게 먹었다. 그런 두 사람의 모습을 데거 씨와 안즈가 기뻐하며 바라보고 있었다.

"유나 언니, 맛있어요."

"맛있어~."

"그렇게 말해주니 기쁜걸."

데거 씨는 만족스러운 얼굴을 하고 있었다.

"그런데 유나 씨, 조금 전 말했던 갖고 싶은 식재료가 뭐예요?"

"죽순이야."

"죽순?"

"이름에서 봤을 때, 대나무인가?"

식재료에 흥미를 가진 데거 씨가 이야기에 끼어들었다.

"네, 그 대나무요. 전에 마을 근처를 돌아다닐 때 발견해서 캐러 왔어요. 크리모니아 근처에서는 발견을 못해서 갓 캐낸 죽순이라도 먹어볼까 해서요. 모처럼 쌀도 있으니까 죽순밥이라도 만들까 싶었거든요."

내 설명에도 안즈는 고개를 갸웃거렸다.

"유나 씨, 대나무는 녹색에 딱딱하고 안은 텅 비어 있는 그거 말하는 거죠."

"맞아."

"그런 딱딱한 걸 먹나요?"

그 말을 듣고 납득했다. 대나무가 땅에서 자라기 전의 상태를 알지 못하는 것이다. 아무도 대나무가 자라기 전에 캐내려고는 생각하지 않았던 모양이다.

나도 지식으로 알지 못했다면 땅에 묻혀 있는 대나무를 먹으려고 하지 않았을 것이다.

"아니야. 내가 말한 건 죽순이야. 대나무가 자라기 전의 상태인 대나무 말이야."

"그런 걸 먹을 수 있어요?"

"맛있어. 쌀이랑 같이 밥을 지어도 되고, 그대로 삶아서 먹어도 되고, 다른 식재료랑 같이 볶아도 맛있어. 먹는 방법이 여러 가지 있지."

첫 번째 목표는 죽순밥이었다.

"정말 맛있을까?"

"맛있다니까요."

"좋아, 알았어. 나도 가보지!"

데거 씨가 거들었다.

"아버지!"

"요리사인 내가 모르는 식재료가 근처에 있다잖니. 캐러 가지 않을 수가 없어. 만약 크라켄 소동 때에 알았다면 식재료가 됐을 수도 있었을 거야."

분명 그랬을지도 몰랐다. 죽순에 대한 지식이 있었다면 조금은 식량난에 힘들어하지 않았을 수도 있었다.

"그렇다면 저도 죽순을 캐러 가고 싶어요."

"그건 안 돼. 내가 캐러 간다. 그런 맛있는 식재료가 근처에 있는데도 몰랐다니, 요리사로서 용서가 안 돼. 이번엔 내가 가마. 이것만큼은 딸이라도 양보 못 해. 아가씨, 괜찮지?"

"괜찮지만, 싸우진 마세요."

고작 죽순으로 부녀가 싸우지 말길 바랐다.

"하지만 아버지, 숙소의 식사 준비는 어쩌고요?"

"너도 요리사를 목표로 하고 있지 않냐. 내가 하루 정도 없어도 괜찮을 거야."

요리사를 목표로 하고 있지 않냐는 말에는 안즈도 대꾸할 수 없었던 모양인지 입을 닫았다.

하지만 죽순을 캐는 데 하루 종일 걸리지는 않았다.

텔레비전에서 방영한 죽순에 관한 방송을 떠올렸다. 죽순을 캐는 것은 아침이 좋다고 했었다. 그래야 맛이 좋고, 향도 좋다고 들은 기억이 있었다. 햇빛을 쐬면 쓴맛이 생겨서 캐는 것은 아침 시간대가 승부였다.

죽순을 캔다면 오전 시간이 좋았다.

"죽순을 캐러 가는 건 해가 뜨는 이른 아침이니까 하루 종일 걸리지는 않아요."

"그렇게나 일찍?"

"그러는 편이 맛있는 죽순을 캘 수 있으니까요."

"그렇다면 안즈, 아침 준비는 도와줄 테니 조식은 혼자서 만들어 보렴. 아가씨가 있는 곳에서 가게를 열 예정이잖니."

"으……, 아버지, 너무해요. 그렇게 말씀하시면 못한다고 할 수 없잖아요."

안즈는 억울해했다.

"유나 씨, 다음엔 저도 데려가주세요."

그건 상관없으니 약속했다.

"그래서, 그 죽순을 얻는 데 필요한 건 있나?"

"땅을 파야 하니까 삽이 있으면 좋겠네요. 만약 보기만 하시려면 제가 마법으로 팔게요."

"아니, 안즈에게도 말했지만 경험이다. 스스로 파보지."

데거 씨, 안즈와 이야기를 하고 있는데 일을 마친 투숙객들이 돌아왔다.

내 모습을 보고 그들이 놀래서 이제 그만 곰 하우스로 가기로 했다.

데거 씨와는 내일 아침, 해가 뜨는 시간에 마을 입구에서 만나기로 했다.

오늘 머물 곰 하우스에 도착했다.

"유나 언니, 크네요."

"크다, 곰이다~."

4층짜리 건물의 곰 하우스를 앞에 두고 피나와 슈리가 제일 먼저 한 말이 그거였다.

"하지만 어째서 이렇게 큰 거예요?"

"다음에 고아원 아이들도 바다로 데려와 줄 생각을 했더니 집이 커져버렸어."

"유나 언니는 상냥하시네요. 사실은 고아원의 모두가 일하고 있는데 저희만 따라와서 조금 미안했어요. 그래도 유나 언니는 제대로 모두에 대해 생각하고 계셨네요."

"그거야, 숭고한 생각 같은 게 아니야. 모두들 열심히 일하고 있으니까……. 그래, 사원이 아니라 종업원 여행 같은 거야."

"종업원 여행?"

"그래, 일하고 있는 모두에게 내가 고마움을 전하는 여행이지."

"어째서 유나 언니가 저희에게 고마워하는 거죠?"

피나는 이상한 듯 물어왔다.

"그야 모두들 꼬끼오를 돌봐주거나 내 가게에서 일해주고 있잖아."

"아니에요. 유나 언니 덕분에 일이 있고, 배불리 먹을 수 있고, 따뜻하게 잘 곳도 있는 거예요. 만약 유나 언니 쪽에서 일을 할 수 없었다면 먹는 것도, 자는 곳에도 곤란해 했을 거예요. 저도 어머니도 고아원 사람들 모두도 유나 언니 덕에 일을 할 수 있어서 감사하고 있는걸요."

으음, 아무래도 내가 생각하고 있는 게 전달되지 않았다.

이게 문화 차이인 걸까? 설명이 어려웠다.

피나의 생각은 일을 제공 받아서 돈도 식사도 잘 곳도 제공 받고 있는데, 그 이상의 감사는 필요 없다고 생각하는 것 같았다.

이게 일본에서 자란 나와 이세계에서 자란 피나의 생각의 차이인 건가……

"고마워, 그렇지만 내가 감사의 마음을 전하고 싶으니까 하는 거야."

나는 피나의 머리를 쓰다듬어줬다.

"그럼 얼른 안으로 들어가 볼까? 슈리는 벌써 안으로 들어가고 싶어 하고 있는데."

슈리가 곰 하우스 앞을 서성이고 있었다.

즐거워하는 슈리를 데리고 곰 하우스로 들어가 1층 방을 설명했다.

"화장실이나 물을 마시고 싶으면 1층에 있으니까 사용해."

피나와 슈리가 즐겁게 방 안을 둘러봤다.

"넓네요."

뭐, 1층은 고아원 아이들이 모두 모여 식사할 수 있을 정도로 넓었다.

게다가 냉장고는 텅 비어서 아무것도 들어있지 않았다.

다음으로 두 사람의 방으로 안내했다.

"유나 언니, 2층에는 뭐가 있어요?"

"큰 방이야. 이번엔 그쪽은 안 쓸 거니까 신경 쓰지 않아도 돼."

그 뒤 2층의 큰 방은 무시하고 3층의 내 방과 손님용 방으로 안내했다.

"두 사람 모두 이 방을 사용해."

"넓어요."

3층 방은 각각 넓게 만들어져 있었다.

"여기서 자는 거야?"

우리 이외에는 없기 때문에 두 사람에게는 이 방을 사용하도록 했다.

"유나 언니는요?"

"옆방이야."

나는 내 방으로 갔다. 커다란 침대와 테이블과 의자가 있었다.

크리모니아에서 산 것을 이동문으로 옮겨 설치해둔 것이다.

참고로 곰 이동문은 안쪽 문으로 이어져 있는 옆방에 설치했다. 다른 이에게 들키기라도 하면 설명이 불가능하기 때문이었다.

"그럼 내일은 일찍 일어나야 하니까 오늘은 얼른 목욕하고 자자."

"벌써 자요?"

"두 사람도 피곤하잖아. 게다가 내일은 서둘러야 하니까. 만약 늦잠이라도 자면 두고 갈 거야."

그런 이유로 우리는 4층에 있는 욕실로 갔다. 욕실은 남탕과 여탕으로 확실하게 구분되었다. 노렌에는 『남』, 『여』라는 글자가 적혀 있었다. 노렌은 크리모니아에서 만들었다. 우리는 『여』라고 적혀 있는 노렌을 젖혀 탈의실로 들어갔다.

"이곳에서 옷을 벗고, 안쪽이 욕탕이야."

두 사람은 바구니에 옷을 넣고 욕탕으로 향했다.

나도 곰 옷을 벗고 뒤를 따랐다.

"우와, 크다~! 바깥도 보여."

슈리가 아장아장 걸어갔다.

"어라? 유나 언니, 따뜻한 물이 없어."

슈리의 말에 욕조에 따뜻한 물을 준비하지 않은 것을 깨달았다. 당연한 일이었다. 아무도 사용하지 않았고, 지금 막 돌아왔으니까.

나는 온수가 나오는 곰 석상 쪽까지 가서 곰의 손에 달려 있는 마석을 조정했다. 그러자 곰의 입에서 온수가 나왔다. 반대쪽에도 곰이 있어서 똑같이 온수를 틀었다.

언제 물이 가득 차려나?

일단 언제까지고 알몸으로 서 있을 수는 없었기 때문에 먼저 몸을 씻기로 했다.

"두 사람 모두 몸이랑 머리 먼저 감자."

몸을 씻는 동안에 온수가 차면 좋을 텐데.

"슈리, 밖을 보지 말고 몸을 닦아."

피나가 밖을 보고 있는 슈리의 손을 잡아 당겨 샤워실로 데려갔다.

나도 곰의 입에서 나오는 온수의 온도를 조정하고 샤워실로 갔다.

깨끗하게 씻고 있는데 피나와 슈리가 다가왔다.

"왜 그래?"

"유나 언니의 머리는 길어서 예뻐요."

"유나 언니, 예뻐~."

두 사람이 내 머리카락을 만졌다.

"그냥 긴 것뿐이야."

"머리 감는 건 제가 해드릴게요."

"나도 할래~."

"신경 쓰지 않아도 돼. 혼자서도 할 수 있는 걸."

오랫동안 길러온 내 머리카락이었다. 혼자서 감을 수 있었다.

"유나 언니에게는 늘 신세를 지기만 하고, 제가 유나 언니에게 해줄 수 있는 게 없으니까 이거라도 하고 싶어요. 그래도 민폐라면 말해 주세요."

피나가 순수한 눈으로 나를 바라봤다. 마음이 탁한 내게는 그 눈이 눈부셨다. 그런 눈으로 바라본다면 거절할 수 없었다.

"그럼 부탁해도 될까?"

"네!"

"응!"

두 사람은 사이좋게 내 뒤에 앉아 머리카락을 정성스럽게 감겨 줬다.

"이렇게 길려면 얼마나 걸려요?"

언제부터 기르기 시작했는지 기억나지 않았다. 머리 스타일에 관심이 없었기 때문에 그대로 두고 있었더니 지금에 이르게 됐을 뿐이었다.

"저도 유나 언니 만큼 머리를 길러볼까요."

"나도 기를래~."

피나는 자신의 머리를 매만졌고, 슈리는 손을 번쩍 들고 선언했다.

"관리하기 귀찮아."

그런 대화를 하면서 우리는 몸을 다 씻고 탕으로 향했다.

"유나 언니, 따뜻한 물이 반 정도밖에 안 찼어요."

따뜻한 물은 반 정도밖에 채워지지 않았다. 아니, 반도 안 찼을 지도 몰랐다.

하지만 탕은 넓으니까 다리를 뻗으면 되려나?

피나와 슈리는 눕는 자세로 들어가자 충분히 따뜻한 물에 푹 잠겼다. 아이들보다 조금 더 큰 나로는 안 될 것 같다고 생각했지 만, 피나와 슈리처럼 누워보니 내 몸도 물에 잠겼다.

다리를 뻗어 어깨가 잠길 때까지 푹 담갔다. 역시 다리를 뻗을
수 있는 욕조는 좋군.

피나도 슈리도 기분 좋아 보였다. 목욕은 인류의 최고의 문화
이다.

슈리는 밖을 보거나 따뜻한 물이 나오는 곰의 입에 손을 넣으
면서 놀았고, 피나는 그런 슈리를 열심히 막았다.

잠시 아무것도 생각하지 않고 욕조에 몸을 담그고 있는데 슈리
가 나가고 싶다고 했다.

"언니, 더워."

슈리의 얼굴이 새빨개졌다.

"유나 언니, 먼저 나가도 돼요?"

"괜찮아. 드라이어가 있으니까 머리 제대로 말려야 돼."

"네."

피나는 슈리의 손을 잡고 욕실에서 나갔다.

나도 조금만 더 있다가 욕탕에서 나왔다.

탈의실로 가니 피나가 슈리의 머리를 드라이어로 말려주고 있
었다.

슈리는 졸고 있었다.

"자, 끝났어."

"고마워, 언니."

슈리는 눈을 비볐다. 곧 잠들 것 같았다.

피나는 그 옆에서 자신의 머리를 말리기 시작했다.

나도 물기를 닦고 하얀 곰 옷으로 갈아입은 뒤, 허리보다도 긴 머리를 말리고 있는데 피나가 다가왔다.

"유나 언니, 먼저 방으로 돌아가도 될까요?"

피나의 뒤에는 졸려 하고 있는 슈리가 있었다. 조금 전까지 활기차게 놀았는데 피곤한 모양이다.

"좋아, 따뜻하게 이불을 꼭 덮고 자. 내일은 일찍 일어나야 하니까."

"네, 안녕히 주무세요."

"유나 언니, 잘 자."

"잘 자."

피나는 슈리의 손을 이끌고 탈의실을 나갔다. 나는 혼자서 머리카락을 말린 후 방으로 돌아왔다.

창문을 통해 밖을 보니 예쁜 밤하늘이 보였다. 이세계로 와서 다행이라고 생각한 순간이었다.

그 때, 그대로 원래 세계에서 계속 틀어박혀 있었다면, 이세계로 오지 못했다면, 절대로 볼 수 없었을 풍경이었다.

밤바람에 따뜻했던 몸이 식자, 내일도 서둘러야 하므로 곰놀이와 곰순이를 소환해서 자기로 했다. 그리고 옆방에서 자고 있는 두 사람에게 마음속으로 「잘 자」라고 말한 후 이불 속으로 들어갔다.

🎀 118 곰 씨, 죽순을 캐러 가다

한참 자고 있는데 누군가가 미안한 듯이 문을 작게 노크했다. 눈을 뜨고 창문을 보니 해가 아직 뜨지 않았다. 어제 빨리 잔 덕분에 졸리진 않았다. 문을 열자 누군가가 안으로 들어왔다.

"유나 언니, 일어났어요?"

피나가 작은 목소리로 말을 건넸다.

"일어났어."

정확하게는 지금 일어났지만.

"유나 언니, 좋은 아침이에요."

"좋은 아침, 슈리는?"

"어제 일찍 잔 덕분에 일어나 있어요."

그런가……. 언제나 티루미나 씨와 함께 일찍 일어나 고아원에서 일을 도우고 있으니, 못 일어나는 건 내 쪽이겠지.

"옷 갈아입고 갈 테니까 아래층에서 기다려."

피나에게 아래층으로 내려가 있으라고 말한 후 검은 곰 옷으로 갈아입었다. 침대에서 둥글게 몸을 웅크리고 있는 곰돌이와 곰순이를 송환했다.

"기다렸지?"

밖으로 나가자 피나와 슈리가 바다를 보고 있었다.

이제 아침 해가 떠오르는 건가?

"두 사람 모두 춥지 않니?"

"괜찮아요."

"응, 괜찮아~."

나는 곰 옷 덕분에 기온을 알지 못했다.

"추우면 말해."

두 사람은 고개를 끄덕였고, 마을 입구에 도착하니 데거 씨가 이미 기다리고 있었다. 손에는 커다란 삽이 쥐어져 있었다.

"데거 씨, 좋은 아침이에요."

내가 인사를 하자 피나와 슈리도 데거 씨에게 인사를 했다.

"오, 그럼 얼른 가볼까?"

데거 씨는 삽을 어깨에 들쳐 메고 대나무 숲이 있는 장소로 향했다.

"숙소 쪽은 괜찮아요?"

"뭐, 어젯밤부터 준비했으니까. 나머지는 조리하는 것뿐이니 안즈만으로도 충분해. 만약 못 할 것 같으면 아가씨 쪽으로 보내지 않고 수업을 다시 해야지."

안즈가 혼자서 잘 할 수 있기를 빌었다.

대나무 숲에 도착하자, 많은 대나무들이 자라고 있었다.

"정말 이런 걸 먹을 수 있는 거야?"

데거 씨는 단단한 대나무를 콩콩 쳤다.

"먹을 수 있는 건 아직 땅 위로 나오지 않은 죽순뿐이에요."

나는 주변을 둘러보며 땅이 부풀어 올라와 있는 곳을 찾았다. 여긴가? 흙 마법으로 파보니 운 좋게도 커다란 죽순이 묻혀 있었다. 그것을 조심히 파냈다.

"그게 죽순인 건가? 확실히 말랑하군."

데거 씨가 죽순을 받아보고 천천히 살펴봤다.

"그 껍질을 벗겨서 떫은맛을 없애면 먹을 수 있어요."

"좋아, 알겠어. 지면을 파면 되는 거지?"

데거 씨는 삽을 가지고 대나무 숲 안쪽으로 들어가 버렸다.

파는 방법을 알고 있는 건가?

"유나 언니, 이거, 파는 거예요?"

피나가 죽순을 보고 물었다.

"맞아, 먹으면 맛있어."

"알겠어요. 저도 열심히 해볼게요. 근데, 저는 땅을 팔 도구가 없어요."

"괜찮아, 두 사람은 곰돌이, 곰순이와 함께 하면 돼."

나는 곰돌이와 곰순이를 소환했다.

"곰돌이, 곰순이!"

슈리가 달려왔다.

"너희들 모두 죽순이 있는 곳은 아니?"

곰들에게 물으니 「크~웅」 하고 힘차게 울었다. 역시 동물이라는 건가, 소환수?

"그럼 피나는 곰돌이와 함께 하고, 슈리는 곰순이와 같이 해봐!"

"곰돌아, 잘 부탁해."

"곰순아, 열심히 하자~."

피나는 곰돌이의 목덜미를 부드럽게 쓰다듬었고, 슈리는 곰순이를 날아오르듯 끌어안았다.

"크~응."

곰돌이와 곰순이는 두 사람의 말에 호응하듯 소리를 냈다.

"곰순아, 언니에게 지지 않도록 열심히 하자."

"나도 지지 않을 거야. 그렇지? 곰돌아."

두 사람은 각자 다른 방향으로 곰들을 데리고 가버렸다.

그럼 나는 이 부근을 파볼까?

나는 주변을 다니면서 땅이 약간 올라와 있는 곳을 팠다.

허탕도 있었지만 적당히 죽순이 있는 곳을 찾을 수 있었다.

그 사이에도 피나와 슈리는 작은 몸으로 죽순을 옮겨왔다.

커다란 죽순과 작은 죽순, 여러 크기가 있었다.

두 사람은 몇 번이고 가져왔지만 데거 씨는 한 번도 돌아오지 않았다.

죽순이 있는 곳을 잘 파면 좋겠지만, 이야기 도중에 가버렸으니 죽순을 발견하는 기술을 설명하지 못해서 걱정이었다.

데거 씨를 신경 쓰면서 파다가, 너무 많이 캐는 것도 좋지 않아

적당히 파고 그만 뒀다. 피나와 슈리가 돌아오자 이제 죽순을 그만 파자고 말했다.

"언니에게 졌어요~."

슈리가 아쉬워했다.

"슈리는 죽순이 있는 곳에서 조금 벗어난 게 원인이야."

"안으로 가면 많이 캘 수 있을 거라고 생각했는데~."

피나는 그다지 멀리 떨어지지 않은 곳에서 죽순을 캤지만, 슈리는 조금 떨어진 곳에서 죽순을 캤다. 그래서 죽순을 옮기는 거리가 늘어났고, 피나에게 져버렸다.

"다음에 또 승부를 할 땐 옮기는 거리를 생각하고 해."

"으⋯⋯."

슈리는 볼을 부풀리곤 파트너인 곰순이에게 안겼다.

"곰순아, 미안해~. 나 때문에 져서⋯⋯."

곰순이는 신경 쓰지 말라고 말하는 건지 슈리의 머리에 앞발을 가볍게 올렸다. 멀리서 보면 습격하는 것처럼 보일지도 모르겠다.

그건 그렇고 데거 씨가 늦네. 어디까지 캐러 간 거지?

탐지 스킬로 데거 씨의 위치를 확인했다. 그렇게 멀리 가지는 않았다.

"잠깐 데거 씨가 있는 곳에 다녀올 테니까 두 사람은 여기서 기다리고 있어."

피나와 슈리에게 자리를 지키게 하고 데거 씨가 있는 곳으로 향했다.

데거 씨가 있는 곳에 도착하니 무수히 많이 파헤쳐진 구멍이 있었다. 게다가 데거 씨는 지금도 구멍을 늘려가고 있었다.

"데거 씨, 뭐하고 계세요?"

"뭐라니, 죽순을 파고 있는데 좀처럼 못 찾겠어."

역시, 이 아저씨, 아무렇게나 파고 있었군.

"데거 씨, 죽순을 발견하는 데는 기술이 있어요."

"그런 거야?! 그렇다면 빨리 말해줘."

"알려주기 전에 데거 씨가 혼자서 가버렸잖아요."

"그랬나?"

"그랬어요. 죽순을 발견하는 법은, 지면을 잘 보고 땅이 약간 올라와 있는 곳을 파는 거예요."

나는 주변을 둘러보다가 땅이 약간 올라와 있는 곳을 발견했다.

"데거 씨, 여기, 땅이 올라와 있죠?"

"그래, 확실히."

"파보세요."

데거 씨는 내게 들은 대로 땅을 팠다.

"오, 정말 있잖아?"

"이제부터 땅에서 나오려고 하고 있는 거예요. 그게 자라버리면 딱딱한 대나무가 되어 버리는 거고요."

"그렇군."

데거 씨는 죽순이 끊어지지 않도록 삽을 살살 흔들었다.

계속 파보니 점전 죽순이 모습을 드러냈다. 묻혀 있던 건 의외로 큰 죽순이었다.

"크네."

데거 씨가 근육의 힘을 빌어 죽순을 파내는 것에 성공했다.

하지만 죽순 캐기는 이제 끝났다. 피나와 슈리 덕분에 꽤 많은 양을 얻을 수 있었다.

해도 떴기 때문에 데거 씨에게 돌아가자고 말했다.

"아직 하나밖에 못 팠는걸."

"시간적으로 끝이에요. 이 이상 캐도 맛이 떨어져서 맛없어요."

분명 직사광선에 닿으면 떫은맛이 난다고 들은 기억이 있었다. 실제로 파본 적이 없어서 텔레비전과 인터넷에서의 지식이었다.

맛에 대해 설명을 하자 데거 씨는 아쉬워하면서도 돌아가는 것에 순순히 따라주었다.

"맛이 없는 것을 파봤자 쓸모없지."

요리사로서 맛이 떨어지는 것은 손님에게 제공할 수 없다고 생각한 모양이었다.

"일단 많이 있으니까 괜찮아요."

죽순을 모두 곰 박스에 담고 숙소로 향했다.

숙소에 도착하자 안즈가 피곤한 모습으로 테이블에 엎드려 있었다.

"안즈?"

"아, 유나 씨, 다녀오셨어요?"

안즈가 천천히 몸을 일으켰다.

"혼자서 해결한 모양이네."

"어떻게든요. 그래도 더는 하고 싶지 않아요."

"아무렴 그렇겠지. 그래도 이걸 못하면 한 사람 몫을 못하게 돼."

"열심히 할 거예요."

그렇게 말한 안즈는 의자에서 일어났다.

"그래서 죽순은 캐왔나요?"

나는 곰 박스에서 죽순을 하나 꺼냈다.

"이게 죽순이에요?"

"그럼 점심에 한번 먹어볼까?"

데거 씨와 안즈에게 떫은맛을 없애는 법을 알려주고 쌀을 준비했다.

"아직 화 나라는 오지 않았나요?"

"아직 오지 않았어. 그래서 쌀이나 여러 가지 재료가 들어오지 않아 곤란한 상황이지. 크리모니아의 영주님 덕분에 밀가루는 공급받고 있으니 먹는 것에는 문제가 없지만, 아무래도 화 나라의 식재료를 선호하니까."

쌀이 없어지면 생선에 빵인가. 나로서는 있을 수 없는 조합이었다.

회와 빵을 상상해봤다. 웅, 안 맞아.

그래도 피쉬버거는 맛있으려나? 그건 소스가 맛있지. 생선도 있고, 다음에 한번 만들어 볼까?

하지만 지금은 눈앞에 있는 죽순을 얼마나 맛있게 먹을지가 최우선 사항이었다.

죽순의 떫은맛을 없앤 후, 나는 메인인 죽순밥을 만들거나, 볶음을 만들거나, 삶는 등 죽순을 최고로 활용한 요리를 만들었다.

"아가씨, 익숙해 보이는데?"

"유나 씨, 잘하시네요."

"요리사인 두 분에게 그런 말을 들으니 기분 좋네요."

나는 칼로 죽순을 썰었다.

"이렇게 요리를 잘 하신다면 제가 없어도—."

"나, 생선은 잘 못 다뤄."

"그러세요?"

"조리 방법은 알고 있지만 별로 해 본적이 없어서, 안즈가 와주지 않으면 곤란해."

지식으로는 알고 있지만 직접 생선을 다룬 적은 없었다.

"그 말을 들으니 안심이 되네요. 유나 씨에게도 못하는 부분이 있다니."

"많은걸? 모험가인데 마물 해체는 못 하고."

"그래요?"

284

"그래서 해체는 길드나 피나에게 맡겨버려. 피나는 해체를 엄청 잘하거든."

"피나, 어린데 대단한걸?"

진짜 그렇게 생각한다.

그런 대화를 나누면서 요리를 만들고 있는데 슈리가 부엌으로 왔다.

"유나 언니, 배고파~."

그러고 보니 아침도 먹지 않고 죽순을 캐러 갔다. 배가 고프겠지.

"조금만 더 기다리면 완성이니까 기다려."

"응, 알았어."

슈리는 순순히 부엌에서 나갔다. 솔직해서 좋은 아이다.

그럼 얼른 만들까? 나는 요리 속도를 올렸다.

그 후, 완성된 요리를 테이블 위에 차렸다.

"맛있을 것 같아요."

"오늘은 하얀 게 아냐?"

슈리는 죽순밥을 보고 물었다.

"슈리가 캐준 죽순이 들어가 있거든. 맛있으니까 먹어봐."

슈리는 고개를 끄덕이곤 죽순밥을 입으로 옮겼다.

"맛있어~."

"네, 맛있어요."

슈리와 피나가 맛있게 먹어주었다.

맛있게 먹어주니 기쁘네.

"우리도 먹어도 될까?"

"모두 먹을 만큼 준비해 뒀어요."

인원수만큼 요리를 테이블에 차렸다.

물론 내 몫도 있어서 같이 먹었다.

"맛있네. 게다가 부드러워. 그 대나무가 이렇게 부드럽다니."

"다 자라면 딱딱해져서 먹을 수 없긴 하지만요"

"유나 언니, 맛있어요."

"……."

슈리는 묵묵히 입으로 옮기고 있었다. 배가 많이 고팠던 모양이다.

"어쩐지 나보다도 유나 씨가 더 요리사인 것 같아요."

죽순 요리를 먹으면서 안즈가 그렇게 말했다.

"쌀이 들어와 주면 죽순밥을 가게에서도 팔 텐데……."

데거 씨가 요리를 먹으면서 그런 말을 꺼냈다.

"쌀이 없어도 죽순은 맛있어요."

"그래, 다른 요리도 충분히 맛있어. 하지만 그렇게 죽순을 줘도 괜찮아? 받을 수 있는 건 고맙지만."

데거 씨는 하나밖에 캐지 못했다.

나는 마법으로 캐고, 피나, 슈리는 곰돌이와 곰순이 덕분에 많이 캤다.

"괜찮아요. 이 아이들 덕분에 많이 캤으니까요. 더 필요해지면 또 캐러 올게요. 게다가 캐는 건 힘들잖아요?"

"확실히 캐는 데는 기술이 필요하지. 하지만 다음번에는 괜찮아. 아가씨가 여러 가지로 알려줬으니까 말이야."

그렇다면 다음번에 오면 죽순 요리를 먹을 수 있을지도 몰랐다.

식사를 끝내고 얼마 지나지 않아 점심을 먹으러 사람들이 모여들었다.

데거 씨와 안즈는 앞으로 바빠질 것 같아서 방해가 되지 않도록 우리는 숙소를 뒤로했다.

🎀 119 곰 씨, 배를 타다

죽순을 이용한 점심을 먹은 후, 나는 피나와 슈리를 데리고 마을을 구경하기로 했다.

"맛있었어요."

"아직 죽순은 많이 있으니까 티루미나 씨랑 고아원 아이들에게도 만들어 주자."

"네!"

마을을 걷고 있는데, 남자들이 보면 부러워할 만한 하렘 파티가 걷고 있었다.

하렘 리더인 블리츠를 선두로 예쁜 로사 씨, 작은 몸집의 귀여운 란, 늠름한 여자 검사인 그리모스 일행이었다.

"유나, 발견! 데거 씨에게 이쪽에 있다고 들었어."

로사 씨 일행이 다가왔다.

"여러분은 아직 이 마을에 있었군요."

식재료 호위가 끝나면 마을을 떠날 거라고 생각했다.

"주변의 마물 퇴치를 위해 당분간 남아 있어달라고 길드 마스터에게 부탁을 받았어."

"그것보다, 진짜야? 크라켄을 쓰러뜨렸다니, 도무지 믿을 수가 없어서 말이지."

블리츠가 믿을 수 없다는 듯 내게 물었다.

"블리츠도 참, 마을 사람들이 말했으니 진짜겠지."

"그래도 크라켄이라고! 그런 괴물을 어떻게 혼자서 쓰러뜨린다는 거야?!"

"그건 그렇지만, 유나는 비상식적이니까 쓰러뜨릴 수 있지 않을까?"

로사 씨, 비상식적이라니 너무하네요. 그렇지만 반론할 수 없었다.

"블리츠가 하고 싶은 말도 알겠지만, 길드 마스터도 말했으니까……."

로사 씨의 말에 란이 찬성했다.

"주민들이 거짓말을 할 이유는 없지."

마지막으로 그리모스가 한 표를 추가했다.

"하지만 상식적으로 생각해서—"

"도적 퇴치를 했을 때의 유나가 상식적으로 보였어?"

"……안 보였지."

어쩐지 심한 말을 듣지 않았나?

블리츠는 납득이 가지 않는 듯한 얼굴을 하고 있었지만, 그건 내 쪽도 마찬가지였다.

"그래서, 너는 뭐하고 있어? 크리모니아로 돌아갔던 거 아니었어?"

"이 아이들과 같이 놀러 왔을 뿐인데요."

내 뒤에 숨어 있던 피나와 슈리를 소개했다.

"피나입니다."

"슈리예요."

두 사람은 조금 부끄러워하면서 자기소개를 하고 고개를 숙였다.

"귀여운 아이들이네."

로사 씨는 두 사람을 끌어안았다.

"유나의 여동생?"

"아니요, 비슷한 거죠."

"유나 언니!"

"유나 언니……."

내 말에 피나와 슈리는 기뻐했다.

"하지만 곰 복장이 아니네."

피나와 슈리를 그런 이상한 것 보듯 봐도 곤란한데…….

뭐, 가게를 도와줄 때는 피나와 슈리도 곰 유니폼을 입고 있지만.

"그럼, 여러분은 당분간 미릴러에 있을 거예요?"

"아니, 터널을 지날 수 있게 되면 크리모니아로 가보려고 생각하
고 있어."

"그래요?"

"길드 마스터에게도 터널이 완성될 때까지는 괜찮다고 했거든.
게다가 터널이 생겼으니까 크리모니아로 가지 않는다는 선택지는
없어."

로사 씨가 블리츠의 말에 동의했다.

"새로운 마을이 우리를 기다리고 있으니까."

란이 멋있는 대사를 했다.

"게다가 유나가 살고 있는 마을을 보고 싶기도 하고."

아무 것도 없어요. 곰 집이 있거나, 곰 석상이 놓아져 있는 가게가 있다거나, 곰 석상이 있는 고아원이 있는 정도죠.

"크리모니아로 오면 식사 정도는 대접할게요."

"어머, 좋아."

"제 가게라도 괜찮다면 말이죠."

"유나의 가게? 유나, 모험가잖아? 피나, 슈리, 정말 유나의 가게가 있니?"

"네, 빵 가게예요. 엄청 맛있어요."

"맛있어요~."

두 사람이 증명해줬지만 블리츠 일행은 믿지 못하는 것 같았다.

"어째서 가게 같은 걸 가지고 있지?"

아무래도 설명이 어려운 질문이다.

"하다 보니까?"

"보통은 하다 보니까 가게는 만들지 않지."

"그렇다고밖에 설명할 방법이 없어요."

"유나, 혹시 항상 이러니?"

로사 씨는 내가 아니라 피나에게 물었다.

"네, 어머니가 항상 유나 언니는 무슨 생각을 하는지 모른다고……."

다음에 티루미나 씨와는 천천히 이야기를 할 필요가 있을 것 같군.

터널 주변의 마물 퇴치를 하러 간다는 로사 씨 일행과 헤어지고, 우리는 항구에 가보기로 했다.

피나와 슈리가 배를 가까이에서 보고 싶다고 말했기 때문이다.

"엄청나네요. 배가 많이 있어요."

"배다~."

항구에 도착하자 두 사람은 선착장에 세워져 있는 배를 향해 달려갔다. 생선 잡이 시간은 지났기 때문에 선착장에는 많은 배가 정박해 있었다. 두 사람은 눈을 반짝이며 배를 바라봤다.

두 사람 모두 말은 하지 않지만 배를 타보고 싶어 했다. 나도 태워주고 싶은데 배는 가지고 있지 않아서 두 사람을 태워줄 수는 없었다.

"언니, 저쪽에 커다란 배가 있어~."

"슈리, 기다려."

슈리가 뛰어갔고, 그 뒤를 피나가 따라갔다. 즐거워하는 두 사람을 보고 있으니 배에 태워주고 싶어졌다. 누가 있으면 부탁해보고 싶은데…… 나는 주변을 둘러봤다. 그러자 배의 그늘에서 낯익은 두 사람이 나왔다.

"유나?"

"유나!"

배의 그늘에서 나온 것은 유우라 씨와 다몬 씨였다.

"유나, 마을에 와있었어."

"어제 왔어요."

나는 터널을 통해 놀러 왔다는 것을 설명했다.

"설마 그 이유만으로 그런 어린 아이들을 데리고 크리모니아에서 온 거야?"

"그런데요."

다몬 씨가 침울한 표정을 지었다.

"우리가 죽을 작정으로 향했던 곳에서 노는 감각으로 오다니……."

"터널이 있으니까 간단하게 올 수 있어요."

"그렇긴 하지만, 어쩐지 납득이 안 돼."

"무슨 말을 하는 거야. 유나를 만난 덕분에 목숨을 구했고 마을도 도움을 받았잖아. 무슨 불만을 하는 거야."

유우라 씨는 다몬 씨의 등을 때렸다.

"그래서, 두 사람은 뭐하고 있었어요?"

다른 선원은 없었다. 다몬 씨와 유우라 씨만 있는 것 같았다.

"아, 배를 정비하고 있었어. 제대로 정비하지 않으면 막상 문제가 생겼을 때 망가지면 곤란하니까 말이야."

확실히 정비는 필요했다. 구멍이라도 나있으면 잠길 가능성도 있었다.

우리가 대화를 하고 있는 동안에도 피나와 슈리는 배를 신기한 듯 쳐다보고 있었다.

"두 사람 모두 배를 보는 건 처음이니?"

"네, 처음이에요."

"응."

유우라 씨의 질문에 두 사람은 고개를 끄덕였다.

"그럼, 배에 타볼래?"

유우라 씨의 말에 두 사람은 기뻐했다. 하지만 바로 곤란한 듯 나를 봤다.

"괜찮아요?"

"물론, 그 정도는 괜찮지. 유나에게는 신세를 졌으니까."

"두 사람 모두 배에 타 볼래?"

"타보고 싶긴 한데……"

"조금 무서워."

확실히 바다를 본 적이 없으면 배에 타는 것도 처음일 것이다. 흥미는 있지만 무섭겠지.

"다몬 씨, 안전하게 부탁 가능할까요?"

"아, 물론이지. 유나의 지인을 위험하게 둘 리가 없잖아."

"두 사람 모두 괜찮으니까 타고 와."

"유나 언니는요?"

"나는 기다리고 있을게."

"유나 언니랑 같이 갈래~."

슈리가 내 곰 인형을 잡고 내 얼굴을 아래에서 위로 쳐다봤다.

그런 얼굴을 하면 거절할 수 없잖아.

우리는 다몬 씨의 배에 타게 됐다.

다몬 씨의 배는 우리를 태운 후 돛을 펼치고 바다로 나갔다.

"두 사람 모두 속이 안 좋아지면 얼른 말해야 돼."

""……?""

두 사람은 고개를 갸웃거렸다.

배에 탄 적이 없는 두 사람에게 뱃멀미 설명을 해도 모를 거라 생각해서 그것만 전달했다.

하지만 유우라 씨와 데몬 씨의 이야기로는 오늘 파도는 그다지 높지 않다고 했다. 그렇다면 뱃멀미 걱정은 없나?

내 걱정이 무심하게 두 사람은 배가 흔들릴 때마다 기뻐하고 있었다.

우리는 근처 해역을 빙 둘러보고 돌아왔다.

두 사람이 멀미하는 낌새는 없었다. 나도 멀미하지 않았지만 곰 덕분인가?

"다몬 씨, 유우라 씨, 고마웠습니다."

"오오, 즐거워 해줘서 다행이야."

"배에 타고 싶으면 언제든지 말해."

우리는 다몬 씨에게 감사 인사를 하고 항구를 벗어났다.

"두 사람 모두 즐거웠어?"

"네! 즐거웠어요."

"응, 배, 재밌었어~."

두 사람 모두 활짝 웃고 있으니 거짓말은 아니겠지.

다음 날, 마지막 하루를 즐기기로 했다. 내일은 크리모니아로 돌아갈 예정이었다.

"두 사람 모두 어딘가 가보고 싶은 곳은 있어?"

바다는 갔다 왔고, 배도 탔다. 죽순도 캤고, 데거 씨와 안즈의 요리도 먹었다. 유우라 씨와 다몬 씨와도 만났다. 또 갈 곳이 떠오르지 않아서 두 사람에게 물었다.

"어디든 괜찮아요."

"응."

어디든 괜찮은 게 가장 곤란하다는 이야기는 들었지만, 진짜였네. 어쩌지?

일단 마을로 가면 뭐든 있을 테니까, 가서 생각하기로 했다.

피나와 슈리의 손을 잡고 마을에 가니 가슴을 강조한 옷을 입은 여자가 기다리고 있었다.

"아트라 씨?"

"오랜만이야, 유나."

"어쩐 일이세요?"

"아무 일도 없어. 마을에 왔으면서, 왜 나한테 오지 않는 거야."

"으음, 용건이 없어서?"

"유나!"

아트라 씨가 째려봤다.

"농담이에요. 지금부터 갈 생각이었어요."

물론 거짓말이었다. 갈 생각은 없었다.

"정말?"

아트라 씨가 의심의 눈초리로 바라봤다.

"정말이에요."

미묘하게 시선을 피하면서 대답했다.

"뭐, 좋아. 그래, 유나는 뭐 하러 온 거야?"

"놀러 온 것뿐이에요."

그래서 모험가 길드 같은 데 갈 용건은 없었다.

"놀러라니, 이 마을에는 아무 것도 없잖아."

"많이 있어요. 생선 요리, 죽순 캐기, 바다, 배, 모래사장……, 두 사람 모두 즐거웠지?"

동료를 얻기 위해 피나와 슈리에게 물었다.

"네, 즐거웠어요."

"응, 즐거웠어~."

"그래? 어쩐지 모르는 것도 섞여 있지만, 즐거웠다니 기쁘네. 그래서, 이 아이들은?"

"크리모니아에서 신세를 지고 있는 분의 아이들이에요."

생명의 은인이라고 소개를 하면 피나가 화를 내니 이번엔 그렇게 소개했다.

"아니에요. 저희가 유나 언니에게 신세를 지고 있어요."

"어머니가 말했어. 맛있는 밥을 먹을 수 있는 건 유나 언니 덕분이라고—."

두 사람이 내 소개를 부정했다.

"후후."

"왜 웃는 거죠?"

"유나가 이 아이들에게 뭘 했는지 상상이 돼서 말이야. 어차피 보답도 바라지 않고 그 가족들을 구해줬겠지."

"대단하시네요. 어떻게 아신 거예요!"

피나가 아트라 씨의 상상을 긍정했다.

"이 마을에서도 유나가 같은 일을 했으니까."

"알 것 같아요."

어째서 그것만으로 대화가 통하는 거지?

그럼 내가 한마디로 설명할 수 있는 단순한 인간 같잖아.

정정을 원했지만 세 사람은 즐겁게 내 화제로 즐거워하고 있었다.

"바로『신경 쓰지 않아도 돼』라고 말하지."

"네, 그렇게 말해요."

"맞아요."

"보답은 『필요 없어』라고."

"항상 말해요."

"말해~."

어째서 그렇게 즐거워하는 거야.

"그래서 우리가 보답을 해줘야 할 것 같은데, 어쩐지 유나가 거꾸로 지원을 해준단 말이지."

"맞아요, 그 기분 알아요!"

"유나 언니, 착해~."

뭐지? 등이 근질거려 오는데. 나 그렇게까지 사람을 좋아하지 않는데?

피나를 도와준 건 이 세계에 와서 아무것도 모르는 나를 피나가 도와줬기 때문이다. 피나는 나를 무시하거나 의심하지 않고 여러 가지 것들을 알려줬다. 그래서 피나를 도와줬다.

지금 생각하면 이런 곰 인형 옷을 입은 내게 잘도 여러 가지를 가르쳐 주었다.

"그래서, 유나는—."

"슬슬 이야기는 그만 하고 다른 곳으로 가지 않을래요?"

이야기가 계속 이어질 것 같아서 제안을 해봤다.

"어머, 미안."

"죄송해요."

"죄송해요~."

세 사람이 사과했다.

어쩐지 내가 나쁜 사람 같았다.

"그래서, 너희는 앞으로 뭐 할 거야?"

"사실은 아트라 씨에게 인사를 할 생각이었지만, 여기에서 만났으니까 마을 안이라도 돌까 생각하고 있어요."

아트라 씨와 만날 생각은 없었지만 마을 안을 돌려고 생각했던 건 사실이었기 때문에 그렇게 대답했다.

거짓말도 하나의 방편이었다.

"그럼 나도 따라갈까."

"한가하세요?"

"그렇지. 클리프 님이 주변 마물 퇴치를 위해 크리모니아에서 모험가들을 파견해줘서 순조로워. 게다가 블리츠 일행도 돌아와서 한동안 머물러 주기로 해서 모험가 길드는 문제없어. 바쁜 건 상업 길드 쪽이지. 크리모니아에서 여러 가지 물건들이 들어오고 있고, 밀레느 씨의 지시가 많아서 바쁜 모양이야."

"젤레모 씨, 힘들 것 같네요."

"그래도 착실하게 하고 있어. 가끔 도망치려고 하는 것 같긴 해도 말이지."

아트라 씨는 웃었다.

"마을에 미소가 돌아온 것도 모두 유나 덕분이야."

"저는 아무것도 안 했어요. 모두 클리프 씨와 밀레느 씨가 한 거죠."

"그렇게 생각하는 건 유나뿐이야."

아트라 씨는 그렇게 말하고 미소 짓더니 피나와 슈리의 손을 잡고 걷기 시작했다.

나는 납득이 가지 않았지만 세 사람의 뒤를 따라갔다.

🎀 120 곰 씨, 넷이서 산책을 하다

아트라 씨의 안내로 어시장 견학을 하게 됐다.

시장에는 아침 일찍부터 잡힌 해산물이 나열돼 있었다.

"와~, 꿀렁꿀렁 움직이고 있어요."

"기분 나빠."

두 사람은 문어를 보고 소란을 피웠다.

"그래도 맛있어."

"그래요?"

문어는 회로 먹어도, 구워도, 삶아도 맛있다.

"유나 언니, 저건 뭐예요?"

"게야, 삶으면 맛있어."

게를 우려낸 국도 맛있고, 새우도 좋지.

"모두 먹을 수 있는 거예요?"

"먹을 수 있지. 어제 데거 씨네 집에서 먹은 요리에도 들어가 있었어."

"그랬어요?!"

피나와 슈리는 게를 보고 천천히 손을 뻗었다.

"위험하니까 만지면 안 돼."

게를 만지려고 해서 주의를 줬다. 집게에 집히면 아프니까.

내 말에 두 사람은 순순히 손을 거뒀다.

어시장을 한 바퀴 둘러본 우리는 다음으로 포장마차가 모여 있는 광장으로 향했다. 광장에 가까워지자 맛있는 냄새가 풍겨왔다. 해산물이 알맞게 구워져 있었다.

"저거 맛있어 보여요."

"먹고 싶어~."

두 사람이 오징어 구이 포장마차를 봤다.

"후후, 좋아. 내가 사줄게. 두 사람은 이걸로 먹고 싶은 거 먹고 오렴."

아트라 씨는 두 사람에게 돈을 주었지만 두 사람은 받으려고 하지 않았다.

"왜 그러니?"

"그……."

두 사람은 나를 봤다. 이제 막 알게 된 사람에게 돈을 받는 데 저항이 있겠지. 나는 곰 박스에서 돈을 꺼내 두 사람에게 건네줬다.

"오늘 죽순 캐기 도와준 답례야."

"그래도, 저희, 여기로 데려와 주셨는데……."

"모처럼 왔으니까. 맛있는 거 먹고 와."

두 사람은 서로의 얼굴을 봤다. 그리고 뜻이 통했는지 작게 고개를 끄덕이더니 내 쪽을 봤다. 두 사람은 곰 인형 장갑에 놓인 돈을 받아줬다.

"유나 언니, 고마워요."

"유나 언니, 고마워~."

두 사람은 고맙다고 인사를 했다. 그런 두 사람의 모습을 보며 쓸쓸해하고 있는 인물이 있었다.

"내 돈도 받아주지 않을래……."

옆에서 쓸쓸해하는 아트라 씨가 두 사람에게 말했다.

두 사람이 다시 나를 봐서 고개를 끄덕여줬다.

두 사람은 아트라 씨에게 감사 인사를 하고 돈을 받았다. 두 사람은 사이좋게 손을 잡고 포장마차를 향해 달려갔다.

"솔직하고 착한 아이들이네."

"그렇죠."

나와 달리 비뚤어지지 않았으니까.

나와 아트라 씨는 근처 벤치에 앉았다.

"유나, 마을에 대해서는 들었어?"

"데거 씨와 안즈에게 조금 들었어요."

"범죄를 일으켰던 자들에 대해서는?"

나는 고개를 옆으로 저었다.

아무것도 듣지 못했다.

"뭐, 저 아이들이 가까이에 있으면 말 못하겠지. 상업 길드의 전 길드 마스터 및 중범죄자로 인정된 자들은 처형됐어."

"그렇군요."

그다지 얼굴을 기억하고 있지는 않지만, 처형됐군.

"공개 처형이었는데 보러 온 사람은 적었어. 할아버지들과 가족이나 친척들이 살해당한 사람들뿐이었어. 그래도 이것으로 가족이 살해당한 사람들도 일이 마무리되었으니 앞으로 나아갈 수 있을 거라 생각해."

그래서 크리모니아인가…….

안즈에게 부탁을 받았던 것을 떠올렸다.

"그러고 보니 촌장은 결정됐나요? 클리프 씨는 아트라 씨가 해 주길 바라고 있었는데."

"내가 그런 자리를 이어받을 수 있을 리가 없잖아. 솔직히 나는 게으름뱅이라서 그런 귀찮은 일은 이어받지 않아."

"그럼 어떻게 됐어요?"

"쿠로 할아버지의 아들이 떨떠름해하면서 받아줬어. 일단 마을의 중진 중 한 명의 아들이니까 아무도 반대하는 사람은 없었어."

"떨떠름했었구나. 촌장이라면 하고 싶어 하는 사람이 많이 있을 거라고 생각했는데."

"모두 이전 촌장을 떠올리게 되니까. 매일 크라켄을 어떻게든 해결하라고 계속 원성을 듣는데다가, 옆 마을에서 식재료를 들여오려고 하면 도적이 나타나서 들여올 수 없어졌잖아. 그런 일로 더욱 주민들에게 추궁을 받았어. 그런 모습을 봤으니 아무도 하고 싶어 하지 않지. 그래서 쿠로 할아버지가 억지로 아들에게 떠넘긴 거야."

명복을 빕니다.

얼굴도 모르는 상대방에게 합장을 했다.

"전 촌장은 돌아오지 않을까요?"

"야밤도주한 것처럼 없어졌으니까 돌아오지 않을 거야. 돌아와도 주민들은 용서하지 않을 거고."

"그래도 만약 돌아온다면 촌장은 어떻게 되는 거예요?"

"아무 일도 없지. 이 마을은 클리프 님의 관할 영토로 되어 있으니 도망친 자에게 이러쿵저러쿵 얘기할 자격은 없어. 게다가 무슨 일이 있다고 해도 클리프 님이 어떻게든 해주시겠지."

아트라 씨, 클리프에 대해서 신용하고 있네.

뭐, 내가 걱정할 일은 아니니까 전 촌장이 나타나면 클리프에게 맡기면 되겠지.

"게다가 돌아온다면 위험하기도 할 테고."

"위험이요?"

"원망하고 있는 사람들도 많이 있다는 뜻이야."

뭐, 어느 세계든지 버림받은 쪽은 원망을 하지.

"그건 그렇고 유나, 너희는 어디서 묵고 있는 거야? 데거 씨네? 아니면 곰?"

"곰이라뇨……. 데거 씨의 숙소는 만실이어서 마을 밖에 있는

307

제 집(곰 하우스)에서 묵고 있어요."

"역시 빨리 숙소를 만들어야 하나……. 터널이 완성되면 사람들도 늘어날 테니까 이대로라면 분명 부족해질 거야."

"건설은 아직 시작하지 않는 건가요?"

목재는 준비되어 있었지만 건물은 세워져 있지 않았다.

"슬슬 시작하려고 생각하는데 일손이 부족해. 그리고 주변 마물 토벌을 하지 않으면 안전하게 건설을 할 수 없어서 뒤로 미루고 있어."

"블리츠랑 만났는데, 마물 토벌은 순조롭게 진행되고 있나요?"

"모험가들 덕분에 이 주변에서는 발견되지 않게 됐어. 지금은 조금 멀리 나가길 부탁해놨어. 그게 끝나면 본격적으로 건축이 시작될 거야."

개인적으로는 더운 여름이 오기 전에 끝나면 좋겠는데…….

그 전에 여름이 있나?

그런 의문은 잠시 치워두고 아트라 씨와 이야기를 나누고 있는데, 피나와 슈리가 사이좋게 손을 잡고 돌아왔다.

"유나 언니, 아트라 씨."

"다녀왔습니다~."

두 사람은 맛있는 것을 먹었는지 만족한 얼굴을 하고 있었다.

"그럼 이제 나는 길드로 돌아갈 건데, 유나네는 앞으로 어쩔 거야?"

"상업 길드에 화 나라에 대해 어떻게 됐는지 물으러 갈까 생각하고 있어요."

"화 나라 말이구나……. 한 달에 한 번 왔었는데 크라켄 때문에 오지 않게 됐지. 이대로 배가 끊기지 말아야 할 텐데."

"뭐, 느긋하게 기다리죠."

여차하면 왕도에 가서 물어보면 정보가 있을지도 몰랐다. 우리는 아트라 씨와 헤어지고 상업 길드로 향했다. 상업 길드에 도착하자 직원들은 바쁘게 일을 하고 있었다. 한가해 보이는 직원은 한 명도 없었다.

"유, 유나 씨!"

한 여자 직원이 나를 알아봤다. 그 직원의 목소리에 전원이 일제히 내 쪽을 바라봤다.

직원들의 반응에 피나와 슈리가 놀랐다. 피나와 슈리의 머리에 손을 올리고 진정시켰다.

"젤레모 씨 있나요?"

"네, 기다려 주세요."

직원은 구석방에 있는 젤레모 씨를 불러와 줬다.

"곰 아가씨."

피곤해 보이는 젤레모 씨가 다가왔다.

"오랜만이에요."

"그래, 잘 지내는 것 같네."

"젤레모 씨는 잘 못 지내나 봐요."

"길드 마스터를 이어 받은 걸 후회하고 있어. 너무 바빠. 휴식이 없어. 서류의 산이 줄지 않아. 할 일이 많아. 크리모니아에서 온 교육 담당이 괴롭혀."

"남이 들으면 오해할 말은 하지 마세요. 젤레모 씨가 제대로 일을 배우면 문제없어요. 저도 빨리 크리모니아로 돌아가고 싶으니까 빨리 일을 익혀주세요."

젤레모 씨의 뒤에서 20대 중반의 지적으로 보이는 여자가 나타났다.

안경을 쓰면 잘 어울릴 것 같았다.

"밀레느 씨의 부탁이라서 가르쳐주고 있는 거예요. 저는 마을에 남편도, 아이도 두고 왔으니까 제대로 해주세요."

"알았어요. 열심히 할 테니까……."

"행동으로 보여 주시죠."

그녀가 밀레느 씨가 말했던 보좌라는 이름의 교육 담당인가.

"유나 씨, 처음 뵙겠습니다. 저는 크리모니아에서 파견된 아나벨이라고 합니다."

"으음, 아나벨 씨는 저에 대해서는 알고 계신가요?"

"크리모니아에서 몇 번 본 적이 있습니다. 게다가 크리모니아의 상업 길드에서 일하고 있는 사람 중에 유나 씨에 대해 모르는 직원은 없죠. 그런데 유나 씨는 어쩐 일로 이쪽에 오셨죠? 설마 젤레모 씨에게 클레임인가요?"

"어째서야……. 나는 아무 것도 안 했잖아."

"일을 해주세요."

두 사람의 만담 같은 대화에 어디를 참견하면 좋을지 몰라 무시했다.

"으음, 화 나라에 대해 어떻게 됐나 싶어서요."

"그 일 말인가요? 지난번에 잠깐 원양 항해를 하고 있던 배가 화 나라의 배와 접촉을 할 수 있었다고 합니다. 그 때 어부가 마을에 대해 이야기를 해줘서 교역도 재개될 거라고 생각하고 있습니다."

"정말요!"

기쁜 정보였다.

"네, 단지 언제가 될지는 모르겠지만요."

그래도 충분한 낭보였다.

그나저나 아나벨 씨는 우수한 사람인 것 같은데……. 대답이 빨랐다. 밀레느 씨가 파견을 보낼 만했다. 이 사람이 교육을 담당한다면 젤레모 씨도 훌륭한 길드 마스터가 될 수 있을지도 몰랐다.

"젤레모 씨는 제대로 하고 있나요?"

"그렇죠. 농땡이 부리려고 하지만 열심히 하고 있어요. 하지만 바로 휴식을 달라고 해서 시끄럽죠."

"그건 내게 휴식을 주지 않으니까……."

"젤레모 씨가 고생해서 일을 하면 그만큼 주민들은 행복해집니다. 휴식 없이 열심히 해주세요."

블랙 기업이다. 휴식이 없다니 나라면 그만 뒀을 거야. 어떤 위인도 말했다. 일을 하면 지는 거라고. 그렇게 생각하면 할아버지들이 말했던 젤레모 씨의 평가도 알 것 같았다. 성실하지는 않지만 일은 한다. 농땡이를 부리지만 다른 이들이 좋아한다. 부탁을 받으면 거절하지 못하는 타입이네.

"아, 그러고 보니 유나 씨에게 묻고 싶은 게 있는데, 언제 크리모니아로 돌아가실 건가요?"

"내일 돌아갈 생각인데요."

"죄송하지만 길드 마스터에게 보고서 전달을 부탁해도 될까요?"

"보고서요?"

"열흘에 한 번, 보고서를 제출해서 물자를 부탁하고 있는데, 젤레모 씨가 처리하는 안건이 늦어져서 지난 보고서에 기재를 못했어요. 급한 안건이라서 다음 보고서와 같이 내면 늦을 것 같아요."

"괜찮아요. 전달만 하면 돼죠?"

"감사합니다. 바로 가지고 올 테니 부탁드릴게요."

아나벨 씨에게 서류를 받은 후에 상업 길드를 나왔다.

그 뒤 안즈와 데거 씨에게 내일 돌아가겠다고 전했고, 곰 하우스로 돌아가기 전에 곰돌이와 곰순이에 올라타 모래사장을 뛰어놀거나 곰 하우스에서 바다를 바라보며 하루를 마무리했다.

"내일은 돌아가네요."

목욕탕에 들어가면서 피나가 입을 열었다.

"응, 티루미나 씨를 걱정시키고 싶지는 않으니까."

"어머니, 걱정하고 있을까~?"

"하고 계시겠지."

그 상냥한 어머니가 피나와 슈리를 걱정하지 않을 리가 없었다.

"그것보다, 둘 다 즐거웠니?"

"네, 무척 재밌었어요."

"생선, 맛있었어~."

두 사람은 미소로 대답을 해주었다. 데려온 보람이 있었다.

"다음엔 다 같이 오자."

"네!"

"응!"

우리는 예정대로 다음날 크리모니아를 향해 출발했다.

곰 곰 곰 베어 5

번외편

🎀 신입 모험가 호른 1

"호른!"

신 군이 외쳤다. 신 군이 울프와 대치하고 있었다. 나는 울프를 향해 딱딱하고 단단한 흙덩어리를 던졌다. 흙덩어리가 울프의 몸을 제대로 맞췄고, 울프가 비명을 지르며 쓰러졌다. 그때 신 군이 마무리를 지었다.

"정말 호른의 마법이 세졌네."

"응, 이것도 유나 님 덕분이야."

정말 유나 님 덕분이었다. 유나 님에게 마력의 사용법과 마법의 사용 기술을 배웠다. 처음에는 힘들었지만, 지금은 싸움이 한창일 때도 쓸 수 있게 됐다. 아직 유나 님이 말한 대로 할 수 없는 것도 있지만, 조금씩 가능해지는 게 즐겁다.

"그 곰, 정말 대단했던 거네."

"신 군, 유나 님의 앞에서 절대로 그런 말을 하면 안 돼."

"그런 무서운 말 하지 마."

새삼 선배 모험가들에게 이야기를 물으니 유나 님은 화내면 무섭다고 한다. 그리고 길드 직원에게 유나 님이 토벌한 마물의 수를 듣게 되면 절대로 거스를 수 없는 사람이라는 것을 알 수 있다.

유나 님은 엄청 사랑스러운 곰 님 복장을 하고 있어서 그렇게 엄청나 보이지 않는다. 하지만 매우 우수한 모험가이다.

게다가 유나 님이 상냥한 사람이라는 것도 알고 있다.

듣자하니, 고아원의 아이들이 곤경에 처한 것을 보고 아이들에게 식량을 주고, 일을 주고, 집도 다시 만들어줬다고 했다. 이 마을에서 많은 꼬끼오 알이 돌고 있는 것도 유나 님이 고아원을 위해 한 일이었다. 게다가 그 빵집에서 일하고 있는 아이들도 고아원 아이들이라고 했다.

나와 비슷한 또래인데 대단하다고밖에 할 수 없었다.

"호른도 신도 제대로 주변을 살피도록 해."

해체를 하고 있던 랏 군이 생각에 잠겨 있는 내게 주의를 줬다.

"미안해."

해체를 하고 있으면 다른 동물과 마물이 올 가능성이 있어서 지키고 있어야 한다.

우리들은 크리모니아 근처에 있는 마을에서 모험가가 되기 위해 크리모니아로 왔다. 우리 네 명은 소꿉친구다. 검을 가지고 있는 게 신 군. 일단 우리의 리더 같은 일을 맡고 있다. 그리고 사냥꾼의 아들인 랏테— 랏 군은 활이 특기인데, 지난번에 갔던 마을에서 블랜더 씨라는 사람에게 활 사용법을 배워 능숙해졌다고 기뻐했다. 세 번째는 우리들 중에서 가장 힘이 센 브루 군이라고 부르는 부르토. 무기는 도끼를 쓰고 있다.

마지막으로 나는 약한 마법이나마 조금 쓸 수 있는 마법사였다. 하지만 유나 님 덕분에 모두의 발목을 잡지 않을 정도로는 강해졌다.

"우리들도 얼른 커다란 아이템 봉투가 필요하겠어."

"적어도 울프가 들어갈 정도는 필요해."

그러려면 더 열심히 일을 해야 했다.

아이템 봉투가 있으면 일이 꽤 편해진다. 마물을 토벌해도 안전한 곳에서 해체가 가능하게 되고, 가지고 돌아갈 수 없어 버리게 되는 일도 없어진다.

얼른 아이템 봉투가 필요했다.

오늘의 일을 끝내고 토벌 보고를 위해 모험가 길드로 향하자, 의뢰 퀘스트가 붙어 있는 보드에 사람들이 모여 있었다.

"헬렌 씨, 무슨 일 있나요?"

우리는 울프 토벌의 보고를 하면서 접수대의 헬렌 씨에게 물었다.

"저거요? 저건 클리프 님의 의뢰가 나와서 그래요."

"영주님의……!"

"혹시 센 마물이라도 나온 건가요?"

영주님의 의뢰였다. 말도 안 되는 마물이 나타난 것일지도 몰랐다.

"아니에요. 보통의 마물 토벌 일이에요."

"보통이요?"

"신 군 일행은 아이템 봉투가 필요해서 돈을 모으고 있죠?"

"네."

"그럼 참가해보는 건 어때요? 마물 토벌의 보수도, 조금이긴 하지만 높아요. 지금의 신 군 일행이라면 괜찮을 거예요."

그런 조건이 좋은 일이라면 받고 싶었다.

헬렌 씨에게 상세한 이야기를 듣고 싶었지만 순서를 기다리고 있는 모험가가 있어서 자세한 이야기를 듣지 못하고 의뢰 보드로 향했다. 조금 전보다는 사람들 무리가 줄어 의뢰 내용이 보였다.

"으음, 베어 터널 부근의 마물 토벌."

베어 터널?

의뢰지에는 지도도 있었다. 걸어서 가기에는 조금 멀었지만 마차를 내어 준다는 모양이었다. 게다가 마물을 토벌하면 그 부근에서 구매도 해주겠다고 적혀 있었다. 가지고 돌아가지 않아도 된다면 편했다. 게다가 헬렌 씨가 말했던 대로, 보수도 원래보다 높게 설정되어 있었다.

"신, 어쩔래?"

"이런 구미 당기는 의뢰는 달리 없지."

단지, 베어 터널 부근에 나타나는 마물은 울프, 일각 토끼, 고블린 외에 오크가 있다고 적혀 있었다.

"하지만 오크가 있어. 지금의 우리로는……."

"괜찮지 않을까? 나타나면 도망치면 되고."

"응, 우리들은 울프와 일각 토끼를 쓰러뜨리면 돼."

이야기를 나눈 결과, 오크는 선배 모험가들에게 맡기로 하고 우리는 이 의뢰를 받기로 했다.

우리들은 헬렌 씨가 있는 쪽으로 향했다. 우리의 뒤에 서 있던 모험가들도 헬렌 씨에게 이야기를 들었는지 의뢰 보드로 향했다.

"헬렌 씨, 베어 터널이라는 게 뭐죠?"

"엘레젠트 산맥에 있는 터널이에요."

헬렌 씨의 이야기에 따르면 최근 터널이 발견되었고, 그 터널을 사용할 수 있도록 하기 위해 주변의 마물을 토벌하는 것이 이번의 의뢰 목적이라고 했다.

"그 터널을 사용할 수 있게 되면 어떻게 되는데요?"

"바다로 나갈 수 있다는 것 같아요."

"바다 말인가요?!"

"바다, 보고 싶어!"

"죄송해요. 터널을 빠져 나간 곳의 마물 토벌 의뢰도 있었는데, 그쪽은 신청이 많아서 마감 돼버렸어요."

"아~."

"저도 가고 싶으니까 참으세요. 그럼 의뢰를 받는 건 그만 둘까요?"

물론 그만 두거나 하지는 않았다.

"그럼 내일 아침, 마차를 준비할 테니 늦으면 안 돼요."

다음 날, 모험가 길드에 도착하자 많은 모험가들이 있었다.

"이거 마물 쟁탈전이 되는 거 아냐?"

"신, 못 들었어? 터널 너머의 마물도 토벌할 예정이니까 전원이 같은 장소가 아니야."

"그 정도는 알고 있어."

"일단 얼른 가자. 마차 놓치겠다."

마차 근처에는 헬렌 씨가 지시를 내리고 있었다.

"안녕하세요."

"제대로 늦지 않고 오셨네요."

"생각보다 많네요."

"뭐, 이만큼 의뢰비가 많은 일은 별로 없으니까요."

"이거 분발하지 않으면 안 되겠는데?"

"그럼 신 군 일행은 저쪽 마차에 타주세요. 마차마다 행선지가 다르니까 다른 마차에는 타지 않도록 주의해 주세요. 잘못 타기라도 한다면 오크가 있는 장소로 갈 수도 있어요."

"그건……."

"신, 틀리지 마."

"안 틀려."

우리는 헬렌 씨가 지시한 마차에 올라탔다.

안에는 이미 몇몇 모험가들이 타고 있었다.

"이동할 곳까지 마차로 데려다 주다니 편해서 좋네."

"게다가 토벌한 마물도 마을까지 옮기지 않아도 되고 말이야."

"열심히 해서 돈 벌자고."

"그래~."

마차가 출발하고 몇 시간 후, 숲 앞에 다다랐다.

여기서부터 앞은 걸어가야 한다고 했다.

"어디로 가지?"

"일단 소문의 터널을 보러가지 않을래?"

"찬성."

우리와 같은 것을 생각한 모험가들과 함께 터널로 향했다. 터널까지의 길은 나무에 표시가 되어 있어서 헤맬 일은 없었다.

한동안 걸으니 눈앞에 곰이 나타났다.

곰 님 석상이었다. 귀여운 곰 님이 검을 가지고 있었다.

"이거 어디서 본 적 있지 않아?"

본 적이 있었다. 틀림없이 거기에서 봤다.

"이 곰, 유나 님의 가게에 있는 곰과 같은 곰이지?"

"어째서 그 곰 석상이 여기에 있는 거지?"

가게의 곰 님은 빵을 가지고 있었지만 여기 곰 님은 검을 가지고 있었다.

"뭐, 생각할 수 있는 건 터널과 유나 님이 관계가 있다는 것 정도려나……."

이름도 베어 터널이었다. 나도 신 군이 말한 대로라고 생각했다. 나는 곰 님의 석상도 신경이 쓰였지만 터널도 신경이 쓰였다.

이 어두운 터널 너머에 바다가 펼쳐져 있다. 바다는 한 번도 본 적이 없었다. 들은 적이 있는 게 다였다. 한번 보고 싶었다.

"신 군, 다음번에 이 터널이 완성되면 바다로 가보자."

"그래, 그것도 좋겠네."

"응."

하지만 그전에 돈을 벌어야 했다. 우리는 마물을 토벌하러 숲으로 향했다.

"신, 그쪽으로 갔어."

"오, 맡겨 둬. 호른, 내가 멈춰 세울게."

"응, 알았어."

나는 흙 마법으로 단단한 흙을 만들어 냈다. 그리고 그것을 울프에 맞추자 울프는 비명을 지르며 쓰러졌다. 그 후 신 군이 일격을 가했다. 토벌은 순조롭게 진행됐다.

"호른의 마법이 강해진 덕분에 토벌도 편해졌어."

마물의 사체를 그대로 두면 다른 마물이 다가오기 때문에 토벌 후에는 주변을 정리하는 게 매너였다. 그것을 하지 않는 모험가는 다른 모험가들에게 미움을 받는다. 해체를 하고 필요 없는 것은 묻거나 태운다.

"이것도 유나 님 덕분이야. 최근에 마력 사용법을 알게 된 것 같아."

마력을 모으면 강한 마법을 사용할 수 있지만 몇 번이고 계속 사용할 수는 없었다. 큰 마법은 몇 번, 작은 마법은 몇 번 사용할 수 있는지 생각하고 마법을 써야 했다. 그래서 유나 님에게 마법을 사용한 횟수를 파악하라고 이야기를 들었다.

그리고 그것을 동료와 공유해 지원이 가능할지에 대해서도 판단할 수 있게 되었다. 되돌아가는 것도 선택지가 됐다. 무리한 행동은 위험하고, 죽을지도 몰랐다. 그래서 제대로 마력을 파악해야 했다.

우리는 며칠 동안 울프와 일각 토끼를 토벌했다.

"이거라면 아이템 봉투도 살 수 있겠어. 정말 영주님에게는 감사해야 돼."

이렇게 순조로울 줄은 생각도 못했다.

"일반 가격보다도 높게 사주니까."

마물 거래도 근처에서 할 수 있기 때문에 옮기는 것도 편해서 큰 도움이 됐다.

"하지만 이제 이 근처에는 마물이 없어."

어제는 숲 벌목도 시작되어 터널까지의 길이 만들어지게 되었다.

"다른 모험가들이 있기도 하고."

"그럼 저쪽으로 가자. 다른 모험가들의 이야기를 들었는데 저쪽에는 아직 있는 것 같아."

우리는 신 군의 말에 따라 그쪽으로 가기로 했다.

숲 속을 걷고 있는데 선두에서 걷던 신 군이 멈추더니 바로 입에 검지를 가져다 댔다. 우리는 입을 다물고 조용히 했다.

신 군이 가리키는 곳을 보자 그곳에는 오크가 있었다.

신 군이 작은 목소리로 물었다.

"어쩔래?"

"무리일 거야."

"그래도 쓰러뜨리면 다른 마물보다 큰돈이 될 거야."

"그만 두는 게 나아."

"오크는 손대지 않기로 정했잖아."

"신 군……."

"……그렇지."

신 군은 모두의 의견을 듣고 이곳을 빠져나가기로 했다.

빠각.

그때, 누군가가 나뭇가지를 밟아 소리를 내버렸다.

그 순간 오크가 으르렁거리더니 커다란 곤봉을 휘둘러 우리 근처의 나무를 내리쳤다.

"뛰어!"

우리는 뛰었다. 우리의 존재를 눈치챈 오크가 뒤쫓아왔다. 나는 유나 님이 말했던 것을 떠올렸다.

흙 마법은 공격으로부터 몸을 지키는 것도 가능하다.

나는 흙 마법을 사용해서 나무와 나무 사이에 흙으로 된 막대를 교차시켰다. 유나 님처럼 커다란 벽 같은 건 만들 수 없었다. 그래서 그 대신 유나 님이 다른 방법을 생각해줬다. 나무와 나무 사이를 끈처럼 흙으로 막으면 발을 묶을 수 있다고 배웠다. 다만 그것에는 나름 적당한 강도가 필요했다.

오크는 교차된 흙 막대에 막혔다.

됐다.

"지금 도망치는 거야."

오크는 낮게 울더니 곤봉을 내리쳐 흙 막대를 부숴버렸다.

나는 오크의 진로를 막기 위해 흙 마법을 계속 사용했다. 약간이나마 오크의 발을 묶을 수 있었지만, 위험해……. 마력을 너무 사용한 것 같았다. 몸에서 힘이 빠지는 감각이 덮쳐왔다.

"호른! 괜찮아?!"

"응."

힘이 들어가지 않지만 뛰어야 했다. 신 군이 팔을 당겼다.

오크가 멈춰서 방벽을 부숴버렸다.

"젠장, 여기서 싸우자."

신 군의 외침에 랏 군이 활을 준비해 화살을 쐈다. 하지만 오크는 날아오는 화살을 쳐서 떨어뜨렸다.

"이럴 수가—."

날아오는 화살을 쳐내다니, 믿을 수 없었다.

신 군이 검을, 브루 군이 도끼를 감아쥐었다.

"호른, 도망가. 우리가 시간을 벌게."

"모두들—."

랏 군이 화살을 날리고 신 군과 브루 군이 검과 도끼를 휘둘렀다. 하지만 모두 곤봉에 막혀 신 군 일행은 오크의 공격을 막는데 급급했다.

그때, 오크가 휘두른 곤봉을 검으로 막은 신 군이 내팽개쳐졌다. 브루 군이 도끼를 휘둘렀지만 오크의 곤봉에 꽂혀 그대로 곤봉에 의해 튕겨져 나갔다.

"신 군! 브루 군!"

오크가 으르렁거리면서 나와 랏 군에게 다가왔다.

🎀 신입 모험가 오른 2

오크가 덮쳐 왔다.

랏 군이 화살을 날렸다. 화살이 오크의 팔에 꽂혔지만 오크의 움직임은 멈추지 않았다. 나는 마지막 마력을 사용해 오크의 얼굴에 단단한 흙 덩어리를 명중시켰다. 오크의 움직임이 멈췄다.

해냈다.

덧붙여 랏 군이 화살을 날려 오크의 몸에 명중시켰지만 쓰러지지는 않았다. 나는 마지막으로 한 번 더 마력을 손에 모았다. 더 단단하게, 더 회전을 빠르게, 더 강하게. 나는 오크를 향해 단단하고 딱딱한 흙 마법을 날렸다. 단단해진 흙은 오크의 왼쪽 팔에 맞았다. 몸을 노렸는데 빗겨났다. 오크가 우렁차게 울며 고통스러운 얼굴을 했다. 왼쪽 팔을 올리려고 했지만 올라가지 않는 모양이었다.

오크는 곤봉을 쥔 오른쪽 팔을 들어 올렸다. 우리는 도망치려고 했다. 오크의 오른팔이 아래로 휘둘러졌을 때, 그 휘둘러진 오른팔이 지면으로 떨어졌다. 게다가 목도 지면으로 굴러 떨어졌다.

"길, 어째서 재밌는 부분을 뺏는 거야?"

"그럴 생각은 없어."

그런 목소리가 들리며 금발의 아름다운 머리카락을 지닌 여자와 체격이 좋은 남자가 나타났다.

두 사람 모두 모험가 길드에서 만난 적이 있었다. 분명, 루리나 씨와 길 씨였다.

"괜찮니? 아니면 포획물을 낚아 챈 건가?"

"아뇨, 덕분에 살았어요."

"다행이네. 멀리서 봤더니 습격을 당하는 것처럼 보여서 말이야. 오크도 뒤를 향하고 있길래 이게 찬스라고 생각해서 공격해 버렸어."

나는 지금 상황을 확인하기 위해 주위를 둘러봤다. 오크는 길 씨의 검에 의해 목이 잘린 것 같았다.

일격으로 대단했다.

"신 군과 브루 군은?!"

나는 신 군과 브루 군이 날아간 쪽을 봤다.

"여기 있어."

신 군과 브루 군이 몸을 감싸며 다가왔다.

"신 군, 브루 군, 괜찮아?"

나는 두 사람에게 다가가려고 했지만 마법을 너무 써서 균형을 잃어버렸다. 쓰러지려고 하는 찰나에 신 군이 다가와 받쳐 줬다.

"호른, 괜찮아?"

"응, 마력을 조금 많이 쓴 것뿐이니까 괜찮아. 신 군이랑 다른 아이들 쪽도 괜찮은 거야?"

"그래, 괜찮아. 몸을 좀 부딪혔을 뿐이야."

브루 군도 괜찮다고 대답해줬다. 다행이다. 두 사람 모두 큰 부상은 입지 않은 모양이다.

"덕분에 살았습니다. 감사합니다."

우리는 다시 루리나 씨와 길 씨에게 감사 인사를 했다.

"괜찮아. 우리도 오크 둥이 비어 있어서 공격을 한 것뿐이니까. 분명 너희는 신입 모험가들이었지?"

"네, 저는 호른이에요."

"신입니다."

"랏테입니다."

"브루토입니다."

"나는 루리나, 여기 말 없는 사람은 길이야."

"네, 알고 있어요. 우수한 모험가분이라고 들었어요."

"그래? 그건 그렇고 이 근처엔 오크가 존재하는 것으로 확인되었으니까 위험해."

루리나 씨가 쑥스러워하며 충고를 해줬다.

"그런가요? 저희는 이쪽에도 울프가 있다고 들어서……."

"분명 있긴 하지만 오크도 같이 있어. 오크 한 마리 정도 쓰러뜨릴 수 있는 실력이 없으면 위험해."

확실히 우리는 네 명이나 있으면서도 쓰러뜨리지 못했다.

더욱 더 마법 연습을 해서 강해져야 했다. 마지막 마법도 팔이 아니라 다른 곳에 맞았으면 쓰러뜨릴 수도 있었다. 조급해하면 맞추고 싶은 곳에 맞지 않았다. 그건 랏 군도 마찬가지라고 말했다. 더 열심히 해야겠다.

그 후 우리는 루리나 씨, 길 씨와 함께 길드 직원이 있는 임시 거처로 돌아왔다.

임시 거처는 터널 근처에 만들어져 모험가들도 있어서 안전한 장소였다.

터널로 돌아오자 검을 가진 귀여운 곰 님 석상이 반겨주었다.

"후후, 저 석상을 보니 미소가 지어지네."

루리나 씨가 곰 님 석상을 보고 미소를 지었다.

확실히 귀여웠다.

"저기, 이 곰 석상 말인데요, 유나 님과 관련이 있나요?"

"호른, 유나에 대해 알고 있니?"

"네, 제 선생님이에요."

"선생님?"

"제 마법 선생님이에요. 유나 님에게 마법을 사용하는 법을 배웠어요. 그 덕분에 모두의 발목을 붙잡지 않게 됐고……."

"지금은 우리의 중요한 전력이 됐죠."

"이번에도 호른의 마법이 없었다면 오크에게 당했을 지도 몰라요."

신 군, 브루 군 두 사람이 그렇게 말해줬지만 아직 멀었다.

하지만 유나 님 덕분에 자신감이 생긴 것은 분명했다. 더 열심히 해서 모두에게 도움이 되고 싶었다.

"그렇구나. 유나가 선생님이구나."

"네, 그래서 이 곰 님 석상이 신경 쓰여서……."

"소문으로는 유나가 터널을 발견했다고 해서 베어 터널이라는 이름이 붙여졌대. 그래서 곰 석상이 세워져 있는 거고."

유나 님이 발견했다니……. 유나 님, 대단하세요.

우리는 토벌한 소재를 모험가 길드에 전달하고 돈을 받았다.

토벌 횟수도 순조로웠다. 이대로라면 지금까지 저금했던 돈과 합쳐 조금 커다란 아이템 봉투를 살 수 있을지도 몰랐다.

"너희는 언제까지 여기에 있을 거야?"

"식재료 문제도 있어서 모레에는 돌아가려고 해요."

"그럼 우리랑 같네."

"루리나 씨는 길 씨와 둘이서만 파티를 맺고 있나요?"

"전에는 네 명이 파티를 구성했는데 지금은 흩어져서 두 명이야."

길 씨 쪽을 바라보니 신 군과 브루 군이 함께 있었다.

"길 씨, 그 검 들어봐도 돼요?"

"그래."

신 군은 길 씨에게서 커다란 검을 받아 들었다.

"무거워……."

"신, 한심하군."

"검이 무거운 거야. 그러면 브루토가 들어봐."

신 군이 브루 군에게 검을 건넸다. 브루 군이 검을 들었지만 무거운 듯했다. 브루 군은 우리들 중에서 힘이 가장 세지만 길 씨의 검은 무거운 모양이었다.

"생각보다 가볍네."

아니, 얼굴은 무거워 하고 있는데.

"아니, 분명 무리하고 있는 거겠지."

모두 즐거워하고 있었다.

길 씨는 검을 돌려받더니 가볍게 검을 휘둘렀다.

그때마다 신 군과 브루 군이 칭찬을 했다. 하지만 길 씨는 무표정이었다.

"길도 기뻐하는 것 같네."

"앗, 그런 건가요? 신 군이랑 브루 군이 말을 걸어도 길 씨는 반응이 없는데요."

"그래? 기뻐하고 있는 거겠지."

나는 길 씨의 얼굴을 봤다.

으~음, 나로서는 알지 못했다.

"내일은 어떻게 할 거야?"

"저쪽은 오크가 있으니까 다른 장소로 갈까?"

"근처에 마물이 없으니까 조금 멀리 나가야 할 거야."

"그럼 우리랑 가지 않을래?"

네 명이서 이야기를 나누고 있는데 루리나 씨가 말을 걸었다.

"루리나 씨?"

"오크는 우리가 쓰러뜨릴게. 너희는 울프나 고블린을 상대해주면 돼."

"괜찮나요?"

"그렇게 되면 루리나 씨 일행의 일이—."

"괜찮아. 이미 충분히 벌기도 했고, 신입 교육은 선배 모험가로서의 역할이니까. 길도 괜찮지?"

"그래."

길 씨는 무표정으로 대답했다.

혹시 길 씨, 루리나 씨가 멋대로 정해서 화난 건가?

"저기…… 루리나 씨, 길 씨가 화내고 있는 거 아니에요?"

나는 작은 목소리로 루리나 씨에게 물었다.

"응? 어디가? 딱히 화내고 있지 않은데?"

길 씨는 무표정으로 나를 바라봤다.

역시 화내고 있어.

"봐, 전혀 화 안 내고 있잖아."

모, 모르겠어~!

다음 날, 우리는 오크가 있는 장소로 갔다. 조금 무서웠지만 루리나 씨와 길 씨가 곁에 있어준다고 생각하니 든든했다.

"그럼 우리가 뒤에서 따라갈 테니까 너희는 평소처럼 해도 돼. 오크가 나타나면 우리가 대처할게."

"알겠습니다."

루리나 씨의 말에 신 군이 대답했다. 우리들도 고개를 끄덕였다. 우리는 긴장하며 나아갔다. 신군을 선두로 랏 군, 나, 그리고 브루 군이 후방을 지켰다.

"제대로 생각하고 있는 거지?"

"그래."

뒤에서 루리나 씨와 길 씨의 대화가 들렸다. 어쩐지 누군가가 보고 있으니 평소보다도 긴장됐다.

앞을 걷던 신군이 멈춤 지시를 내렸다. 틈 사이로 보니 울프 두 마리가 있었다. 우리는 자리를 바꿨다. 신 군과 브루 군이 앞으로 나섰다. 그리고 랏 군과 내가 원거리 공격을 준비했다. 그리고 서로의 공격 상대를 정하고 랏 군의 활과 내 흙 마법이 울프를 향해 날아갔다. 공격이 명중함과 동시에 신 군과 브루 군이 튀어 나갔다.

배에 화살이 꽂힌 울프가 도망치려 했지만 신 군이 검으로 일격을 가했다. 내 흙덩어리가 명중한 울프는 브루 군이 도끼를 내리쳐서 결정타를 날렸다.

"오, 의외로 원활하게 쓰러뜨렸네."

"그러게."

루리나 씨와 길 씨에게 칭찬을 받았다. 어쩐지 쑥스러웠다.

"너희들 확실하게 연계가 되고 있네."

"우리는 약해서 다 같이 힘을 합쳐서 싸우지 않으면 이기지 못하거든요."

"믿을 수 있는 동료가 있다는 건 좋은 거야."

모두들 어릴 적부터 사이가 좋았다. 믿을 수 있는 동료였다.

그 후, 울프와 일각 토끼를 쓰러트렸다.

오크가 두 마리 나타났을 때는 놀랐지만 루리나 씨와 길 씨가 눈 깜짝 할 사이에 쓰러뜨렸다.

"대단해……."

"루리나 씨, 멋있어요."

"고마워. 그래도 나보다 너의 선생님 쪽이 대단하지."

"유나 님 말씀이신가요?"

"유나의 전투는 대단하니까."

"루리나 씨, 유나 님이 싸우는 장면을 본 적이 있으세요?"

"공주님 안기."

"길!"

내 물음에 길 씨가 대답했고, 그 대답에 루리나 씨가 소리쳤다.

"공주님 안기?"

"무슨 말이에요?"

"아, 아무 것도 아니야. 그 일은 절대로 다른 사람들에게 물으면 안 돼. 절대로 말이야. 물으면 어떻게 될지 알고 있겠지?"

루리나 씨는 큰 목소리로 몇 번이고 주의를 줬다.

"자, 잘은 모르겠지만 알겠습니다."

우리는 루리나 씨의 기세에 눌리듯 수긍했다. 이 이야기는 이 이상 하면 안 됐다.

"길, 웃지 마!"

길 씨를 봤지만 웃고 있는 것처럼은 보이지 않았다.

그 후, 오늘 일을 마친 우리는 곰 님이 기다리고 있는 터널로 돌아왔다.

"그럼 길 씨, 부탁드릴게요."

신 군과 브루 군에게 길 씨가 검 상대를 하고 있는 모습이 보였다.

아무래도 랏 군은 블랜더 씨에게 활 사용법을 배웠고, 나는 유나 님에게 마법을 배웠던 게 부러웠던 모양이었다.

그래서 두 사람은 길 씨에게 싸우는 방법을 배우기로 했다고 한다.

"후후, 길도 그다지 싫지는 않은 모양이네."

신 군이 검을 휘둘렀지만 길 씨는 커다란 검으로 후려쳐 넘겼다.

"길 씨, 어떻게 하면 강해질 수 있죠?"

"근력을 길러라. 지구력을 길러라. 검사는 누구보다도 움직이지 않으면 안 돼."

"네!"

"상대에게서 눈을 떼지 마라. 기술은 경험에서 얻어라."

"그럼에도 못 이긴다면—."

"동료와 같이 싸워라. 너에게는 믿을 수 있는 동료가 있다."

신 군이 우리를 봤다.

"혼자서는 강해질 수 없다는 건가요?"

"사람에게는 한계가 있다. 진짜 강자가 될 수 있는 자는 극히 드물다. 하지만 동료와 함께 싸운다면 그 강자에 가까워지지."

"후후, 길 답지 않게 말을 많이 하네. 마음에 든 건가?"

"루리나 씨, 역시 강해지는 건 한계가 있나요?"

"그거야 있지. 사람은 평등하지 않아. 마력이 좋은 예지. 나와 호른이 각자 가지고 있는 마력의 양이 다르고, 게다가 유나와는 비교할 수 없을 만큼 차이가 커."

"유나 님은 역시 그렇게 센 건가요?"

"세지. 고블린 킹을 쓰러뜨렸을 때도 엄청났어. 함정에 떨어뜨리고 마법을 쏘아대서 쓰러뜨렸지. 블랙 바이퍼를 상대로 혼자서 싸우러 간 것도 믿을 수 없고, 그것을 아무렇지 않은 얼굴로 쓰러뜨리고 온다고."

유나님, 대단하네요.

"전혀 그렇게 보이지는 않은데 말이지."

분명 그렇게 안 보였어요. 엄청 귀엽고 곰 님으로밖에 안 보였죠.

"유나 님과 처음 만났을 때의 신 군에 대해 떠올리면 무서워요."

"무슨 일 있었니?"

나는 처음 유나 님과 만났을 때의 이야기를 했다.

"호른, 말하지 마. 누구나 처음 유나 씨를 만나면 그렇게 귀여운 곰 복장을 한 여자아이가 강하다고는 생각하지 않을 거야."

어느 샌가 신 군이 검 연습을 마치고 우리 이야기를 듣고 있었던 모양이다.

"신 군, 무서운 짓을 하네. 목숨을 더 소중히 하는 게 좋겠어."

"루리나 씨 까지……."

"유나를 화나게 하면 무서워."

"길 씨?"

"예전 동료가 유나에게 시비를 걸었는데 두 눈이 시퍼렇게 멍이 들도록 얻어맞았지. 얼굴도 엄청나게 부었고."

루리나 씨는 웃으면서 말했지만 무서운데…….

신 군도 그 이야기를 듣고 굳은 표정을 지었다. 얻어맞지 않아서 다행이다.

다음 날은 루리나 씨 일행과 함께 크리모니아로 향하는 마차를 타고 돌아왔다.

우리들은 며칠 동안 휴식을 가졌다. 그리고 오늘은 다 같이 장을 보러 갔고, 염원했던 아이템 봉투를 구입했다.

"이걸로 토벌한 마물을 옮길 수 있게 됐어."

"응, 앞으로의 목표는 이것과 비슷한 크기의 아이템 봉투를 전원이 가지는 거네."

"열심히 하자."

"그래~!"

유나 님과 만나고 나서 어쩐지 모든 게 순조로워진 것 같았다.

그 전까지는 여러 가지로 힘들었다. 돈을 절약하거나 원하는 것을 참기도 했다.

유나 님은 내게 있어서 행운의 곰 님일지도 모른다.

■작가 후기

『곰 곰 곰 베어 5권』을 구입해 주셔서 고맙습니다. 드디어 5권까지 왔네요. 기쁠 따름입니다.

이번 편의 원고를 쓸 때는 7월부터 8월경으로 가장 더운 계절이 한창일 때 썼습니다. 물론 원고 작업할 때 에어컨은 풀가동이었습니다. 기온 탓인지 컴퓨터가 몇 번이나 멈췄는지 모릅니다. 그 때마다 소리를 질렀습니다만 틈틈이 저장했기 때문에 중상을 입지 않아 다행이었습니다.

이번 5권은 4권에 이어서 미릴러 마을 그 후의 이야기가 되겠습니다. 클리프와 밀레느 씨는 매우 바쁘죠. 아무리 터널이 있다고 해도 그것을 사용할 수 있도록 하기엔 할 일이 산더미입니다.
그런 고생을 하고 있는 이들 옆에서 유나는 꿀을 듬뿍 뿌린 팬케이크를 먹고 있습니다. 그리고 꿀이라 하면 곰이죠. 타이틀이 『곰 곰 곰 베어』인데 진짜 곰의 등장은 처음입니다.
일반적으로 곰은 위험한 동물입니다. 뉴스에서도 사람이 곰에게 습격을 당했다는 이야기를 전하고는 합니다. 하지만 제목에서 짐작이 되듯이 이 세계는 곰에게 다정합니다. 현실에서는 곰과의 공존이 어렵지만 이야기 속에서만큼은 인간과 곰이 공존해도 좋지 않을까 싶습니다.

유나와 곰이 행복해졌으면 좋겠습니다.

마지막으로 책을 내기 위해 힘써주신 모든 분들에게 감사 인사를—.

029 님께는 항상 제가 생각하고 있는 이상으로 대단한 일러스트를 그려 주셔서 고맙습니다. 표지의 유나와 곰순이의 새하얀 콤비가 귀엽네요. 여러 가지로 요청을 들어주셔서 고맙습니다.

편집님께는 교정으로 수정이 많아서 민폐를 끼쳤습니다.

이 외에도 이 책에 관련된 많은 분들 고맙습니다.

그리고 여기까지 읽어주신 독자 분들께 감사를—.

그럼 다음은 3월에 6권으로 만나게 될 것을 기원하겠습니다.

2016년 11월 좋은 날 쿠마나노

■역자 후기

안녕하세요. 역자 김보라입니다.

이번에도 인사를 드릴 수 있어서 기쁘네요. 『곰 곰 곰 베어』를 번역하면서 항상 이름 짓는 것에 고뇌를 많이 하는 편이에요……. 정말 유나만큼 네이밍 센스가 부족한가 봐요……. 이번에는 작업을 90퍼센트 끝내 놓은 상태에서 한 번 다 날리기도 했답니다……. 다행히 틈틈이 저장해서 대부분은 다시 건질 수 있었지만…… 어우, 다시 생각하니 아찔하네요! 여러분들은 저와 같은 경험 안 하시길…….

항상 재미있게 읽어주셔서 감사드리고 앞으로 더욱 더 발전하는 역자가 되도록 끊임없이 노력하겠습니다. 편집자님께도 항상 죄송하고 감사드린다는 말씀 전하고 싶네요! 앞으로도 잘 부탁드리겠습니다! 그럼 다음 권에서 뵙겠습니다~!

2017년 좋은 날
역자 김보라 올림

곰 곰 곰 베어 5

1판 1쇄 발행 2018년 5월 10일
1판 4쇄 발행 2020년 9월 2일

지은이_ Kumanano
일러스트_ 029
옮긴이_ 김보라

발행인_ 신현호
편집부장_ 윤영천
편집진행_ 김기준 · 김승신 · 원현선 · 권세라 · 유재슬
편집디자인_ 양우연
국제업무_ 정아라 · 전은지
관리 · 영업_ 김민원 · 조은걸 · 조인희

펴낸곳_ (주)디앤씨미디어
등록_ 2002년 4월 25일 제20-260호
주소_ 서울시 구로구 디지털로 26길 111 JnK디지털타워 503호
전화_ 02-333-2513(대표)
팩시밀리_ 02-333-2514
이메일_ lnovelpiya@naver.com
L노벨 공식 카페_ http://cafe.naver.com/lnovel11

KUMA KUMA KUMA BEAR 5 text by Kumanano, illustration by 029
Copyright ⓒ 2016 Kumanano, SHUFU-TO-SEIKATSU SHA LTD.
All rights reserved.
Original Japanese edition published by SHUFU-TO-SEIKATSU SHA LTD., Tokyo.

This Korean language edition is published by arrangement
with SHUFU-TO-SEIKATSU SHA LTD., Tokyo
in care of Tuttle-Mori Agency, Inc., Tokyo.

ISBN 979-11-278-4488-2 04830
ISBN 979-11-278-3067-0 (세트)

값 9,000원

*이 책의 한국어판 저작권은 Tuttle-Mori Agency를 통한 SHUFU-TO-SEIKATSU SHA와의
독점 계약으로 (주)디앤씨미디어에 있습니다.
저작권법에 의해 한국 내에서 보호를 받는 저작물이므로 무단전재와 복제를 금합니다.

*잘못된 책은 구매처에 문의하십시오.